石油会社消滅す

或るサラリーマンが遺したもの

平　一生

東京図書出版

石油会社消滅す

或るサラリーマンが遺したもの

◎

目次

1　セレモニー、追憶と惜別

私は葬儀の間中、祭壇の遺影を見ていました。
黒地に赤と白のラインが鮮やかなつなぎ姿で、バイクに跨りポーズをとる伯父。
黒い縁取りが相応しくない気もしましたが、人生の一瞬を切り取ったものには違いありません。

　瑞　雲　豪　営　信　士

誠に簡明な法号ですが、亡くなる3カ月程前に代々世話になっている日蓮宗のお寺さんを訪ねて授かっていたそうです。

大山豪太郎　享年　七十一歳
南　無　妙　法　蓮　華　経

今時数えで71歳というのは少し早い気も致しますが、ひたむきに生きた生涯だったとは言えましょう……。

伯父は長年石油会社の営業部門で働いていましたが、あまり出世には縁が無かったようです。私が学生時代一緒に飲んだ時にはそんなことなど気にする様子も無く、仕事の話を聞かせてくれましたが、正義感の強かった仕事振りとは裏腹に不遇だったことを思わせました。

それでも再雇用制度の規定いっぱいまで勤め、さらに2年程子会社で営業をしていましたので、サラリーマン生活の大半を営業部門で過ごしたことになり、この仕事が嫌いではなかった、そう思えるのです。

生前授かった法号に「営」の一文字が入っていることからもそれは想像でき、最後の拘りが込められていたのではないでしょうか……。

伯父は、サラリーマンをリタイアした後もアルバイトで小遣銭を稼ぎ、バイクを楽しみ、孫にプレゼントを買い、時折かつての仕事仲間と飲んだりしていたようです。

それでも暇を見つけては近くの公園でウォーキングをしていたと言いますから、健康にはかなり気を使っていたと想像しております。

数年前には高めの血圧を指摘され、近所の循環器内科に通って薬を処方されていて、サプリメントも何種類か摂っていたそうですが、それでも晩酌は毎日欠かさず、健康診断後には血圧、中性脂肪、尿酸値、ガンマ－ＧＴＰ等の数値を確認していたそうです。特に孫ができてからはその傾向が強まったようで、成長を楽しみにしていたことが窺われます。

ところがこの数カ月はかつての仲間達と飲むことも多くなっていたそうで、多少暮らしぶりも変わっていたのかもしれません。もちろんそれが原因ではないでしょうが、突然の最期《さいご》は本人も全く不本意だったことでしょう……。

私も訃報に接した時には信じられませんでしたが、サーキット走行会を無事終えた翌日だったということがせめてもの慰めだったのではないでしょうか。

そもそも古希を過ぎた老人にとってサーキット走行は大変な負担に違いなく、心身共に限界ギリギリだったのかもしれません。

とはいえ、走行会ではいつもビギナークラスで走っていたと言いますからその辺《あた》りは弁《わきま》えていたようですが、そこはサーキット、危険と紙一重で何度か転倒したことがあったそうです。

幸い怪我も無く悪運が強いと笑っていた顔が忘れられません。

そんな伯父は、バイクもツーリング用とサーキット用の2台を使い分けていて、亡くなる前月にも仲間と500キロ余りの日帰りツーリングをしたそうですから、誠に訃報などとは無縁だと思っておりました……。

ですから古希を迎えて再婚した時も驚かされはしましたが、その元気な姿が微笑ましかったものでした。何でも奥さんの弘子さんとはスナックで知り合ったということで、初めて会った時から話も弾んでワインが進んだそうです。お互いまんざらでもなかったのでしょうか……。

それ以来二人は時折逢うようになり、1年程前から一緒に暮らし始め、伯父が亡くなる3カ月前には式を挙げ入籍していました。結婚に拘ったのは伯父の方らしく、何か心境に変化でもあったのかもしれません……。

けれど同じ頃、伯父は法号を授かっており誠に奇妙な話で、単なる偶然であれば全く運命の皮肉としか言えません。いずれにしましても老いらくの恋が成就したのは目出度い話でしたが、残念ながら短い夫婦生活となってしまいました……。

そんな伯父が亡くなったのは一昨日《おととい》の朝でした。以前から発作性不整脈があると聞いておりましたが、

「俺の不整脈は頻脈といって、まぁ動悸の少しキツイやつで、そんなに質《たち》の悪いものじゃない。良く効く薬もあるから心配ないよ」

などと言って、持ち歩いている小さな黄色の錠剤を見せてくれたことがあります。

実際、生活には何の支障も無く酒やバイクを楽しんでいましたので、突然の死は本人にとっても誠に想定外だったのではないでしょうか。

奥さんの話では、亡くなる前日もサーキット走行会に参加し夕方戻ると、

「久しぶりに6本、100キロ90分フルに走り切ったよ。コーナーでは何度か膝も擦れ上々だった。往復と合わせると300キロ、さすがに少し疲れたな」

そう言いながらつなぎを脱ぎシャワーを浴びに行ったそうです。その夜はとても上機嫌で大

好きなビールを飲み、

「極楽、極楽、サーキット走行の後はビールが美味い。安曇野の先輩から送ってもらった山葵でマグロと蕎麦だ。思い残すことなんて無いな」

いかにも満足そうに言い、

「そうね。でも何といっても無事がなによりよ」

と奥さんが応え、乾杯。

「この後はどうします。ワイン？　それともハイボール？」

と訊いたところ珍しく、

「うん、今日は正直ちょっと疲れた。悪いけどこれで先に休ませてもらうかな。取り敢えずヘルメットとつなぎは納戸に入れておくから」

そう言い2階の寝室に上がったそうです。普段ビールの後にはワインかハイボールを一緒に飲んでいたので弘子さんは少し物足りなかったそうです。

「そう……。今日はお疲れですものね、お休みなさい。また明日ね」

そう言い、その後ワインを少し飲んだそうですが、これが最後の会話となってしまったそうです。もう少し引き留めれば良かった、と大変悔しがっておりました。

暫《しばら》くして奥さんが2階に上がった時には伯父の寝室から鼾が漏れていたそうで、

「お疲れ様。お休みなさい」

小さく声を掛けてから自分の寝室で眠りに就いたそうです。鼾の酷い伯父とは寝室を別にしていて、朝まで気付けなかったことをとても残念がっておりました。

翌朝伯父がなかなか起きて来ないので、様子を見に行き寝室のドアを開けると、いつもベッド脇に置いてあるミネラルウォーターのボトルが落ちていて、枕元に黄色の錠剤があったそうです。

伯父は寝る前に高血圧の薬と何種類かのサプリメントを飲んでいましたので、そのうちの一つだと気にも留めなかったと言います。そして伯父の横を向いた顔を覗くと、少し微笑んでいるようで、時折する悪ふざけではないかと思い、

「豪太郎さん、豪太郎さんたら〜」

と声を掛けましたが返事が無く、近づいて肩を軽く押しても反応せず、この時初めて異変に気付き、

「豪太郎さん！」

と叫んで、咄嗟に顔を鼻の辺りに近づけたところ、息をしていなかったそうです。

弘子さんは、一瞬で血の気が引き、意識が薄れかかりましたが、何とか一一九番通報、救急車が来るまで必死に心臓マッサージを試みたそうです。

その後、運び込まれた病院の集中治療室で救命措置が施されましたが残念ながら脈も呼吸も戻ることは無く、間もなく死亡が確認され、「急性心不全」、頻脈の発作とは別というのが医者

の見立てでした。

これが奥さんから聞いた最期《さいご》の様子で、殆ど苦しむ間もなく逝ってしまったと想像されましたが、その顔が微笑んでいたようだと言いますので、最後の瞬間そんな思いに包まれていたのではないか、と少し救われる気が致しました。

きっと今際《いまわ》の際に人生一番の楽しい思い出が浮かんだのではないか、そんなふうに思っていると、突然伯父の姿が浮かび上がりこちらを見て何か言おうとしているのです。思わず目を凝らすと祭壇の遺影に吸い込まれていき、私は夢現《ゆめうつつ》だったのでしょうか……。黒い縁取りの中で微笑む伯父が何かを語りかけているように思え、改めて手を合わせて祈るばかりでした。

さて、いったいどのくらいの時間が経ったのでしょうか。読経唱題、焼香の列も途絶え、葬儀は滞りなく終わったようです。

周囲で席を立つ気配がし、黒い人影が次々と後方の出口に向かって動きだし、お斎の席へと移り始め、その傍らに祐太郎さんが係の女性と打ち合わせる姿があり、間もなく弘子さんの肩に手をやると出ていきました。

私は漸く重い腰を上げ改めて祭壇を眺めると、僧侶開棺の儀式後に供えられたお供物に伯父の好きだった酒が無いことに気付き、歩み寄りポケットに潜ませていたウイスキーの小瓶を添えて最後の別れを告げました。

そしてセレモニーは終わった、そう自分に言い聞かせお斎の席へと歩き始めましたが、少し先で祐太郎さんが今度は私の母に寄り添う姿が目に入り、いつもながら彼の気配りには頭が下がりました。ただその時私には別に気になることがあったのです。

それは亡くなる前の数カ月、伯父がしばしば東京に飲みに行っていたことです。

伯父は、弘子さんと一緒に暮らし始めてからは家で飲むようになって、殆ど外飲みをしなくなっていたのです……。そんなことをぼんやり考えていると、

「この階段を上がってすぐ右奥の部屋でございます」

係の女性が右手を階上に向けて案内する声がしました。

私は現実に引き戻されると、今日の葬式は初七日法要も兼ねていたな、などと何の脈絡もないことを思い出し、思わず頭《かぶり》を振ると踊り場で立ち止まりました。

すると奥の部屋から僅かに笑い声がもれてきて、どうやらあまり湿っぽい様子ではないらしく、今の思いにそぐわない気がし、再び階下へ戻ることにしました。そこには永遠の眠りについた伯父を包む静寂の空間があり、フロア一つ隔てた部屋には笑い声……。

誰も越えられないこの二つの世界に刹那の架け橋を渡すのがこの儀式なのでしょうか……。そう思うと、笑い声さえも旅立った者への声明《しょうみょう》なのかもしれない、そんなふうに思えてきて、私は最後にもう一度瞑想して伯父を送ることにしました。

誰も居なくなった葬儀会場と壁一つ隔てただけの静かな控室に入り、椅子に座ると目を閉じました。どのくらいの時間が経ったのでしょうか、別れを告げた筈の伯父の姿が再び浮かび上

がったのです。

「お、伯父さん……」

思わず呟くと、微笑みを湛《たた》えて頷き、見失うまいと暗闇に目を凝らした時、不思議な光景が広がってきました……。

幼い祐ちゃんが居ます。母もその横で嬉しそうです。まるで家族が揃ったみたいで、昨日のことのようにハッキリと見えます。

それは皆《みんな》で揃って出掛けたドライブの記憶に間違い無く、次第に話し声まで耳に響き、伯父は笑顔で、

「お昼は何が食べたい？」

「ハンバーグとカレーライス」

祐ちゃんが元気に応え、

「まあ、そんなにたくさん食べられるの？」

母が笑い、祐ちゃんは更に、

「クリームソーダ」

と付け加えました。

すると突然場面が切り替わり、私は祐ちゃんと高原を走り回ったり、海辺で波と戯れたりしています。私にとってこの頃が一番楽しかったということなのでしょうか……。伯父はどう

だったのだろう、訊かなくては。

「伯父さん！」

思わず口を突いて出た言葉にハッとして我に返りました。どうやら夢現《ゆめうつつ》でいたようです。祐さんはどうだろうか……。

伯父ともう会えない、そんな思いがこんな記憶を甦らせたのでしょうか……。あの部屋から漏れていた笑い声もそんな心情の表れなのかもしれない、そう思えてきました。

その頃お斎の席は伯父を懐かしむ楽しい話ばかりで、祐さんは何だか元気づけられたようだった、と後で言っていたのが印象的でした。ただ、私の母がお斎にも出ず会場を後にしたことが気に掛かったそうです。

彼にとって私の母は叔母というより実の母同然でしたので、お斎を欠席すると事前に伝えそびれたことを申し訳なく思いました。

一方、弘子さんはお斎の席では気丈に振る舞い、涙を見せずにいたそうですが、さすがに最後の挨拶は目にいっぱいの涙を溜めて言葉も詰まりがちだったとのことでした。

そしてそれを潮時に皆さんが席を立ち始め会場は次第に空席に覆われ、弘子さんも階下へ移り、帰られる方々にお礼をすることになりました。

祐さんはその後も、残った方の相手で酒の追加など気を配っていたようですが、私の姿が見えないことは初めから承知していたそうです。

程無く最後の一行から、座っていたときには目立たなかった大柄の男性が立ち上がると、それに合わせるように皆一斉に立ち上がり、

「祐太郎さん、先程も奥様に申し上げましたが、どうかお力落としの無いようにされて下さい。豪太郎先輩はその名の通り、豪快に生き、サラリーマンの枠には納まり切れなかった方です。大好きなお酒とバイクを最後まで楽しまれ旅立たれましたが、誰にでも真似のできることではありません。とても素晴らしい生き方をされたのです。どう生きたかが大切で、何年生きたかは次の問題です……。

今頃はもう銀座辺りに行っておられるかもしれませんよ。

亡くなられた後もこうして多くの方から惜しまれる、これは本当に先輩の人徳と言う他ありません。

今日私達もこの席で思い出話に花を咲かせることができました。お礼を申し上げなければならないのは我々の方です。本当にありがとうございました。本日は誠にご愁傷様でございました」

そう言うと深々と頭を下げたそうです。

「いえいえ、お忙しいところ、亡き父豪太郎のためにお運びいただき本当にありがとうございました。そのようにおっしゃっていただければ父もきっと喜んでいることと思います。どうかお気を付けてお帰り下さい」

祐さんは彼とその仲間に頭を下げながら嬉しい気持ちに包まれたと言います。

これを最後に部屋には誰も居なくなり、祐さんも遅ればせながら弘子さんと一緒に最後のお礼をするため階下へ向かったそうです。

控室の私は、ホールの出入り口で人声がしてきたことに気付き、部屋を出て2階の会場に向かうことにしたところ、下りてくる祐さんと踊り場で鉢合わせになりました。

「竜さん、どこに居たの？　まだ席には食事もお酒も大分残っているからそこで少し待っていてくれる？」

「済まない。それじゃあ祐さんが戻るまで少し腹ごしらえでもさせてもらいます」

「弘子さんと最後のお礼を済ませたらすぐ戻るよ」

私達は階上階下へと分かれ、私は誰も居なくなった部屋の隅に座り、二つのグラスにビールを注ぐと、手にしたグラスをもう一つに軽く合わせて一気に飲み干し、

「伯父さん、いままで本当にありがとう。そして、さようなら……」

「竜さん、遅くなってごめん！」

10分程も経ったでしょうか。声がして振り向くと、階段を駆け上がってきたらしく肩で息をする祐さんが立っていましたが、ホッとした顔が全て滞りなく終わったことを物語っていました。

「祐さん、下はもう大丈夫なの？」

「ああ、皆さん帰られた。それより百合子叔母さん、一人で帰られたけどホントによかったの。下は弘子さんが居るから大丈夫だよ」

「祐さん、改めてご愁傷様でした。そして今日は本当にご苦労様でした。実はお袋が最終便で九州に帰ることを言いそびれていたんだ」

「そう、それならいいけど……。でも今日は俺より竜さんの方が気を落としたんじゃない？親父《おやじ》とは何かと話す機会も多かったし……」

そう言い苦笑しましたが、私は黙って祐さんに一杯注ぐと、祐さんがそれを一気に飲み干しました。そこへ上がってきた弘子さんが来て、

「まあ、やっぱりここにいたのね、祐太郎さん。竜太郎さんもご一緒……」

そう言うと、少し間をおき、

「ようやく皆さんお帰りになったわ。今日はとっても疲れたぁ。お先に失礼していいかしら？お二人はまだいろいろお話もあるでしょうから……」

「はい、どうぞ。今日は一日お疲れ様でした。僕は竜太郎君ともう少し話をしてから帰りますので何かあれば僕が済ませておきます」

「そう、ありがとう。それじゃあお先に」

弘子さんはそう言うと会釈をして階下へ下りて行きました。

「竜さん、今日は時間の方はいいんだろ？」

「うん。特に予定は無いよ。お袋も帰ったし……」

「そうか、それじゃこの近くに赤提灯があるからそこで飲み直そう。このホールを出て右に少し行くと見えるからすぐ分かると思う」

「俺はいいけど……、祐さんはまだ何かとあるんじゃない？」

「うん、少しあるから、先に行っててくれないか、追っかけて行くよ」

そう言うと再び階下へ戻って行きました。

独りになった私は、最後に自分の杯に酒を満たして捧げると、ゆっくり腹の底へ流し込み、ホールを後にしました。

外は既に黄昏時で、西の空に僅かに残る茜雲が私の胸中を察するかのようでした。

2　宿命、三人の星

セレモニーホールを出て五、六分程歩きましたが赤提灯は見当たらず、念の為振り返ってみましたが、遠目にホールの看板が照らし出されているだけでした。

そこでもう少し進むと赤提灯を見つけましたが灯が点いていないので、中を覗いて声を掛けてみました。

「ごめん下さい。やっていますか……」

「へ〜い」

少し間をおいて奥から声がし、小柄で人のよさそうな親爺《おやじ》さんが出てきて不釣り合いな大声で、

「へい、いらっしゃい！」

「提灯が点いてないからやってないのかと思ったよ……」

「スンマセン。今日カカアが風邪で寝込んじまったもんで……」

と、声を落としました。

「そう、そいつぁいけないね。それじゃ手の込んだものは無理そうだね」

「スンマセン。そうなんですぁ」

親爺さんの恐縮したような返事を聞きながら、カウンターの一番奥に腰掛け、

「まぁ、取り敢えずビールをくれる」

「生とビン、どっちにします？」

「生、それからすぐできそうなものは何があるの？」

「枝豆、お新香、冷奴なら……」

「そう、それじゃ枝豆と冷奴をくれるかな」

「かしこまりやした」

親爺さんは少し癖のある返事をして一旦奥に消え、間もなくすると、

「ヘイ、お待ち。生中、枝豆、冷奴、それからおしぼり……」

両手いっぱいに持ってきたものをカウンターに並べました。

「親爺さん、今日煮込みはできる？」

「はあ、できますが……、少し時間がかかっちゃうけど」

再び声を落として申し訳なさそうな顔をしました。

「それじゃ今のうちに注文《たのん》でおくよ」

「ヘイ、ありがとうございやす」

親爺さんは再び奥に消え、私がビールを飲み干した頃、入り口で聞きなれた声がしました。

「今晩は、やっていますか〜」

祐さんです。

お代わりのジョッキを持って出てきた親爺さんは少し慌ててそれを置き、

「ヘイ、いらっしゃい！」

先程と同じ台詞で応えました。

「提灯が点いてないからやってないのかと思ったよ……」

これも今し方交わしたやり取りで、私は思わず微笑み、

「やあ、祐さん、いらっしゃい。今日はこの店のおかみさんが風邪でダウンしちゃったので、手の込んだ物はだめだよ」

「スンマセン……」

消え入るような声で親爺さんは謝りました。

「そう、それじゃすぐできるものは何があるの？」

またまた私の台詞の繰り返しで、

「枝豆、お新香、冷奴」

そう伝えると、

「枝豆と冷奴」

「お客さん、それじゃビールも生でいいですか？」

「ああいいよ」

と祐さんが応え、親爺さんは少し驚いた顔で、

「お二人は双子さんですか？」

「まあ、そんなところだ……」

笑って祐さんが応え、

「祐さん、さっきから俺と同じことばかり言うので親爺さんが驚いているんだ」

「そうか、竜さんも生ビールと枝豆、冷奴だ……」

そう言って笑いながらビールのジョッキを上げて、

「今日はありがとう」

と私を見ました。

「本日はご愁傷様でした、祐さん。そしてお疲れ様でした」

私もジョッキを少し持ち上げました。

学生時代は少し疎遠な時期もありましたが、私が九州で就職してからは出張してくる祐さんと一緒に飲んだりするようになっていました。そしてこの1年程は、東京に転勤してきたこともあり、自然に会う機会も増え、祐さん、竜さんと呼び合っていました。

「今日は本当にご苦労様でした。ところで弘子さんは大丈夫そう？」

「うん、大丈夫そうだったよ。

それより竜さんこそ控室で親父の冥福を祈ってくれていたんだってね。

　ホールを出る時に係の人から、確認の為控室を覗いたら男の方が静かにお祈りしている様子だったので鍵を掛けないでおいたんです、そう言われたよ」

「うん、僕は知らない人と話すのは得意じゃないし、今日は伯父さんのことを一人で静かに思い出していたかったんだ」

「そう、で、どんなことが思い浮かんだの？」

「それが不思議だけど、子供の頃皆《みんな》で高原や海辺にドライブに行ったことなんかばかりが浮かぶんだ……」

「本当！……」

　祐さんが目を丸くし、

「実は俺も最近そんな夢を立て続けに見たんだ。そうしたらこんなことになってしまって。今頃どうしてそんな昔の夢を見るのか不思議でしょうがなかったよ」

「う～ん、何かの知らせだったのかなぁ」

　つい先程自分が思い浮かべていたことを、祐さんは数日前から夢で見ていたのです。とても偶然とは思えませんでした……。

「豪太郎伯父さんもその頃が一番楽しかったのかな……。だから最期《さいご》の瞬間もそんな思い出に包まれて微笑んだ……。そう思いたいな。それなら弘子さんに聞いた話の通りだ」

　そう言わずにはいられなかったのです。

それから二人は顔を見合わせ少しの沈黙があり、その後は祐さんからお斎の様子を聞かせてもらいましたが、思った通り湿っぽい雰囲気はなく明るい笑い声が随所で聞かれたということです。

「それはそうと祐さん……、弘子さんのことだけど……」

「うん、聞いているかもしれないけど、3カ月程前に二人だけで式を挙げ、それから入籍もした、ジューンブライドだ……」

「へ〜、そうだったの。でもそれじゃ弘子さん、反って今日は辛かっただろうね。ところで、行きつけのスナックで見初めたって本当なの、店のママか何か？」

「いや、実は親父が式を挙げる前に連絡してきたので訊いてみたら、スナックで知り合ったのは事実らしい。

その店は弘子さんの行きつけの店で、たまたまその日は混んでいて、常連の彼女は手伝いで動き回っていたので一杯勧めたんだって。

彼女もいける口だし、一緒に飲むうちに話も弾んで意気投合して、それから時々一緒に飲むようになって、そういうことになったらしい。

そもそも彼女は丸の内のキャリアウーマンで役員秘書なんかもしていたので、ビジネスの話も詳しくて親父はすっかり気に入ったみたいだ」

「そうだったんだ……。一度伯父さんと三人で食事をしたことがあったよ。東京に転勤してきたばかりの時に誘われて行ったら紹介されたんだ。それで食事をしたんだけど酒ばかりであまり食べないし、業界の話題やら経済の話で楽しそうだったので、早々に退散したよ。

でもその時はまさか結婚するなんて思ってもいなかったけど……。うん、これで分かった。でも何で僕を呼んだのかなぁ……」

「そうかぁ、三人で食事をしたことがあったの……。俺はないよ。弘子さんとは親父が亡くなった病院で初めて会ったくらいだ」

祐さんは苦笑しました。

「お客さん、この後も生でいいですか？」

二人の会話が途切れるのを待っていたかのように親爺さん。

「冷酒ある？」

「ヘイ、ありやす」

「それじゃ冷酒二つ、竜さんいい？」

「うん俺はいいけど。祐さん、最近は随分と腕を上げたんだね」

「実は社会に出てからは、何かとそういう席も多くなって、多少はいけるようになったんだけど、飲めないことにしておいた方が楽なので……」

「親父さんにも？」

「実は……そうなんだ。それで竜さんには随分面倒を掛けてしまったんじゃないかと思っているよ」

「いやいや、そんなことはないよ。僕は学生時代には結構伯父さんとは飲んだけど世話になったのはこっちの方だよ。でも、あの一件からは長い空白になってしまったけど……。でも祐さんのお陰で和解できたし、それからはたまに誘われるようになったけどね。でも九州ではさすがに無理だし、東京に来た頃には弘子さんがいたからねぇ」

「親父と飲んだ時には説教もされていたんだって？　でも寿司屋か焼き肉屋だったらしいね。親父も多少は埋め合わせをしていたつもりだったのかな……」

「説教の後で、東北支社時代3億円値引き事件に巻き込まれたりとか、関東支社で販売店出向で板挟みになったりだとか、結構生々しい話もあったよ。でも演劇に熱中している僕にどうしてそんな話をしたのか未《いま》だに分からないよ」

「そうか……、俺はそういう話も聞いたことが無いよ。そもそも親父と親しく酒を酌み交わしたことが無かったからね。忙しい振りをして避けていたのかもしれないな……」

祐さんは少し俯いてから、

「親父はあれで一応W大学を出ているんだけど、上司に対して忖度無しのストレートだったらしいし、正義感も強かったからよく衝突してたみたいだよ……。

だから問題社員と見られていたようで出世の話は聞いたことが無いけど、意地っ張りだからきっとそれなりに頑張っていたんじゃないかなぁ。

まあ、そのストレスで酒が増えたり、バイクに乗ったりしていたのかも……」

こんなふうに言ったのですが、でも本当にそうだったのか、そこには何か見落としているこ
とがある気がしました……。

そこへ親爺さんが出てきて、

「ヘイ、モツ煮、お待ち」

と二人分をカウンターに並べました。

「親爺さん、気が利くねぇ」

先程頼んでおいたものを祐さんの分と合わせて持ってきたのです。

「ヘイ、お二人ともさっきから同じことばかり言うもんで……」

そう言い照れながら奥へ下がって行ったので、以前から気になっていた学生時代のことを尋ねてみました。

「祐さんの学生時代はまぁ、勉強が忙しかったんだろうけど。毎日どんな暮らしをしていたの？　僕はご承知の通りだけど……」

「う〜ん。そうだなぁ……、確かに勉強はした。俺は親父の脛齧りだったけど、せめていい成績をとって喜ばせたい、そんな気持ちだったよ。

もちろん仲間と少しは遊んだけど、一人で図書館に籠もっていたことも多かったね。それでも具体的目標があったからそんなに辛くはなかったよ」

「具体的目標って、歯科医院開業のこと？」

「うん、それもあるけど、その前に何としてもあのK大学付属病院に就職したかったからね……、結構難関だったんだ」

「そうか……。でもその通りになったし、祐さんは意思が強いね。それに孤独にも……」

「まぁ、傍からどう見られようと気にしないから……。俺は」

「僕はそんなに強くなかったなぁ。まあぁ、あんなことも起こしたし……、演劇も諦めてしまったし……」

「竜さんは心が優しいんだよ！　人生はいろいろだ、もう忘れた方がいいよ！」

「……」

「ところで竜さん、銀座の店には行ったことある？」

「いや、伯父さんからは何度か誘われたことがあったけど、さすがに銀座は敷居が高いよ」

「そうか……、実は、今日お斎の席で、サラリーマン風の大柄な男の人が、そんなことを言っていたんだ。

親父はもちろん、その店だってこんなに急に逝ってしまうなんて思ってもいなかっただろうから、ひょっとして勘定が残ってやしないかと思うんだ」

「そうだね……、それじゃ僕がその店に行ってみるよ」

「竜さん、済まない！　頼むよ。それから何かあれば俺が払うから遠慮なく言ってよ」

「他にはないのかな？」

「う〜ん。親父は最近ちょくちょく東京で飲んでいたみたいだからなぁ……」

「僕は学生時代に浅草の話を聴いた気がするんだけど……。まあ、何かあったら連絡してよ」

冷酒でモツ煮を食べ終えると、祐さんは少し考える素振りをしましたが、勘定を手早く済ませて店を出ることになりました。私はもう少し話したいこともあったのですが……。

「竜さん、俺は少し酔ったので、タクシーで駅まで行くから、一緒に乗っていかない？」

「祐さん、今日はありがとう。僕は酔い覚ましに少し夜風にあたりながら帰るよ」

「そう、それじゃ今日話し足りなかったことがあったら今度話そう。じゃあ」

そう言うと、通りかかったタクシーに手を挙げ乗り込むと、窓を開け、

「竜さん、また」

そう言い、走り去りました。私はタクシーが見えなくなるまで見送ってからゆっくりとセレモニーホールに向かって歩き始めましたが、すっかり暗くなったホールの上空には無数の星が瞬き、私はホールの前で立ち止まると星空に向かって、

「豪太郎伯父さん……、これまで本当にありがとう。そして、さようなら」

そう言い、ホールの先の駅から電車に乗ると運良く座れ、あの不思議な偶然を思い浮かべました。

私が控室で見た不思議な光景と最近祐さんが立て続けに見た夢。伯父は私達に何か言い残し

たのではないか……、とりとめなく想いを巡らせていると、祐さんとの幼い日々が浮かんできました。

彼は物心もつかないうちに私の母に預けられ育ちましたが、そのせいでしょうか、あまり我儘を言わない聞き分けの良い子で、気働きのする少年に育ち、時折大人びたことを言うようなことがありました。

私はただ目を丸くするだけで、兄のように感じ、後を追いかけてばかりいましたが、私より1週間程先に生まれただけでした……。

彼はその頃から周囲の空気に敏感で、いつも先回りする、私とは正反対の子供で、常に私の前を歩き、保育園、幼稚園、小学校とその関係は変わることはありませんでした。

私達は兄弟同様に暮らしましたが、小学校を卒業すると彼は全寮制中高一貫の私立校へ進学し、私は母の故郷、九州に引っ越し地元の公立中学、高校へと進み、それぞれ全く異なる環境で過ごすことになりました。

今思えばこの6年間が二人の個性を育んだ大切な時期で、人格の基礎を形成した、そんな気が致します。

当時博多の郊外は、まだ田舎ならではのゆったりとした時が流れ、穏やかでのんびりとした日常が過ぎていました。そんな暮らしが性に合い、私は友と野山を走り、海辺で波と戯れ、都会では味わえない自然を満喫していました。

ところが、高校3年の秋、祐さんの誘いで上京し、学園祭の只中に彼を訪ねたのです。そこでは数々の催物を目にして、田舎暮らしの私には全てが垢抜けて見え、それまでの生活がいっぺんに色褪せた気が致しました。その時のショックは今でも忘れません。

特に祐さんが主演した演劇部の公演には心を奪われ、都会の高校生達が恋や受験に悩む姿を目の当たりにし、自分の暮らしとは別世界があることを知ったのです。まるで雷に撃たれたように電流が走り、この瞬間から演劇の虜になりました……。

私は、東京の大学に進んで本格的に演劇に取り組むことを決意し、志望先を文学部に変更、あまり力の入らなかった受験勉強にも取り組み、最終盤の高校生活は様変わりしました。

翌年第二志望ではありましたが、それでも少しは名の知れた私大の文学部に合格、以来演劇漬けの生活を送ることになりましたが、残念ながら卒業と同時に大きな挫折を味わい、失意のどん底に突き落とされました。

それでも時が次第に私を癒やし再び演劇の道を進み始めましたが、折しも世間は不況の真っ只中で、生活に追われる人々からは遠ざけられてしまいました……。

活動は儘ならなくなり、一人また一人と仲間が去っていき、現実は想像以上に厳しかったのです。苦しい生活が続く中、次第に夢が遠のいていくのを感じ、30歳になったのを機に見切りをつけました。

ただ、その頃になると景気の方は急速に回復し、中小企業では売り手市場の様相を呈するようになり、思い切って地元企業の求人面接を受けたところ、成績が悪く卒業から何年も経っていましたが、多少は名の知れた東京の大学を卒業していたためでしょうか、運良く採用されました。

卒業以来何年も夢を追い彷徨《さまよ》っていたことが、就職環境の好転という僥倖を齎《もたら》したわけで、人生は何が幸いするか分からないと感じました。この体験を通じて私は一つ学びました。過去は変えられませんが、長い人生の中でその評価は変わるのです。失敗が無意味ではなかったことに気付くこともあるのです。人生は自分で思う以上に複雑怪奇で、一寸先は闇であったり、また光であったりするのです……。

幸運なことに就職後も景気は拡大を続けて、業績も順調に伸びていき、現在は東京に営業所を構えるところまできました。私は二人目の駐在員として昨春赴任し、三ノ輪のアパートでのんびり暮らしています。

一方、順風満帆と思っていた祐さんにも思い悩んだ時期があったそうです。

大学卒業までの6年間は大きな経済的負担をかけることになり、彼は入学するとすぐに家庭教師のアルバイトを掛け持ちし、学業との両立を目指したものの、勉強時間の不足は如何ともし難く成績が低迷していたのです……。

そんなある日父豪太郎に呼ばれて、

「祐太郎、お前の本分は学業だ。残り5年半全力で取り組め。稼ぐことは俺の仕事だ。金のことなど心配するな。お互い全力を尽くそうじゃないか！」

こう言われ、その日を境に迷いが吹っ切れ、アルバイトを辞めて心に誓ったそうです。全力で勉強に集中して結果を出す、それが一番の親孝行になる……。

以来半期毎に成績表をメールで送り続け、その順位を上げていくことで約束を果たし、豪太郎もそれを目にする度に嬉しくなり、その喜びをエネルギーに仕事に打ち込んだと言います……。

でも……、伯父の覚悟はその遥か前から胸の奥に秘められていた、私はそう思っているのです。

伯父は、祐さんが生まれて間もなく離婚、彼を妹に預けるという大変な身勝手をした時から、その責任を一生負い続ける覚悟で祐さんや私達に向き合っていたに違いありません。

そのためでしょうか、自分のできることは真正面から全力でやり抜く、そんな生き方を貫き、敢えて楽な道を選ばず、人生の蹉跌を一生かけて償っていたのではないでしょうか。

私はそんな伯父に支えられ大学へ進学、演劇に青春の夢を賭けられたのです。しかし残念ながら夢は破れ人生のどん底を味わいましたが、それでも祐さんに助けられ今日までこられ、感謝するばかりです……。

苦労の多い人生を選んだ伯父も今やそこから解放され、安らぎに満ちた世界でゆっくりと休んで欲しい、冥福を祈るだけです。

こんな私達三人の関係は複雑に交錯、不思議な縁《えにし》で結ばれていましたが、母は宿命だと言うのです……。

金の掛かる息子と心配を掛ける甥を何も言わずに支え続けた伯父は、最期までそれを口にすることなく旅立っていきました。

伯父は、全くの世間知らずだった私を何かにつけ気に掛け、まるで祐さんと入れ替わったようでしたが、演劇については残念ながら溝は深まるばかりで、抜き差しならなくなってしまったことは大変残念でした……。

一方で、疎遠になってしまったと思っていた祐さんが私の卒業祝いをしてくれ、かつてと変わらぬ絆を確認し合うことができたのです。久し振りに顔を合わせると、

「竜太郎、卒業おめでとう。これからいろいろあるかもしれないけど頑張ってくれ。俺もあと2年目標に向けて頑張るよ」

そう言い握手を求めてきたのです。

「ありがとう。不安もあるけどやってみるよ……」

私はそう応えて手を握りました。

「竜太郎の卒業と前途の洋々たることを祈念して乾杯！」

祐さんが飲めない酒を一気に口の中へと流し込みました。

「乾杯！　お互い頑張ろう！」

私も盃をあげ、久し振りの再会に感激していると、

「親父と俺はそれぞれの役割を果たして支え合う、言ってみれば前線と兵站みたいなものかな。だから父子《おやこ》と言うより戦友みたいだ」

と苦笑したのです。

その頃彼は大学近くのアパート住まいでしたが、ヨットクラブの仲間とも親しく、誘われれば一緒にセーリングを楽しみ、また時には自《みず》ら草野球仲間に声を掛けて河原の球場で試合をするなど青春を謳歌していました。そんな暮らしをこう言っておりました。

「大いに遊んだ後は図書館に籠もって勉強しているから少しも成績は落ちていないよ。ヨットや野球を思いっきり楽しんで、それをエネルギーに変えて頑張るんだ」

そんな兵站を受け持っていた伯父は楽な筈はありませんが、愚痴一つ溢すことも無かったそうで、父子《おやこ》の絆に言葉は要らないようでした。

ただこの頃は九州への送金が滞ったこともしばしばあったそうですが、母も何事も無いように暮らしていました。

こうしてそれぞれが自分の精一杯を尽くすことで支えられていると感じていたに違いないのですが、独り演劇に夢中だった私だけが気付かなかったのです……。今でも忸怩たる思いに囚われることがあります。

あの日祐さんはこう言い笑いました。

「親父は俺の見えない所で懸命に支えてくれている、そう思うと俺も目の前のことに全力で取り組まなければ、それが原動力なんだ……。自力で人生を切り開くことがモットーだけど、もう暫く親父のブースターに支えてもらうよ」

どうやら自分の生き方を見つけたようで迷いはありませんでした。私が4年間演劇に打ち込んでまだ先の見通しに自信が持てないのとは対照的でしたが、彼に励まされて不安を打ち消しました……。

ところがその直後に、私が就職もせずに演劇を続けると知った伯父から厳しい現実を突きつけられたのです。

私が4年間演劇に夢中になっている間に母が大きな借金をしていたことを知らされ、初めて自分の身勝手に気付いたのです……心底自分に嫌気がさして生きる気力を失い、その日の夜遅く自殺を図ったのです……。しかし未遂に終わり今日まで生きてきました。

今でも忸怩たる思いがありますが、その頃の私は夢だけに支えられていたのです。

一方、祐さんはその後も自分の生き方を貫き、大学卒業と同時に目指す大学病院に就職、同時に父親のブースターを切り離し巣立っていきました。

ひたすら支え続けた伯父は漸く労苦から解放されたとはいえ、寂しくなかった筈はありません。でも信じ合う強い絆が彼を見送る心の支えだったのでしょう。

祐さんはあの日、こんな言葉を口にして私を驚かせました。

「済まなかったね、今まで。親父の相手は殆ど竜さんに任せきりで……。本当に感謝している。今こうしていられるのもそのお陰だよ。ありがとう」

父親ばかりでなくこんな私にも感謝していたことを知り、胸が熱くなりました。

学生時代は、伯父と一緒に飲むことは私にとって親孝行の真似事に過ぎず、真剣に受け止めていなかったことを思うと恥ずかしいばかりです。

こんな伯父や祐さんとの間は、引力や斥力が複雑に働く微妙な関係で、そのバランスが崩れれば衝突は避けられなかったのかもしれません……。

私達三人は、まるで不思議な力に操られる三連星の如くで、三人三様の軌道を突き進むことで成り立っていたのです。

三人の思いが交錯した三連星の関係も、今やその中心星を失い二連星として新たな軌道を描くことになりました……。

「上野〜、上野〜。間も無く上野に到着しま〜す」

突然の車内放送が私を現実の世界に引き戻しました。どうやら揺れる車内で不思議な宇宙を彷徨っていたようです。

私は電車が止まるとゆっくり立ち上がりホームへ降り、少しばかり夜風に吹かれ、葬儀が紛《まご》うことなき現実であったことを改めて自分に言い聞かせると、まるでタイムトンネルを抜けるように地下鉄へ通じる通路を進みました。

3　訃報、銀座天使の誘惑

日没も過ぎネオンが街を照らし始めた頃、私は新橋駅銀座口に降り立ちました。かつては単に銀座口、日比谷口、烏森口などと案内されていたようですが、東京オリンピック前からでしょうか……、北改札と南改札をハッキリ表示し、北改札はさらに日比谷と銀座の改札に分かれます。因みに銀座改札と銀座口は、Ginza GateとGinza Exitと表記されていました。

私は初めて降りた新橋駅の表示に多少戸惑いましたが少々早く着いたので、改札向かいの大きな柱の陰で暫く時間を調整することにしましたが、銀座口周辺はサラリーマン風の人の群れが交錯していました。そしてその流れの淵には待ち合わせと思しき男女の姿がそこかしこにあり、伯父もこんなふうにして店まで通ったのでしょうか……。

そんな想像をしているとあっという間に30分程が過ぎ、そろそろ「天使の誘惑」に向かう時間となっていました。

念のためスマートフォンで「銀座八丁目」、「天使の誘惑」を検索すると簡単に見つかり、「天使の誘惑」「銀座八丁目○番○号喜村ビル2階」とあり、電話番号や簡単な地図なども載っていて、ここから五、六分程と思われました。

私は少し拍子抜けしましたが、ウォークナビに従い注意深く人の流れに合流、歩道から溢れそうになっている群衆に吸い込まれて一瞬身の自由を失いそうになりました。

すると次の瞬間信号が変わり、堰を切ったように群れが一斉に大通りを渡り始めて、私はまるで濁流に翻弄されるように流されると、対岸に滞留する別の群れの淵に接しながら先へと流されました。

しかし間もなくその流れも密度を下げて、高速道路下の交差点辺りで落ち着きを取り戻しナビで確認すると、どうやらここが土橋交差点で、先程渡ってきた大通りが外堀通りだったようです。私は信号を待つ間、深呼吸で酸素を胸いっぱいに取り込み交差点を渡り、御門通りを横切りリクルートビルの裏側に辿り着きました。そしてそこから眺める路地の光景に驚かされ、まるで七色のネオンが原色のパノラマパークのようで、夜空さえ明るく照らす別世界でした。

ほんの少し前までの人の群れからは想像もできない世界の入り口で、現実感のない不思議な小宇宙に吸い込まれる錯覚を覚えましたが、目的の店を目指して足を踏み入れました。

三、四分も歩いたでしょうか、「喜村ビル」の前に着き連なる色とりどりの看板を見上げると、「天使の誘惑」は2階の辺りですぐに見つかりました。

黒の背景に赤のネオン灯一色で「天使の誘惑」と緩く灯っていて、数ある看板の中でも一番レトロで、逆に目を引いたのです。

私はもう一度深呼吸をすると、まっすぐ3階まで伸びる階段を上がり、2階の踊り場で「天使の誘惑」、とプレートが付いた扉の前に立ち腕時計を見ると、開店の8時にはまだ少し時間がありました。

それでも他の客が居ない方が話し易いと思い、思い切って扉を半分程開けて覗き込むように上半身を入れ、

「もうやっていますか……」

と店の奥に向かって声を掛けてみました。

「え～……、8時からですけど……、間もなくですのでどうぞ」

と女性の声が返ってきました。

私はその返事を聞いて扉をさらに押し開け中に滑り込むように体を入れると、カウンターの奥に何か準備をしている若い女性の姿がありました。

「いらっしゃいませ……。お客様は初めてですか？　どなたかのご紹介？」

と、彼女はカウンターの中から顔だけこちらを向けて尋ねましたが、同時にその目は用心深く私の姿をチェックしているようでした。

私は銀座を訪れるには少しばかりラフな服装だと気付きましたが、それでも今日の目的を心に秘めて、

「え～と、大山豪太郎の……」

と口籠《くちご》もると、

「まあ、大山様のご紹介ですか。そうでしたか。それはありがとうございます」

彼女の口調は明らかに変わりました。

「チーママのルミです。今日最初のお客様が大山様のご紹介だなんてとてもラッキーなスタートだわ」

などと言って、慌てたようにカウンターの外へ出て来ると、端に置いてあった薄いベージュのバッグから、ワインカラーのカードケースを取り出し、私の前に両手で名刺を差し出しました。

目の前に立たれてみると、ルミはすらりとした長身で目元のすっきりとした美人、私は思わず緊張して身体が強張りましたが、名刺へ目を移すと、

「天使の誘惑　チーママ　ルミ」

と書かれていて、すぐに受け取らない私の方へと少し突き出しました。

「豪太郎の甥の大山竜太郎と申します」

「まあ、甥御さん！」

「はい、豪太郎は伯父です」

「そうでしたか～。甥子さんですか……」

まだ差し出されたままの彼女の名刺を受け取るべきかどうか迷いましたが、このままでは先

に進めないと思い、受け取るとカードケースに入れて、これも少し迷いましたが自分の名刺を手渡しました。

彼女は嬉しそうにその名刺を受け取ると、

「大山竜太郎さん。いいお名前ですね」

そう言い名刺を自分のケースに収めたので、

「あの～……」

「まあ、そんなところに立っていらっしゃらないで、そちらにお座り下さいませ。今すぐ準備しますから、水割りでよろしいですか？」

そう言ってカウンターの中に戻り、伯父のボトルを素早く見つけてグラスにウイスキーを注ぎました。そしてミネラルウォーターのキャップを回しながら、

「竜太郎さん、今日はお一人ですか？　それとも伯父様と待ち合わせか何か？　そういえばちょっとお見えになっていないの……。お元気ですか？」

「それが……実は……。伯父は10日程前に亡くなりました。今日はそれをお伝えに来ました。何かまだ勘定が済んでいなければ、今日お支払いしたいと思って……」

ルミは注いでいたミネラルウォーターが溢れるのにも気づかぬように私を見つめて、その大きな瞳から涙を零《こぼ》しました。そして振り絞るように、

「信じられません……。あのお元気だった大山様が……。

お店に来られると自然と雰囲気も明るくなって……、他のお客様ともすぐに仲良くなられて、本当に母が聞いたらとても悲しむと思います。なんと伝えたら……」

「母？……」

「ええ、この店のママで私の母です。大山様はもう二十年来のお客様で、母が聞いたらショックでまた寝込んでしまうわ。今日も少し体調を崩してお休みしているの……」

「そうでしたか……」

私は手短に豪太郎の最期を伝えると、未払いは無いか重ねて尋ねました。

「大山様は本当に几帳面な方で、必ず月末までには振り込んで下さいました。その点はどうぞご心配なさらないで……」

「そうでしたか……。分かりました。それでは今日のお勘定をお願いします」

「まあ、ごめんなさい。水割りの途中で……、まだお出ししてなかったわね。すぐ作り直しますからちょっとだけお待ちになってね。せめて一杯お飲みになって。

それに今日はお勘定だなんて、お伝え頂いただけで感謝申し上げます。お礼を言うのはこちらの方ですわ。本当にありがとうございました、そしてご愁傷様でございました……」

ルミが涙も拭かずに水割りをカウンターにそっと出し、私はゆっくりとグラスを空けてから礼を言って店を出ました。

私は肩の荷を下ろした思いでもう一度腕時計を見ると30分程経っていましたが、とても長い時間だったように感じられました。

改めて銀座の路地から夜空を見上げると、華やかなネオンの狭間にまるで中洲のような細長く暗い空があり、そのどこかから伯父が見ているような気がし、

「伯父さん、これでよかったよね……」

そう呟いてから、人の流れに逆らうようにして再び新橋駅に向かうと、頬を吹き抜ける夜風が心地よく、少しだけ役に立てた気が致しました。

4　告別、浅草仲見世粋な店主《あるじ》

私は東京転勤以来三ノ輪のアパート暮らしをしていますが、そこは日光街道と明治通りの交差する大きな交差点から少し路地を入った所で、まだ僅かながら下町風情を留める一角でした。博多の郊外と通じるような雰囲気が気に入っていましたが、時に空気が澱むのと夜まで通りの騒音が伝わってくることがいささか気になっています。

そんな街に移り住んで1年半が経ち漸く東京暮らしにも慣れ、博多訛りを標準語に直すかどうか迷っていた頃、伯父の訃報に接しました。

信じられない突然の知らせに動揺しながら葬式に向かいましたが、さいたま市のセレモニーホールまでは上野経由1時間余りで思ったよりだいぶ早く着いてしまいました。そのため受付が始まるまで時間もあり、早めに来られた方から亡くなる直前の話をお聞きでき、新たな感慨を胸に葬儀に臨むことになりました……。

葬儀は夕刻までには全て滞りなく終わり、その後は祐さんと思い出を語りながら酒を酌み交わしましたが、浅草の話題がでることはありませんでした……。

ただ、伯父は亡くなる前によく東京に出掛けていたようですので、何処かにつけが残っているかもしれない、などとは話したものです。

その翌日、祐さんが未亡人となった弘子さんを心配し電話をしたところ、偶然浅草の話が出て、稲賀さんという仲見世のご主人とよく飲んでいたらしい、ということでした。

祐さんは、一応その方にも伝えておいた方がいいだろう、と連絡をしてきたのです。そして話の最後に、

「親父はリタイアしてからも昔の仲間と時折飲んでいたみたいだけど、この数カ月は新橋、有楽町、神田から、銀座、浅草まで頻繁に出かけていたらしい……」

そう言って苦笑しました。

「いいですよ、祐さん、僕が行って来ますよ。浅草は近いですから」

そう応えると少しばかり世間話をして電話は切れました。

実は三ノ輪に引っ越してきたばかりの頃、浅草見物に行こうと『浅草においでよ!』などというガイドブックを熱心に読んだりし、家から案外近いことを知っていたのです。

スマホで検索すると、三ノ輪―上野―浅草、地下鉄日比谷線と銀座線を乗り継いで16分、4・6㎞と表示され、真っ直ぐ国際通りに沿って歩けばもっと短いので、ぶらぶら歩くにはちょうどいいと思い、街の見物がてら出掛けることにしました。

ルートは単純で、三ノ輪から国際通りを真っ直ぐ南下すれば浅草です。道に迷う心配も無く、きっと良い想い出になるのではないか、そんな気がしました。

そこで早速国際通りに沿って歩き始めると、まず気付いたのは交差点に興味深い名前がついていることで、私はその都度立ち止まって検索することにしました。

最初の交差点は「竜泉二丁目」で、ここから「竜泉」までの一帯は、かつて樋口一葉が暮らした辺りで、記念館や旧居跡もあり、『たけくらべ』などの名作が執筆された文学の香りが残る地区です。

私も一応文学部を卒業していましたので、「一葉」の名前とその代表作くらいは知っており、かつて彼女がこの辺りを散策しながら小説の構想を練っていたのではないかと想像すると胸がときめきました。

さらに行くと「西徳寺前」とあり、検索では西徳寺は真宗佛光寺派のお寺さんで、山号は「光照山」。

江戸時代数度の大火や関東大震災にあって焼失しましたが、その都度再建されてきたと言い、檀家さんの熱心な信仰心が窺える歴史だと感心しました。

そういえば、伯父の葬儀は日蓮宗でしたのでこちらも鎌倉仏教だ、などと勝手に奇遇を感じたものです。

続いては「鷲神社前」とあり、「おおとりじんじゃ」と読むのですから思わず、

「読めねぇ……」

と呟いてしまいました。

立ち止まって改めて周囲をじっくり眺めているうち、ここが「酉の市」で有名なあの神社だったことに漸く気付き、自分の無知を恥じましたが、歩いて来たからこそだと思い、いかにも東京の下町を散策している気分になりました。

さらに検索を続けると、何でも天日鷲命《あめのひわしのみこと》と日本武尊が祀られていて、その発祥は景行天皇の御代とも言われ、日本武尊の東夷征討の際の戦勝祈願にまで遡ると言います。

また、天日鷲命は諸国を開拓して産を興した「殖産の神」ということで、単に開運・商売繁盛の神様と思っていた私はまたもや不明を恥じて、独り顔を赤らめました。

そして改めて地図を眺めると、お寺や神社が多い地区だと気付き、さらに検索すると、台東区界隈は、江戸時代にお城の守りを固めるため寺社を集めた、などと解説されていました。

「ふ〜ん、お寺も神社も石垣か……」

そう呟いて、今度は徳川の深慮に思いを馳せながら歩くと、左右に浅草の名を冠した建物が目につくようになりました。

間もなく「西浅草三丁目」なる交差点にさしかかり、浅草という文字が感慨深く映りましたが、そこは言問通りと交差する大きな交差点で、左に折れれば隅田川にかかる言問橋に出る筈で、一瞬迷いましたが真っ直ぐ先を急ぎました。

ガイドブックで観た街並が自然と頭に浮かび、伯父もこの辺りを歩いたかもしれないと思った時、

「竜太郎……」

伯父の声がした気がしました……。

何故かこの辺りから気が急《せ》き、「公園六区入り口」を一気に過ぎ、「国際通り浅草一丁目」を経て「雷門一丁目交差点」までたどり着くのに大した時間は要しませんでした。この交差点を左に折れ雷門通りを行けば、間もなく「浅草一丁目交差点」で、その先が「雷門」の筈です。

先が見えた私は歩みを緩め、通り沿いで土産物でも見繕っておこうかと革小物や和食器等の店先を覗いて見ましたが、残念ながら私の懐では対応不能で、雷おこし、人形焼、芋羊羹などが思い浮かびましたが、改めて今日のミッションを思い、またの機会に譲ることにしました。

そして雷門通りの店を素通り、ついに雷門に到着し、この門をくぐって仲見世通りを抜ければ「浅草寺」です。そこでまた検索。

「金龍山浅草寺」、その名を知らぬ人は居ませんが、私はその来歴も知りたくなって少し時間をかけ解説を目で追うと、そのルーツは推古天皇の時代まで遡るといいます。推古天皇と言えば１４００年くらい前に即位された初めての女帝で聖徳太子を摂政とされた、そんな日本史の授業を思い出しました。

東京最古の由緒あるお寺さんで、秘仏の聖観音像をご本尊としてお祀りしていると続き、徳川家康が祈願所と定め寺領５００石を与えて以降、徳川将軍家に重んじられ隆盛、今日に至っている云々、とまだまだ沢山の解説が続いていました。

切りが無いので程々にして、今日歩いてきた道途《みちすがら》を振り返ると、「公園六区入り口」の前に「つくばエクスプレス浅草駅」を通り過ぎていたことに気付き、

「TXか……」

と呟くと感慨深い思いが蘇りました。このTXこそ私を演劇へと導いた誘導路だったのです。

あの日、私はTXに乗り学園祭に向かいましたが、学園周辺には既に沢山の生徒達が歩いていて、皆楽しそうに校門の中へ吸い込まれて、遠くからは軽音楽も聞こえていました。

構内至る所で催されている手作りイベントを覗きながら、時に立ち止まり、時に声を掛けられ進みましたが、どれも洗練された都会の雰囲気や華やかさが感じられ、演劇会場に着く頃には昂る気持ちを抑えられませんでした。

そんな高揚した気持ちで私は演劇と運命の出会いをし、初めて自分の進む道を見つけたと確信したのです。

TX浅草駅が私にこんな感傷を呼び起こしたのは、果たせなかった夢の残り火がまだ燻っているからなのでしょうか。懐かしくもほろ苦い思いで、暫しの間感慨に浸りました……。

暫くして私はそんな思いを振り払うように目を開き、祐さんとの約束を果たすべく、これから会う仲見世の店主《あるじ》に思いを馳せ、物見遊山の気分と決別し改めて雷門を目に焼き付けておくことにしました。

風神・雷神像、その背面の天龍・金龍像。

「雷門」と記された大提灯正面、背面には「風雷神門」の正式名称と奉納日。新調された下輪と底の龍の彫物。

正面銘板と背面寄贈者銘板、一人深く頷くと忘れかけていた営業所の先輩の話を想い出したのです。

「この提灯を初めに奉納したのは1960年、松下幸之助が焼失した雷門を再建した時で、以来ほぼ10年毎に大修復、現在のものは2020年4月に奉納された七代目。製作は京都の高橋提灯さん云々」

私はもう一度頷き交番脇まで移動し検索。「仲見世」、「稲賀商店」で調べると仲見世商店街マップが現れ、「観光土産　いなが　雷おこし」が見つかりました。

雷門をくぐって右側の四、五件目だと確認、ミッションを控えて吉兆と伯父の顔を思い浮かべました。そして稲賀さんが昼食を済ませて戻ってくる頃合いの1時過ぎに訪ねることにして、その間に腹ごしらえをしようと周辺《あたり》を探検しましたが、天麩羅屋、鰻屋、寿司屋、蕎麦屋などどこも行列、しかもお安くないのです！

「名物に安いもの無し！　かぁ」

ため息をつくと日頃よく行く牛丼チェーンに辿り着き、その後は馴染みのコーヒーチェーンで休息、どう伝えるかを整理しました。

お会いしたら簡単に自己紹介をし、伯父の最期を簡潔にお伝え、最後に飲み屋に「つけ」などないか、あるいは稲賀さんに借りはないか確認、あれば清算してお礼を言い辞去する……。

コーヒーをゆっくり飲むと再び雷門の前に立ち、大提灯の右側を通り抜け、その先に連なる仲見世商店街を見渡し静かに看板を読み上げました。

「福光屋」「大海屋」「評判堂」「梅林堂」等はいかにも由緒あり気な屋号でしたが、「こいけ」「あずま」等経営者の名前と思しきものもあり興味は尽きませんでしたが、目指す店はすぐに見つかりました。

「観光土産　いなが　雷おこし」青、黒、赤の三色で文字サイズを変えたファサード看板の店で、少し離れた所から来店客が途切れるのを待ちました。ところがそれは無駄だと気付き、意を決して飛び込むことにしました。

店頭には土産物が所狭し、と並んでいて、幅50センチ程の通路はすれ違うのも大変でしたが、奥には小さなレジがあり、女性店員さんがにこやかに応対していました。

「いらっしゃいませ」

と声を掛けられた私はおずおずと尋ねました。

「あの〜……、稲賀さんはいらっしゃいますか？」

「あっ、社長ですか……。昼食から戻っていれば裏の事務所にいるかもしれませんが……」

怪訝そうな眼差しで私を見ました。

「そうですか、ありがとうございます。それでは事務所の方に行ってみます」

そう言って出ようとすると、立派な体格の外国人女性が入ってきたので、通路を譲ろうと精一杯体を横にしましたが、かなりの過剰接触が生じました。

彼女は全く意に介すことなく、ニコッと笑い、

「サンキュウ」

と言って通り、私も、

「ウェルカム」

などと言いながら何とか店を出て、言われた通りすぐ脇の細い路地から裏手に回ると、3階建ての立派な鉄筋コンクリートの建物の前に出ました。

そこには「稲賀」の表札がかかっていて、どうやら自宅兼事務所だろうと察しがつき、その前で暫く表札を眺めながらこれから会う「稲賀」なる人物を想像していたところ、

「どちら様でしょうか？」

という低い声がし振り向くと、雷門から商店街裏を通る路地を向かって来る恰幅のよい黒縁眼鏡の姿があり、見た瞬間この人に間違いないと確信、想像通りでした。

「大山豪太郎の甥で大山竜太郎と申します。稲賀様でしょうか？」

「はいそうですが……、豪太郎さんの甥御さんが何の御用ですか？」

「はい、実は、それが……」

私が言い澱んでいると、

「甥御さん、確か息子さんがいらっしゃったと記憶しておりますが……」

「はい……」

依然として口籠もっていると、

「まあ、ここじゃ何ですから、中へどうぞ」

と言って、ポケットから鍵の束を取り出し、そのうちの一つを器用に摘まんで事務所兼自宅のドアを開けてくれました。

そこには一直線に3階まで伸びる急な階段があり、彼が手すりを掴みながらゆっくりと上がる後に続きました。2階の小さな踊り場に着くと、彼はそこで再び先程の鍵の束から別の1本を摘まんで扉を開け中へ入っていき、そこが事務所だと分かりました。

「散らかっていますがどうぞ」

ソファーを指し、私は言われた通り浅く腰掛けました。

「豪太郎さんの甥御さんがどうしてここへ？」

彼は応接セットの奥にあるデスクの椅子に座ると、乱雑に置かれたメモやファックスに一瞥をくれながら尋ね、

「確か大山さんには一人息子さんがいらっしゃったと記憶しておりますが、あなたは甥御さんなんですね」

と念を押し、

「はい、本来は息子の祐太郎がお訪ねすべきところですが、今日は急な手術の予定ができてしまいまして、代わりに私がお訪ねした次第です」

「ああ、思い出しました。ご子息は信濃町の病院にお勤めでしたね」

さすが商売人、記憶は確かですぐに伯父との話を思い出したのか、合点がいった様子で何度か頷きました。

「それで、今日は何の御用でしょうか？」

「実は、伯父の豪太郎が亡くなりました……。２週間程前です。心不全でした。既に葬儀も滞りなく済ませております」

「亡くなった！　……心不全で？」

暫く次の言葉が見つからなかったようでしたが、気を取り直して、

「だって大型バイクに乗ったり、公園でジョギングをしたりしていたんでしょ。先月も一緒に飲んだばかりですよ。久し振りに２件梯子しました。いつも通りこの事務所の下で別れ、『じゃあ、また』と言って元気に帰っていきましたよ」

「そうでしたか、やはり稲賀様とは最近もご一緒されたのですね。

伯父は亡くなる前日にもサーキットの走行会に行っていた程元気でしたが、その翌朝起きてこないので、奥さんが見に行ったところ亡くなっていた、ということです」

「サーキットで転んでも怪我一つしない、なんて自慢していたのに……」

「私も伯父には実の息子同様可愛がってもらいましたし、祐太郎さんとは兄弟同様でした。そんなこともあって、以前伯父から浅草の話を少し聞いたことがあります。その時の話の方が稲賀様だったんですねぇ。

これまで稲賀様との詳しい関係も存じ上げませんでしたので、ご連絡が遅くなってしまい大変申し訳ございませんでした。遅れましたが生前は何かとお世話になっていたと存じます。故人になり代わりましてお礼を申し上げます。

実は……、稲賀様をお訪ねすれば、この浅草に飲み屋の『つけ』などが残っていないか分かるのではと思い、また、お立て替え頂いているものがあれば今日合わせて清算して参りたいと存じます」

「豪太郎さんとは仲の良い飲み友達で、私のサラリーマン時代の先輩でもあり親しくさせて頂きましたが、お世話などしたことはありませんよ……。

それに彼は必ずその日の飲み代は払っていましたからご心配いりません。私との間も同じです。

こちらも後先になって恐縮ですが、改めてこの度はご愁傷様でございました。どうぞお力落としのないよう皆様にもお伝え下さい」

彼はそう言うと、デスクに戻り引き出しから不祝儀袋を取り出し、筆ペンで名前を書き、財布から取り出した一万円札を収めて私の前に差し出しました。

「これをご霊前にお願いします」

そう言うと再び黙り込んで、事務所の天井を見つめました。

「お心遣い誠にありがとうございます。ところで稲賀様はサラリーマンをやっておられたということですが……」

私はお礼を言ってから少し気が楽になって思わず聞いてしまい、

「はい、東洋石油時代に数年ご一緒させて頂きました。もう40年も前の話です。大山さんとは気が合い、当時からとても懇意にさせて頂いていて、私が会社を辞めてこの店を継いでからも時折浅草で一緒に飲んでいました……」

遠い昔に思いを馳せるように目を閉じました。

「そうでしたか。そんな長いお付き合いをされていたのですね。伯父も今日はきっとどこかで見ているような気がします……」

「……」

暫くの沈黙の後、私はもう一度お礼を言ってから香典を胸のポケットに収め、深めに頭を下げ事務所を出ました。扉を閉める間際に稲賀さんが低い声で、

「どうぞお気を付けて……」

私は再び浅草の雑踏の中に戻りましたが、やけに喉が乾きほんの30分程前までいたコーヒーショップに向かって歩き始めていました。アイスコーヒーを注文し、これで無事に今日の役目

は果たした、そう思うと徐々に体の力が抜けていき、

「伯父さん、これでよかったよね……」

と小さく囁くと、目を閉じました。

するとどこからともなく伯父の声が甦ってきたのです……。

「竜太郎、浅草に行ったことがあるか？」

大学に入学して間もない頃でした。

「いや、無いですけど一度行ってみたいと思っています」

「そうか、一度行くといいぞ。浅草寺にお参りするだけでもいい、ご利益もあるしな。たまにはご先祖様の供養でもしたらどうだ。浅草寺さんは家の宗派に関係なく聞いてくれるらしいぞ」

などと言われましたが、先祖や宗派等《など》全く興味がなかったので生返事をしたところ、

「浅草の仲見世や花屋敷を観て美味い物を食うのもいいぞ。天麩羅、鰻、寿司、蕎麦、なんでもあるし、お前の好きな肉の美味い店もあるぞ」

今度は現世利益のお薦めになりましたが、浅草の銘店で食事ができる程懐に余裕がある筈も無く、またもや生返事を繰り返すと、

「実は浅草には知り合いが居て『十和田』という蕎麦割烹で時折飲んでいるんだ。

彼は仲見世商店街の理事をしていて、芸者衆は『浅草最後の旦那』なんて呼んでいたよ。小

遣いで遊んでいる老舗の二世なんかとは比べ物にならない、そんなことも言っていたな。

その遊びはちょっと粋で、浅草で稼がせてもらった金はすべて浅草に返すと言って、お座敷の無い芸者が居ると声を掛けては呼んでいたんだ。人気があるわけだ。浅草芸者は浅草文化の華だから……、なんて言っていたな。

特定の芸者に入れあげることも無くて、皆《みんな》を可愛がっている感じだな。俺も時々誘われていたけど、ある日二人程若い芸者を連れて来て一緒に飲んでいたら、それを見た外国人観光客が写真を撮らせて欲しい、と言ってきたんだ。

すると彼は気持ち良くそれに応じたばかりでなく、二人に言ってその場で歌と踊りまで披露させたよ。

店も急遽一畳四寸程の平台を用意、臨時の揚げ舞台にして簡単な打ち合わせの後で歌と踊りに分かれてね……。

そうしたら店を覗いていた他の外国人観光客まで入り込んできて店内は大賑わいになって、歌と踊りが終わると拍手喝采だったよ。

彼はそれを眺めながら黙って嬉しそうに飲んでいた……。

どうだ、こんな話は聞いたこと無いだろう。浅草にはまだこんな男が居る。ドラマや小説じゃないぞ。まさに事実は小説よりも奇なりを地でいく浅草最後の旦那だ」

伯父はそう言い楽しそうに笑いました。

「芸者さん？　芸者さんと一緒に飲んで楽しいの……」

私は愛想の無いことを言ったところ、

「ああ、お酌をしてもらいながら、いろいろと話すんだけどな……。皆聞き上手だよ。これも立派な芸の内さ。踊りや三味線が表芸だとすれば、話芸は裏芸かな。彼女たちのいろいろな人生経験が滲んでいるからなぁ」

「芸者さんの人生経験？」

「そうさ、人生の悲しみや喜び、酸いも甘いも嚙み分ける経験をしているからこそ、どんな話にも合わせられるのさ。

俺も何人かの芸者さんと多少は馴染みになったよ。ところが偶然とは恐ろしいもので、その中になんと、大和興産販売店の娘がいたんだ！

俺も東洋ユーロ石油に勤めていたから、仕事や業界の話など普通では考えられないような話で盛り上がったよ。

寿々柳《すずりゅう》姐さんと言ったかな……。実家のガソリンスタンド経営や販促キャンペーンから、価格交渉の話まで話題は尽きなかったな。

その時姐さんは、

『大和のガソリンは仕入れが高い。特に小さな店には！』

なんて文句を言っていたよ。

『東洋ユーロのガソリンを安く分けてくれない？』

なんて言って流し目をくれたりしたねぇ。俺は笑いながら、

『うちのガソリンも高いぞ！』

そう言ってやったら、

『大きな会社はみんな私たちのような小さい店には容赦無いのね！』

なんて言って、今度はその目で睨んだよ。あっはっは」

伯父は酔いが回ったのか切りが無さそうだったので、

「伯父さん、とても面白い話ありがとう。僕も社会に出たら一度くらいそんな経験をしてみたいですね。今日はご馳走様でした」

そう言うと、伯父は上機嫌で勘定を済ませて何時ものように駅まで一緒に来て、私の顔を見ながら一万円札を握らせ、

「これで浅草の美味い物でも食え」

そう言ったのです……。

「5番のカードをお持ちのお客様、大変お待たせいたしました。アイスコーヒーができました」

店員の声で我に返った私は、コーヒーを受け取り、紙ストローで吸い込むと、喉元から胃袋へ爽やかな冷感が伝わり、同時にスッキリとして気持ちの整理がつきました。

今となってはとても懐かしく切ない思い出ですが、稲賀さんとお会いしたことでそんな昔の記憶が蘇ってきたのでしょうか……。

私は、少しばかりの感傷を残して浅草に別れを告げました。

5　説教、神田寿司屋の食い違い

大学3年の終わり頃、伯父と神田の寿司屋で食事をしたのですが、それは演劇に夢中で学業を顧みない私を諭すのが目的で、きっと息子を説教している父のように見えたのではないでしょうか。

伯父は、酒を少し飲むとストレートに私を諌め、堅い職業に就くことを勧めましたが、母の切実な思いの代弁であることも分かっておりました。

なぜなら、母がこんな電話をしたと言うのです。

「最近授業料の他に公演の雑費立て替えまでしているらしくて、アルバイトに明け暮れているようなの。

こないだ公演の写真を送ってきたけど随分と痩せていたわ。きっと以前から弱かった胃腸の調子を崩しているのよ、とても心配。

様子を見ながら言って聞かせて欲しいの。そろそろ演劇を止めて真剣に就職を考えるよう伝えて欲しいの。よろしくお願いします」

「そうか、分かった。竜太郎にはじっくりと言って聞かせるから心配するな」

伯父はそう応えたそうです。

その頃私は不規則な生活が続いていて、難病指定の「潰瘍性大腸炎」を患ってしまったのですが、真面目に病院に通わず、薬も飲んだり飲まなかったりで、下痢に悩まされていました。

そのため体重もかなり減って、頬がこけ人相も変わってしまいましたが、今度の役には反って都合がいい、などと嘯いてバイトの掛け持ちを続けながら稽古場と往復する日々でした。

そんな事情を知る筈も無い母でしたが、急に連絡が減ったこともあってか、母性本能が働いたのかもしれません……。

伯父は時折会っていたせいか、私の変わりように気付かず、母の電話に慌てて、確かめずには居られなくなったのです。間もなく電話があり、

「竜太郎、分かっていると思うが、何をするにしても健康が第一だ。健康でなければ何事も長続きしないぞ。そんなことでは虻蜂取らずになる。健康回復が絶対だ。

バイトを辞めて規則正しい生活をしろ。もちろん学業優先だ。金の事なら心配するな。俺が何とでもしてやる。学生演劇など勉強をしっかりやった上でするものだ、わかったか」

と強い口調で言いました。母から頼まれたのをいい機会と捉えたのでしょうか、それまでにない物言いで、演劇を止めさせなければ就職も覚束ないと思ったのではないでしょうか……。

その日を境に何度も繰り返し言ってきましたが、私の曖昧な返事に業を煮やし、ついに私を呼び出すことにしたのです。

「今日飯を食おう」

極端に短いメールで、それが伯父の切迫感を感じさせましたが平静を装い、

「はい、新宿駅改札口6時でいいですか？」

と返信、

「神田駅6時」

さらに短く有無を言わせぬ圧力を感じましたが、生憎その日は演劇仲間と夕方居酒屋に集まる約束をしていました。公演準備が漸く整い、久し振りに行きつけの店で景気付けをすることになっていたのですが、それを許さぬ感があり、行くと腹を括りました。

伯父との関係を拗らせては、東京での生活が息苦しくなるのは明らかで、二人の関係にもヒビが生じかねないと思ったのです。おまけにその日は仲間と飲む金にも事欠くほど懐具合は悪化していて、こちらは体調以上に私を苦しめ迷う余地はなかったのです。

神田で美味《うま》い寿司を食べて元気を取り戻すのが得策で、手薬煉《てぐすね》引いて待っている伯父の元へと飛び込むことにしました。

「神田駅6時、承知しました……」

と返信、そして、

「ゴメ～ン、今日都合が悪くなってしまったので夕方は欠席させてくれ」

周りに聞こえるように言いましたが、稽古に熱中している仲間は気にする様子もなく、私は

神田駅6時から逆算し、この場を30分程で切り上げることにしました。

アパートに戻り着替え、モノレール、京王線、ＪＲと乗り継ぎ、6時少し前に神田駅に着きましたが、伯父はだいぶ前から待っていたようで改札口の外で私を見るなり寿司屋に向かって歩き始めました。

「いらっしゃいませ、いつもありがとうございます。カウンター右奥のお席です」

入り口付近に立っている支配人らしい男が愛想良く言い、言われるまま席につくと、伯父は生ビールを注文。

「はい、生中二つ！」

カウンターの大将が威勢よくジョッキをカウンターに出すと同時に仲居が二人の前におしぼりとお通しを並べました。

「乾杯！」

私は一気に飲み干すと、伯父が、

「大将、もう一杯、いや、二杯」

ビールのお代わりをして、私の顔を見ると、

「だいぶ痩せたじゃないか……。今日はなんでも好きなものを頼んで栄養をつけろ。遠慮するなよ。

大将、俺は、光り物。アジ、シメサバ、それからあったらコハダ、適当につまみにしてく

れ」

「僕はマグロとイカ、それからホタテを下さい」

「ところで最近あっちの方はどうなっているんだ」

熱燗に切り替えた伯父が今度は私を見ずに本題に入りました。

「まあ、あまり変わりはないですね。ボチボチと言ったところです」

曖昧に返事をしながら伯父の顔を覗くと、

「そうか、まだ続けているのか……。体調も崩しているらしいじゃないか。まずは健康が第一だ。ちゃんと通院しているのか……。

今すぐ止めろとは言わないが、そろそろ就職活動も始まっているだろう。その辺りは分かっているな。ここらで後輩に任せたらどうだ。

そしてどこか堅い所に就職しろ。何なら俺が紹介してやってもいいぞ。それとも町役場にでも勤めるか。給料は安いかもしれないが、民間程きつく無いらしいぞ。何処か当てでもあるのか？　それならそれでもいい。九州でも随分心配しているぞ」

まだ酒があまり入っていないせいか、冷静な口調でした。

「はい、その辺も含めて今いろいろ考えています……。でも、もう少し時間を下さい」

私はつい耳ざわりのいい返事をしてしまいましたが、今日は言い争う気分にはなれず、せっかくの寿司を不味くしたくなかったのです。

「そうか、真剣に考えてくれるか……、そうか……うん。何かあればいつでも相談にのるからな。何でも言ってくれ。九州には俺から伝えておく。少しは安心するだろう。これでいい、いつまでも夢を追いかけてはいられないからな。夢で食えるのは貘だけだ……。今日は会った甲斐があった」

伯父は一人頷くと硬かった表情が和み、

「竜太郎、まだビールでいいか？　食うものは何か追加したか？　俺は酒にしているからな。手酌でいくから気にするな」

「刺身の盛り合わせを頼んであります。それからもう一杯ビールを頂きます」

伯父が早々に説教を切り上げてくれたので私はほっとして緊張が一気に解けて空腹感が蘇り腹が鳴りました。

「へい、お待ち！」

そこへタイミングよく刺身の盛り合わせが出て、

「竜太郎、盛り合わせの他に何か好きなものがあれば追加しろ！　まだ握らなくていいよな……。大将、酒」

「一合にしますか？」

「二合で」

「へい、熱燗二合、カウンター様」

「大将、次は貝を少し見繕ってくれ」

「へい、今日はアカガイとアオヤギのいいやつがありますよ！」

「おう、それじゃレッドとブルーを頼む」

「旦那、うまいことというね！　では酒のホットです」

タイミング良く大将が熱燗を伯父の前に出すと、ニヤリと笑いました。

「大将。まあ一杯飲んでくれ」

「へい、旦那、ありがとうございます！　生ビール頂きます！」

そう言って大将が早速美味そうにビールを飲むと、一段と張りのある声で、

「次は何にしますか！　旦那」

伯父は手酌で飲み始めていましたが、

「それじゃぁ取り敢えず、隣に特上の握りだ」

「へい、特上握り、一人前、カウンター様」

伯父のペースが速くなってきたのが気に掛かりましたが、そろそろ盛り合わせも片付いてきたので、握ってもらおうと思っていたところでした。

「伯父さん、今日は本当にありがとうございます」

そう言ってから巻物の追加注文をすると、横で伯父は黙ってお猪口を見つめていましたが、その横顔は少し微笑んでいるようでした。

「僕は冷酒下さい」

「へい、冷酒は、〆張鶴と八海山、どっちにします？」

「う～ん、この前飲んだのはどっちでしたっけ？　伯父さん」

「おう、この前は八海山だったかな」

「それじゃ、今日は〆張鶴を下さい」

「へい、〆張カウンター様、旦那はいかがしますか？」

「俺は熱燗、もう少し熱くしてくれ、それから、ビールグラス」

「へい、熱燗もっと熱くしてカウンター様、それからビールグラス1個」

「竜太郎、随分腕を上げたな」

伯父は相変わらずこちらを見ませんでした。

「はい、伯父さんにだいぶ鍛えられましたので」

私も少しアルコールが入って、軽口を叩くと、大将がすかさず、

「はい、熱燗の熱いの、それからビールグラス、熱いから気を付けて下さいね」

「おう」

伯父はお銚子の一番上を親指と人差し指、中指で器用につまむと、ビールグラスに半分程注ぎ、今度は私の方を向いて乾杯する仕草をしてから口に流し込みました。

いかにも伯父らしい、そう思いながら私も冷酒のグラスを少し持ち上げて口にしましたが、

伯父は一瞥すると少し頬を緩めたように見えました。

「へい、特上握り、お待ち！」

またしても、絶妙のタイミングで握りがカウンターの上に並び始め、私はまだ満たされていない胃袋に次々と放り込み味の七変化に至福の時を楽しみました。

「旦那、そろそろ握りましょうか？」

「そうだな、ヒラメとマグロをくれ、あ、その前に熱燗も、今度は一合でいいから、大将、もう少しだけ飲ませろよな」

誰からも止められていないのに、機嫌がいいときの伯父はそう言って酒を追加するのです。

私は伯父と大将のやり取りを聞きながら、目の前に差し出された大トロを少しの間目で味わい口に運びましたが、まさにとろけるその味に思わず目を細めて頷き、やっぱりこいつに限るな、などと思いながら余韻に浸りました。

ただ、こんな私の態度が後に大きな衝突を引き起こすことになったのです……。

6　挫折、演劇と現実

「竜太郎君、はい、手紙」

そう言って封書を手渡してくれたのは、東京転勤以来何かと世話になっている山田先輩でした。

「弓田　みどり」

とありましたが、私には全く覚えのない名前、封を開けると毛筆の手紙と不祝儀袋が入っていました。

「前略、突然のお手紙ごめんなさい。他に方法が無かったのでお許し下さい」

で始まり、

「先日はご来店ありがとうございました。また大山様の事お伝え頂き本当に感謝申し上げます。大山様は私が『天使の誘惑』を開店して間もない頃からのお客様で、大変お世話になっておりました」

と続き、

「先日は娘のルミがお相手をさせていただきましたが、すぐにお帰りになられたとのことで十分なお礼もできませんでしたことお詫び申し上げます。

竜太郎様がお帰りになられたすぐ後に電話で大山様の訃報に接しました。本来ならお宅をお訪ねしてお線香をあげご霊前にお供えすべきところなのですが、私のような者が奥様をお訪ねするのは反って失礼かと存じ、大変不作法ではございますがお香典を同封させていただいた次第でございます」

あの日体調を崩して休んでいたママのみどりさんからでした。

私は「天使の誘惑」に行ったこともまるで遠い昔のように感じる程仕事に追われる日々で、ルミの名刺をもらった際に自分も名刺を手渡していたことなどすっかり忘れていました。ところが手紙を読み終えると薄れかけていた伯父とのことが思い出され、しばし感慨に浸ることになったのです……。

あれは大学４年になったばかりの頃で、いつものように伯父からメールがあり、

「今日時間はあるかい？　飯でも食わないか？」

「はい、あります」

「それじゃいつもの場所に６時」

「はい」

短いやり取りが交わされましたが、伯父とはこれで充分でした。

私は依然として演劇活動に没頭していて、後輩達の面倒を見たり、雑費を一時立て替えたり

で、自然とクラブの中心的存在になっていました。

その一方で、仕送りをしてくれる母に楽をさせたいと思っていましたので、バイトの掛け持ちをして3年からは授業料を自分で納め、少しばかり親孝行気分を味わっておりました。元々入学したら自力で学費を賄うつもりでいたのですが、東京暮らしは予想以上に出費が嵩み、遅れていたのです。

母には割のいいバイトが見つかった、などと適当なことを言って学資の仕送りを一方的に断ってしまいましたので、卒業まではこれで頑張るつもりでいました。

ところが長年苦労して働いてきた母は、学生がそんな簡単に金を稼げるとは思えず心配になり、4年になったのを機に就職問題と合わせて伯父に相談していたのです。

「卒業したら九州に戻って堅い職業に就いて欲しい、仮に戻らなくても役者のような水商売だけにはならないで欲しい」

そう伝えていたそうで、このままでは長年の苦労も報われないと思ったのでしょう。

そのためこれ以上先延ばしにできないと、伯父は私のアルバイト先の芸能事務所を独断で訪ねたのです。

事務所は道玄坂入り口近くの雑居ビルで三、四階に跨ってオフィスを構え、渋谷駅から歩いてすぐの分かり易い場所でした。

マンションを改装したような建物で、狭いエントランスの案内板がすぐ目に入り迷うことなく受付に着いたようです。

「オフィス１９８０」というシンプルなプレートの扉を開け、受付の電話で来訪を伝えると、女性の声で用件を尋ねられ、

「大山竜太郎の伯父です。甥のことについていろいろとお聞きしたいことがありお邪魔しました」

ストレートに伝えると、

「少しお待ちください」

短い返事があり、間もなく妙齢の女性が現れて、応接室へと案内されました。

「竜太郎の伯父、大山豪太郎です。甥がいつも大変お世話になっております。

また、アルバイトをご紹介して頂いているとのことで、ありがとうございます。

今日は竜太郎の今後につきまして、いろいろとお話を聞かせて頂きたいと思い参上しました。

また私の話も少しお聞き頂きたく存じますのでよろしくお願い致します」

「初めまして。オフィス１９８０のスカウト部長をしております美杉早苗と申します」

彼女が名刺を差し出し伯父も、

「東洋ユーロ石油株式会社燃料販売部販売課　課長補佐　大山豪太郎」

と印刷された名刺を出して交換、単刀直入に切り出しました。

「最近竜太郎はこちらのアルバイトを含めて演劇に熱中するあまり、体調を崩してしまいまし

た。その上就職活動もせず九州の母親も大変心配しております。私はその道については詳しくはありませんが、竜太郎が役者として食べていけるとは思えないのです。大学の演劇クラブで少し活動をしたからといって、それでプロになれるほど甘い世界ではないと思っております。

できれば、早めにそれに気づかせてやりたいのです。つきましては美杉さんの方からそれとなく言っていただけると大変ありがたいのですが……」

伯父はここまで一気に言うと、彼女の顔を正面から見ました。

美杉さんは一瞬何か言おうとしたようでしたが、思い直したのか、

「コーヒーはお好きですか？　最近コロンビアのいい豆が手に入りましたの。私これ結構美味しいと思っているんです。一杯お召し上がりになりませんか？」

「はあ、……」

伯父は間合いを外されたように、間の抜けた返事をしましたが、

「好みもありますし、淹れ方も自己流でお口に合えばよろしいのですが……」

彼女はそう言うと、部屋の隅にあるコーヒーメーカーに向かって行き、伯父に半分背中を見せながら、上体を捻るようにして、

「竜太郎さんは熱心で才能もあるように感じています。それでスカウトさせていただきました」

コーヒーの話題を挟んでからそう言ったのです。

伯父はその横顔を見ながら、以前どこかで見たような気がしたらしいのですが、次に続いた言葉に面喰らってしまったのです。

「事務所の紹介するアルバイトをして頂きながら、スクールでレッスンを受けて頂いております」

「スクール？　レッスン？……」

思いもよらぬ返事に、すぐには次の言葉が出ませんでしたが、

「スクールのレッスン、それはもちろん有料でしょうね……」

そんなことを聞いたと言います。彼女は僅かに首を傾げながら、

「はい、少しですがお月謝を頂いております」

「月謝、それはおいくらでしょうか？」

「毎週1回で月2万円です」

「2万円！　そのレッスンが2万円というのは安いのか高いのか私には見当もつきませんが、学生にとっては結構な額ですね」

またしても金の心配を口にすると、

「さあ、コーヒーが入りました。どうぞお召し上がりになって下さいませ」

彼女は伯父の言葉には答えず、皿にのせたカップを静かにテーブルの上に置き、

「お熱いのでお気を付けてくださいね」

「……2万円」

伯父はコーヒーを口に含む前に小さく呟きましたが、果たして彼女に聞こえたかどうかわかりませんでした。早苗さんは表情一つ変えずに、

「いかがですか？」

などと声を掛け、

「コーヒーのことはよくわかりませんが、不味くないです」

そう言ってしまってから、伯父は我ながら何という不愛想な返事だと後悔しましたが、そこで気の利いたセリフを思いつくほどスマートな人ではなかったのです。

「それはよろしかったですわ……」

彼女は嬉しそうに言うと席に着きました。

「ところで、伯父様は先程竜太郎さんには才能があるとは思えない、とおっしゃられましたが、それはどうしてでしょうか？」

今度は彼女がまっすぐ伯父の目を見て聞き返しましたが、その目を真正面から見返したとき、突然思い出したように、

「美杉さんはだいぶ以前ですがNHKの朝ドラに出ておられませんでしたか？」

と言葉が飛び出してしまったそうです。

「まあ、覚えて頂いていたなんて光栄ですわ。実はだいぶ以前ですがＮＨＫの朝の連続ドラマに主演させていただきました」

早苗さんは少しはにかみながら答えました。

「やはりそうでしたか、その目を見て不意に思い出しました。それで、今は女優さんからスカウト部長に？」

「はい、実はいろいろとありまして……、役者でいるよりも役者の卵を発掘して育てる仕事により魅力を感じるようになり10年程で女優は廃業致しましたの」

それがまるで自然の成り行きのように言うのでした。

伯父は、ほとんど化粧っ気のない彼女を改めて見つめると、なかなかの美形であることに遅まきながら気が付きましたが、少し冷めてきたコーヒーを一気に半分ほど口に流し込み、

「竜太郎の活動は、野球に例えると、甲子園にも六大学にも出場できないレベルと感じています。もちろんそのような舞台で活躍したからといって、必ずしもプロで成功するとは限りません。竜太郎はそのチャレンジさえもしておりませんし、なんの実績もありません。

そんなことでプロの役者になれるとは思えないのです。それこそ役者で食えるのは何百人の中から数人ではないのでしょうか。

竜太郎は一人っ子で、しかも母親が女手一つで今日まで育て上げてきました……。

その甥に人生のギャンブルをさせるわけにはいかないと思っています」

彼女はそれを聞くと少し間を空け、

「私は先程も申し上げました通り、女優としてそれなりに仕事をさせて頂いておりました。その後はスカウトとして多少の実績も上げて参りましたので、その点ではプロです。

もちろんだからといって成功を保証することはできませんが、長い目でみれば竜太郎さんは必ず芽が出るのではないかと感じています。

それは台詞の解釈やニュアンスの出し方等、単に練習や熱意だけでは身につかないものを持っているように思えるからです。

もちろん今後いつ、どのようにして芽が出るか正直わかりませんが、プロの勘とでも申しましょうか……。

それに今でこそ人気の俳優さん達も皆さん10年、20年、中にはそれ以上も下積みをされていらっしゃいます。一人前の俳優になるかどうかは、やはり最後まで夢をあきらめない情熱を持ち続けられるかどうかだと思います。

いずれにしましても、竜太郎さんの人生は彼自身が充分に時間をかけて決めるべきもので、伯父様と雖《いえど》もそれはご尊重なされる方がよろしいのではないでしょうか。もちろん私もですが……。

大変生意気なことを申しましてお気を悪くされましたらお許しくださいませ……。

ところで、ビジネスマンの方でも一人前のお仕事ができるようになるには10年くらいはかかる、などとお聞きしますが、やはりそうなのでしょうか？」

「美杉さん、あなたがプロであることは私も認めます。その意味では私も長い間サラリーマンを生業《なりわい》にしております。大した実績は上げられずにいまだに課長補佐をしておりますが……。それでも言わせて頂くならば、どんなサラリーマンでも一人前の仕事ができるようになるにはそれなりの経験と勉強が必要だと思っております。おっしゃられた通り、10年くらいはかかると言ってもいいでしょう。

ただ、就職すれば、その間も最低限、収入が保証されます。この差は決定的です。プロの美杉さんでさえ保証できないようなリスクを甥にとらせるわけにはいきません。

もちろんサラリーマンだって若い頃は皆それなりに夢を持っていた筈です。ただ、ある時期に夢に見切りをつけて、安全確実な道を選択するのです。大変残念ではありますが……、夢では食えないからです。

人により程度の差はあれ、人生におけるほろ苦く切ない決断です。そしてそのような時期を乗り越えることで人は成長するのです。サラリーマンだって夢を持っていなかった者など居ないと思います」

「失礼ですが、大山様もそうでいらっしゃったのでしょうか？」

「まあ、一応そのような時期を経験してはおります。人間として成長したかどうか分かりませんが……」

「そうですか、大変立ち入ったことをお伺いするようですが、もしよろしかったらそのお話を私にお聞かせいただけませんでしょうか？」

彼女はまたしても伯父の目を真正面から見つめました。

「……」

伯父は少し迷ったようですが、何故か話してもいい気がしたそうです。

「そうですね……。私は10代後半の頃、プロのライダーになりたかったのです。16ですぐ免許をとると、無理を言って中古のバイクを買ってもらい、親の心配をよそに毎日バイクに乗れれば幸せでした。

でもプロになるには速く走れなければと思い、親には内緒で、今考えれば本当に無茶なことばかりしていました。そして次第にそのような仲間もでき、自然に集まるようになったのです。まさに類は友を呼ぶ、でした。

その時の話題はいつも決まって『スピード』でした。あのバイパスの左カーブを80キロで回った、とか俺は90キロだとか……。

そして自分はというと、70キロ程度で精一杯でした。そんな折、１００キロで回れるという猛者が現れたのです。

信じられませんでしたよ。その当時のバイクでは実に危険で、度胸以上の何か常軌を逸した行為とさえ思いましたので、

『信じられない……』

と一言呟いたところ、

『それじゃあこれからそこへ行って見せてやるからお前も後ろに乗って確かめろ』

と言うのです。そこで私は半信半疑でバイクの後部席に跨《また》がると、二人を乗せたバイクはバイパスへと一直線に乗り入れ、次第に加速しながら左へと大きく傾きカーブを１００キロで走り抜けたのです。

彼はコーナーを抜けるとバイクを徐々に起こし速度を下げて、道路の左端に止め、振り返るとニヤリとしました。私はバイクから降りるとまるで腰が抜けたようにその場にへたり込んでしまいましたが、やっとの思いで、

『わかった……』

と言うのが精一杯でした。その時の気持ちは信じられないという思いと自分に対する失望が混ざったような気持ちでしたが、次第に悲しい気分に陥りましたよ。

それから暫くして彼に会って、

『将来はプロライダーだな』

そう声を掛けると、なんと彼は苦笑しながら、

『いくらでも上はいるよ。だから俺は高校卒業したら親父の店を継ぐ』

そう言ったのです。

その時でした。自分は甘い。これまで勝手に思い込んでいただけだ。独りよがりだった、と気付いたのです。何故かスッキリしたくらいでしたよ。

そしてその後は平凡に大学へ進学し、サラリーマンになりました。まあ、こんなところでしょうか……」

「それで夢をあきらめてしまったのですか？」

美杉さんは納得しなかったのか、そう言って伯父を見つめながら、また首を傾げ、

「それは自分で可能性の扉を閉めたということではなかったのでしょうか……」

「そうかもしれません……。でも夢の扉を開くのも自分なら、閉めるのも自分であるべきではないでしょうか。私はそう思っています。

ですから、竜太郎にもそうして欲しいのです。

私が頭から否定することは避けたいのです。今日の話を是非ともご理解頂き、ご尽力頂けませんでしょうか。竜太郎はきっとあなたの言葉なら受け入れてくれると思います。美杉さんを一番信頼しているからです」

彼女はそれを聞くときっぱりと言ったそうです。

「お話は理解致しましたが、竜太郎さんに向かって嘘はつきたくありません。むしろ今日のお話を率直に伝えて、後はご自分の判断に従って生きることをお勧めしたいと思います。どんな結論がでましても私はそれを受け入れたいと存じます。

どうかその時は大山様もそうされて下さいませ。これは美杉からの唯一つのお願いです。最後に、今日こちらにお越しになられたことを竜太郎さんはご存じですか？」

そう念を押すように訊いたそうです。

伯父はずっと気になっていたことでしたので、

「……いえ、実は……私の独断でお邪魔しました。言えば反対されるだけですので……」

そう答えたそうですが、その言葉はとても歯切れの悪いものでした。

「そうですか……。それは反って竜太郎さんの気持ちを逆なですることになるのではないかと心配です。でも嘘はつきたくありませんので、早めに折をみてお伝え致します」

早苗さんは少し困った素振りを見せましたが、そう答えたそうです。

「くれぐれもよろしくお願い致します……」

三日後の夕方でした。私が早苗さんから話を聞いたのは……。頭に血が逆流するのを感じながらすぐ伯父に電話をし、

「伯父さん、渋谷に行ったの？　今美杉さんから話を聞いたよ。

ひどいじゃないか！　僕に一言も無く渋谷に行って、美杉さんに言ったんだって？

演劇を止めるように言って欲しいと。

卑怯だよ！　直接僕に言わずに美杉さんに言うなんて。いくら伯父さんだって僕の夢を取り上げたり、壊したりする権利は無いよ！

僕の事は僕が自分で考えて決める。余計なことはしないで！　もう二度と会いたくない。口出しもしないで……」

私はそう叫んで一方的に電話を切りました。

伯父は苦い思いで暫く受話器を耳に当てたまま、前途に立ち込める暗雲を見た気がしたそうです。

そしてその日を境に私達の信頼関係は失われ、音信は途絶えました。

私はこの時頭の中が真っ白になり、誰も信じられなくなってしまい自分の世界に閉じ籠もりました……。

1年近く経った卒業式の日、私は思い切って伯父に卒業報告の電話をしてみることにしましたが、淡い幻想を打ち砕く厳しい現実を突き付けられたのです。

私はそれに押しつぶされ、目に映る風景から色が失せて自殺を図りました……。

一方祐さんは、その話を知ってからも惑うことなく学業に集中、国家試験に合格、優秀な成績で卒業すると目指す大学病院に採用されました。

その頃私は、自殺未遂という失意のどん底から漸く立ち直り始めていましたが、まだ心の安定を取り戻すことができず苦しんでいました。そんな時でした、祐さんから電話があったのは。

「竜太郎、久し振り……。元気になった？　俺K大学病院に就職するよ。まだ親父にも連絡してないけど……。竜太郎に最初に伝えたくて……」

私の卒業を祝ってくれたあの日からもう2年の歳月《つきひ》が流れていたことに気付き、止まっていた私の時がまた動き始めました。

「祐太郎、おめでとう。全て計画通りだね。僕の方はご承知の通りだ……、漸く気持ちの整理が始められそうだよ。心配かけたね。これから少しずつ再開してみるつもりだ……。もう一度頑張ってみるよ……」

「うん……。わかった。親父にもそれとなく伝えておく……。じゃあまた」

それだけ言うと電話は切れましたが、彼がずっと気に掛けてくれていたと知り久し振りに心に温もりが戻ってきました。

彼はこの後出張先の父親に卒業と就職を報告、こう一言付け加えたそうです。

「あっ、それから竜太郎と少し電話で話したけど……、結構元気になっていたよ。もう少し頑張ってみるって……」

それを聞いた伯父は、あの時からの絶縁状態に一筋の光明を見出したようで、諦めかけていた関係修復に望みを持ったと言います。

そしてもう一度やり直せる日が来ると確信し、和解の時までもう暫く静かに待とう、そう思ったそうです……。

7　発覚、3億円値引き

「竜太郎、3億円事件の話はまだしてなかったかな……」

「3億円事件？　偽白バイ警官がまんまと車ごと3億円を盗んだ事件のこと？」

「ばか。そんな犯罪が俺に関係あるわけないだろう。俺が東北支社で巻き込まれた3億円事件のことさ」

伯父はそう言うと、店内を見回し、いかにも訳有りな話をするぞと上半身を寄せてきました。

あれは大学に入学してから間もない頃でした……。

「八、九年前に東北支社にいたことは知っているよな。そこで起きた事件で会社の不祥事だ」

そういえば確かにその頃伯父が笹かまぼこや牛タンを頻繁に送ってきたと思い出しました。

「そうか、まだだったか……。

竜太郎も大学生になったし、サラリーマン世界の裏側を知っておくのも悪くないか。もちろん演劇の役には立たんけどな」

私の顔を見てニヤリと笑い、声を落としました。

伯父が東北支社に転勤して最初に驚かされたのが支社長の強権振りだったそうで、それまで勤務していた関東支社とは大違いで、とりわけ価格方針は強硬そのものだったそうです。

支社内は重苦しい空気が漂い、営業マン達の間では価格交渉の話題はご法度で、事後調整など口に出すのも憚られる状況だったそうです。

そのため販売店と揉めることも多く、営業マンは皆浮かない顔で、伯父も気が重かったそうです。支社長の強気一点張りの姿勢が引き起こす軋轢をどう収めるか先が思いやられたと言います。

そんな支社長に対して「無理なことは無理」と言うのはなかなか勇気が要るそうで、気の弱い者は後で苦しんでいた、と唇を歪めました。

中にはそれから逃れるため販売店に価格の「言い放《ぱ》なし」をする者も居たそうですが、そんな者には、

「君の伝え方に問題があるんじゃないのかい。説得できないのは熱意や工夫が足りないからだよ。業転玉《ぎょうてんぎょく》なんかいつでも出回っているし、そんなことは言い訳にもならないぞ。決着するまで何度でもやり直し給え！」

などと叱責されたそうです。

彼は営業マンの話を言い訳か弱音として、真摯に耳を傾けることはなく、販売店に鬱積する不満を無視する独善に陥っていたのです。

伯父は、軍隊じゃあるまいし、上司の命令が絶対だと考える方がおかしい、従わない者に人

事権をちらつかせたりするのは最低でパワハラの恫喝だと切り捨てました。伯父はそんな時、

「それで解決できると言うなら、まずあなたがやって見せて下さい」

と言って憚らなかったそうです……。

もちろん人事考課でマイナスをくらい、場合によっては左遷されることにもなりかねなかったそうですが、サラリーマンも時にはそれくらいの覚悟が必要だよ、と付け加えました。

とはいえ、そんな伯父の態度は受け入れられる筈もなく、生意気な若造と見られたようですが、それでも譲れないことはあったよ、と言います。

「上司は日頃から部下の話に耳を傾ける姿勢を持たなければ、部下も真実を伝えなくなり面従腹背に逃避するだけだよ」

と言い、赴任早々のエピソードを話し始めました。

「A販売店が、当社の貸与しているスタンドを返還したいと申し出ている。任せておく必要はないのですぐに販社に移管するようにしたい」

と支社長が会議に出席していたメンバーを見渡しながら言ったので、伯父は、

「支社長、それは如何なものでしょうか？　返還を申し出ている販売店は小手《こて》ではありますが、当該エリアではなかなかの運営力と評判の店です。

この店が何年も黒字化できなかったのであれば、販社に移管しても再建することは困難と推察されます。ここはひとつ本社に対してスタンドの閉鎖を進言しては如何でしょうか」

「東北に来たばかりの君にどうしてそんなことが分かるんだね」

と一喝され、会議終了後支社長室に呼ばれ、

「君のような新米課長を跳ばすことくらい訳ないぞ！」

などと一喝されたそうです。

伯父にしてみれば、なぜ同意できないのか、どこに問題があるのか、代替案はどうなのか、そんな話し合いをすることも無くいきなりそう言われ、まさに噂通りの強権振りだと驚き、先行きが案じられたそうです。

もちろん伯父も支社長の思惑が読めなかったわけではなく、不都合なことを先送りするだけの姑息な対応に賛成できなかったと言うのです。

資本の多数を握っている販売子会社に赤字スタンドを押し付ければ、当面ガソリンの販売量もスタンド賃貸料も維持できます。

しかし、運営力がないためにメーカーの資本を受け入れざるを得なくなったような販売子会社が、スタンドの収益力を高めることなど期待できないのです。

むしろその逆になることが目に見えていますが、販売子会社は立場上受け入れざるを得ませんので、その後に様々の支援金を期待するだけです。支社にとっては暫くの間この問題を顕在化させずに済ますことができ、好都合なのです。

恐らく古狸の企画課長あたりに入れ知恵されたものだろう、と察しがついたそうですが、抜

本的解決を先送りするだけの支社長の保身に過ぎないと言います。

長年営業の一線で揉まれてきた伯父も、着任早々そんな誤魔化しを見せつけられた上に恫喝までされて、この支社の特異性を感じずにはいられなかったそうです。

伯父は早々に距離を置く方が無難だと思ったそうですが、それでもイエスマンに成り下がることはプライドが許さなかったのでしょう。

そんな歪んだガバナンス下で3億円勝手値引きという大きな不祥事が起きたのですから、これは偶然では無いと思ったそうです。

そんな支社に勤務し1年程過ぎた時、組織が大幅に合理化されることになり四課あった販売課が全廃され、伯父は販売四課長からプレーイングマネージャーという「名ばかり管理職」を拝命したと言って苦笑し、

「それでも他のベテラン課長達が関連会社に異動となったことを考えれば致し方ないか……」

と我慢したそうですが、その伯父に向かって支社長は、

「大山君を支社に残した理由を教えてやろう。課長の中で一番人件費が安いからだよ。あっはは」

と言い放ったそうです。

呆れて物が言えず、モチベーションが下がる中で仕事に取り組んだそうですが、その時、かつて突然導入された管理職55歳役職定年制を思い出し、裏には権力者の隠された狙いがあるのではないかと疑ったそうです。それは合併間もない頃、旧ユーロ石油出身の金元社長が旧東洋

石油系中間管理職をパージするために導入した露骨な制度で、人事の私物化そのものだったのです。

今回の組織合理化にも復権した大黒会長の思惑が働いているのではないか、そんな思いが頭をよぎったと言います。

支社ではこの機に全面的に営業マンの担当エリア替えを実施、伯父は北東北から南東北へと変わり、1年かけて漸く築きあげた販売店との信頼関係を一瞬にして喪失したそうです。

支社長はそんなことには全く無関心で相変わらず強硬策一本で、担当が代わったばかりの営業マン達を苦しめました。

伯父も新エリアの前任担当課長から引き継ぎを受け、大きな問題が無い、と聞き安堵、最終的には支社長も立ち会い、引継書に三人の捺印をしたと言います。

猜疑心の強い支社長はその捺印で隠れた業務瑕疵をヘッジする狡猾さを見せ、前任者はその後も責任を背負い続けることになったそうです。

翌週、伯父は先ず得意先の中でも最大手《おおて》の重要販売店を訪問、挨拶をしたところ、寝耳に水の3億円値引きが飛び出したそうです。

支社の承認を得ないまま前任者が勝手に商品代を3億円余り値引きしていた、という前代未聞の不祥事で、その話はおおよそ次のようでした……。

「初めまして、大山豪太郎と申します。御社を担当させて頂くことになりました。南東北は初めてですので何卒よろしくお引き回しの程お願い申し上げます」

と形通りの挨拶をすると、

「業務部長の山田です。こちらこそよろしくお願いします。

さて、今日は、形式張った話は抜きにしてざっくばらんにお話ししましょう……」

部長は顔を覗き込むようにして暫く間をおき、

「ところで例の件は引き継がれましたよね……」

と突然謎をかけるようなことを言い、

「例の件？　何のことでしょうか？　もう少し具体的にお話し頂けませんでしょうか」

「とぼけないで下さいよ。大山さん」

かみ合わない会話に、部長は少し語気を強めて睨むような目つきをし、

「一体何のことでしょうか？　本当に意味がわかりません」

戸惑いながら返事をすると、

「そうですか、本当にご存じないのですね……。それではご説明致しましょう」

意を決したように大きく息を吸い込んで、

「御社からお約束頂いた3億円余りの商品代の値引き調整がまだ未入金です。

一方弊社は既に前期決算に未収計上しており、大変困っています」

伯父は一瞬真意が掴《つか》めず、すぐには言葉が出なかったそうで、暫く気まずい沈黙が二人を支

配しましたが、覚悟を決めて、

「3億円余り……。しかも弊社がお約束している！　このような巨額の値引き調整など弊職は全く認識しておりません。よもや一方的なお申し入れなどということではないでしょうね」

つい先日三人で捺印した光景が脳裏に浮かんだそうです。

「もちろんです。捺印された文書もあります」

部長はきっぱりと言いました。

「捺印された文書！　そのようなものがあれば、弊社内で認識されていないことなどありません。信じられないです……。

そんな話を支社に持ち帰っても信じてくれないと思います。もし本当に文書があるなら今ここで拝見させて下さい」

と精一杯主張、部長は指先を顎の先に着けて少し考えるような仕草をし、

「ちょっと失礼して宜しいでしょうか……」

そう言って応接室を出ていき、間もなく部長の上司で、営業部門の総責任者、田川代表取締役副社長と一緒に戻ってきました。

「田川です。ご挨拶が遅れまして申し訳ございません」

彼は軽く会釈をすると正面のソファーに静かに腰を下ろしました。そしてそれに合わせるように部長もその横に浅めに腰を下ろしましたが、その手には薄いファイルが携えられていまし

た。

田川副社長、と言えばこの業界でも切れ者で通っている人物で、ロマンスグレーの頭髪と長身を高級スーツに包んだその姿と態度はどこまでも紳士然としていて、その落差がかえって凄味を感じさせたと言います。

その副社長が正面に座り一気に緊張が高まったそうですが、代表取締役が出てくる以上、もはや逃げられないと腹を括り、

「東北支社の大山豪太郎でございます。どうかよろしくお願い申し上げます。

本日担当交代のご挨拶に参りましたところ、山田部長様より信じられないようなお話を伺い、このままでは私も得心して支社に帰ることができません。どうか弊職の納得いくご説明を賜りたく存じます」

「そうですか、それでは書類をお見せしましょう」

低い声で静かに言い、山田部長に軽く目配せをすると、それを受けて部長はファイルから3枚の文書を取り出し、ガラス張りテーブルの上に並べました。

そこには過去2年間にわたり商品代の値引きを約する文言と、担当者の捺印がはっきりと記されていて、3枚合計で3億3000万円という途方もない金額だったのです。

勝負はついている！　当社の負けだ……。かくなる上はいかに上手く敗戦処理をするかだ。

伯父は気持ちを切り替え慎重に切り出しました。

「確かに御社のおっしゃられる通りです。このような文書が社内の承認もなく一担当課長名でお客様に提出されるなどということは、長年営業をしてきた私も前代未聞の経験です。

その額を考えますと弊社もそれなりに検討のお時間を頂戴しなければ回答できないと存じます。本件を支社に持ち帰り、その上でできるだけ早く回答をご案内致しますが、そのためにもこの文書のコピーを頂けませんでしょうか」

「承知致しました。この金額は弊社の前期決算にも正式に未収計上しておりますので1週間でお願いします。もし満額のご回答が無い場合、弊社顧問弁護士名で御社の大黒会長宛てに内容証明を送達します」

こう言うと田川副社長はゆっくりと立ち上がり、

「それではよろしくお願い致します」

軽く頭を下げてから応接室を後にしましたが、同時に部長もコピーを取りに退室しました。

独り残された伯父は大きく頭《かぶり》を振ると、深いため息をついてこれからどうするか思いを巡らせ、まずコピーを受け取ったら真っ先に駐車場の車に積んである携帯電話で支社に報告する。そして戻るまでの間に本社と調整をして当社のスタンスを固めてから田川さんに伝えよう……。

そこへ部長が戻って来て、

「これがコピーです。この封筒にいれます」

そう言って茶封筒を差し出しました。

伯父はそれを両手で受け取ると、アタッシュケースの中へ入れて立ち上がり、

「本日は誠にありがとうございました。帰社致しましたら早急に社内で協議の上、できるだけ早くお返事を致しますので宜しくお願い申し上げます」

深めに頭を下げてから車に戻ると、携帯電話を膝の上にしっかりと据え報告をしました。支社にとってもまさに寝耳に水の3億円で、俄かには信じられないという雰囲気が受話器の向こう側からも伝わってきたそうです。

生憎支社長は不在でしたが、小山次長が電話口で何度も、

「信じられない！」

を繰り返し、やがてこの「不都合な真実」を受け入れ、

「支社長と本社には俺が連絡を入れる、大山君は間違いなくそのコピーを持って帰社して下さい」

そう言うと電話は切れました。

伯父は駐車場から路地を抜けて大通りへと進み、15分程で高速ゲートを過ぎ、一路仙台の支社を目指しましたが、どうしてもこの不祥事の背景に思いがいくのを必死に抑えてハンドルを握ったと言います。

1時間半程で高速を降りると、間も無く支社に到着、タワーパーキングに車を納め、7階の事務所へと上がりましたが、既に終業時間を過ぎていたため、次長と古田企画課長の二人以外

は居ませんでした。

「お疲れ様、取り敢えず俺の方から支社長と本社の販売部には連絡しておいた。ここではなんだから、支社長室に移ろう」

次長が促し、支社長不在の部屋へ移ると、

「それで例の書類は？」

席に着くなり次長が催促、アタッシュケースから3枚の文書を取り出してテーブル上に並べると、端の1枚を取り上げ、斜め読みするなり、

「直ぐ本社にファックスしよう」

そう言い、本社に電話でその旨伝えると、販売部の白川副部長が待機していた様子で話はすぐに通じ、次長自らファックスを送信して戻って来ました。

間も無く副部長からファックスが届いた旨の電話があり、本社の指示通り対応するよう次長に念を押しているのが窺えたそうです。

本社は小山次長の連絡を受けてからすぐに緊急協議し、太田取締役販売部長の決断で1億5000万円の財源を捻出、次長にはあくまでも「和解金」という名目で決着するよう伝えていたのです。

「大山君、本社は1億5000で解決しろと言ってきている。どうだろうか？」

話にならない！　伯父はそう思い、

「先程お伝えしましたように、先方は満額でなければ受け入れないとハッキリ言っております。既に前期の決算にも未収計上しているとのことですし、あの田川副社長が満額でなければ当社の大黒会長宛てに内容証明を送ると言い切っています。満額でなければ決着は無理です。それに1億5000の根拠だって説明できませんから……」

と、次長にはっきり無理であることを伝えましたが、

「大山君、君の言うこともわかるが……、まずは本社の指示通り動いてくれないか……」

「大山君、次長の言う通りだよ」

横から古田課長が口を挟みました。彼は名前の通りの古狸で、下に向かっては高圧的態度、上には徹底したイエスマンで通っている男で、企画課長の権限が無ければ誰も相手にしないということでした。

伯父は一瞬迷ったようですが指示に従い、支社長室から田川副社長に電話を入れたところ、受話器の向こうから女性秘書の声で、

「少々お待ちください」

事務的な返事が返ってきてそれが反って緊張感を高めましたが、間もなく低い声がし、

「お待たせしました、田川です。早速のご連絡ありがとうございます。結論はどうなりましたか？」

「本社を含めていろいろと検討致しました結果、御社とのこれまでの関係等を考え併せまして

1億5000万円の和解金で決着させていただけませんでしょうか？」

全く不本意ながら伯父は声を振り絞って伝えたと言います。

少し間があり、

「先程お伝えしました通り、本件は満額以外の決着はあり得ません。ご再考を頂きたい。よろしく、それでは」

電話は切れましたが、明らかに不快感を滲ませていたことが気懸かりだったといいます。それから支社長室を沈黙と重い空気が支配し、

「やはりだめか……」

次長が呻《うめ》くように言葉を吐き出すと、課長が、

「田川さんもこちらの回答を検討もせずに拒否して、当社の誠意を一顧だにしないなんて失礼ですよ！」

などと次長に媚びるように言った姿が、醜い狸親爺そのものだったそうです。

「大変残念ですが、何度もお伝えしている通り、本件は満額以外の決着は無理だと判断されます」

伯父はそう言い、これは初めからわかっていたことで、ダメ元の提案をしただけ当社の誠意を疑われ、心証を害したのではないか、と心配になったそうです。

電話はダメを確認しただけの徒労でした。

「これ以上ここで話をしても仕方がない。俺が本社案では全く決着できそうもないことを伝え

る。今日はこれで終わりにしよう。お疲れ様。明日朝支社長ともう一度打ち合わせよう」

次長の言葉で支社長室から解放され、自分のデスク上を確認して事務所を出ると帰路に就いたそうです。

翌朝8時過ぎには関係者は出社し、早速支社長室に集まって協議を再開、冒頭強力《ごうりき》支社長が吐き捨てるように言ったそうです。

「こんな話は聞いたことがない。引き継ぎの時にも問題ないと確認してある。引継書に捺印までした。一体どうなっているんだ。アイツはあんな書類に印までして正気なのか。大山君は何か聞いていなかったのかい？」

「何も聞いておりません。聞いていればすぐご報告致します。私も初めての訪問でいきなりこのような話が飛び出してきて大変驚いております」

伯父は、支社長の最後の一言が妙にひっかかり敢えてこんな返事をしたそうです。

「本社はその後何と言ってきた？」

支社長は不機嫌な時の癖で、頰の吹き出物を指でしごきながら次長の方を見ました。

「はい。支社長。本社もこれ以上は大黒会長まで上げて了解をとり、小竹営業担当常務の決済手続きが必要なのでしばらく待つようにとのことです」

次長が畏まるように答えると、

「古田さん、それまでになんか支社でできることはないの？」

今度は企画課長の方を向いて尋ねました。

「残念ながら本件は既に本社マターとなっておりますので、その連絡を待つ以外にはございません」

自分に火の粉が降りかからないかとそれまで上目遣いに二人の会話を聞いていた課長がそう答えましたが、その目つきには卑しさが滲んでいたと言います。

「それじゃここに集まっていてもしょうがないな、本社の連絡待ちだ」

支社長のこの一言で三人は解放されましたが、伯父は席に戻ると気分転換にコーヒーを啜り、今しがたのやり取りを思い浮かべました。

予想通り支社長は、「もらい事故」に遭った被害者くらいの認識しかなく、伯父は失望し暗い気持ちになったそうです……。

「大山君！」

次長の声で振り向くと、支社長室の方を向いて軽く顎をしゃくったのです。本社の回答がきたようでした。

腕時計をみると既に昼近い時間で、あれからもう3時間も経っていたことに少し驚き、報告書作成の手を一旦休めて腰を上げました。

古田課長は既に支社長室の前まで移動していましたが、次長の到着を待っていて、決して上司より先には部屋に入らない、そんな男でした。

朝と同じメンバーが朝と同じ部屋の同じ位置に腰を下ろすと、それを見届けるように強力さんが口を開きました。

「最悪、満額で決着せざるを得ないが、本件、小竹常務が自らこの週末に先方を訪問して、まず3億円での決着を申し入れ、それで合意できなければ全額支払うことになる、以上だ！」

「そうすると支社としては何もしなくていいということでしょうか？」

伯父が確認するように尋ねると、

「そういうことだ。それから本件について本社に査問委員会が設置される。来週販売部の白川副部長がヒアリングに来る。大山君、なんでも正直に答えてくれ。それから分かっているとは思うが、本件は一切他言無用だ」

この間僅か5分でしたが、支社長はやはり頰の吹き出物を盛んに撫でていたそうですから相変わらず不機嫌だったことは明らかでした。

その後分かったことですが、来週査問委員会事務局の白川副部長にヒアリングされるのは、東北支社では伯父一人だけだったそうです。

既に伯父の報告書は完成目前であり、こちらはどうするつもりなのか、と思ったそうですが、とにかく至急完成させ、次長に上げることにしたそうです。

ただあまりに速い事の進行に、伯父は嫌な胸騒ぎを覚え、その日の夕方には報告書を完成させ次長に手渡すと、

「ご苦労さん、一旦俺が預かる。そのうえで支社長と相談する」

そんな返事が返ってきたのです。

こんな話は聞いたことがない！　伯父はそう思い、大幅な修正が加えられるのではないかと疑念を抱いたそうですが、これ以上深追いすることは避けるべき、サラリーマンの本能が働いたと言います。

翌週早々白川副部長が来社し、支社長室に直行しましたが、暫くすると部屋からは強力さんの笑い声が漏れてきたのです。一体何を話したのでしょうか……。

こんな問題が起きたのに何を笑っているのか！　ヒアリングを待つ伯父はやり切れない気持ちでいたそうですが、程無く支社長室の扉が開き強力さんが出てきて、

「大山君、ちょっと……」

伯父は支社長室に呼ばれ、入れ替わりに部屋を出る支社長がすれ違いざまに、

「なんでも聞かれたことには正直に答えていいぞ」

と声を掛けてきました。どうやら彼は無罪放免、大きな責任を問われることはなかったなと直感したそうです。

伯父は副部長の正面に座ると少し身構えたそうですが、ヒアリングは僅か20分足らずであっけなく終わり、こんなことをしにわざわざ仙台まできたのか……。

そうか！　もはや全てが出来上がっているな……。ヒアリングなど形式を取り繕う後付けに

過ぎず、本社は既に幕引きを完了している、そう確信したと言います。

伯父はこれまで自分の胸の内に燻っていた予感が的中したことを悟りました。

その後、報告書がどうなったのか、小竹常務の訪問はどういう結果に終わったのか、察しはついていたとはいえ全く伝えられることはありませんでした。

社内はもはや何事もなかったかのように日常業務に埋没し、この話は口の端にも上ることはありませんでした。

伯父があの時確かに遭遇した出来事は一体何だったのか？　報告書はどこへ行ったのか……。公式記録としては存在すらしていない、全ては白昼夢だったのではないかと錯覚するような気持ちになって、何度も頭を振ったそうです。

不祥事がなぜすぐに把握できなかったのか、最終的にその決着レベルは適正だったのか等々、本来検証されなければならないことはいろいろあった筈です。

ところがそのような話になる前に幕引きとなり、支社のガバナンスが問題にされることもなかった、ということでした。

これが大黒ワンマン体制の実態で、不都合な真実はあっという間にブラックホールに吸い込まれて、記憶にも記録にも残らず消滅しました。

一方伯父も、問題発覚から短時間でこの巨額事後調整を実現できたことで販売店から感謝され担当者として信用されることになり、まさに「雨降って地固まる」だったな、などと苦笑しておりました。そして販売店との信頼関係も回復、停滞していた幾つかの懸案事項が進展していったそうです。

伯父はこの問題を真正面から受け止め、微力とはいえ早期解決に貢献、営業マンとしての責任を果たし、田川副社長、山田部長との関係を強固にできたのは大きな成果だったと言います。

他方、この一件が発覚して間も無く捺印当事者は関連会社に片道切符で転出していましたが、「鐚《びた》一文たりとも懐に入れていなかった」ということで重い懲戒処分を免れました。しかしサラリーマンとしての前途を失ったことは言うまでもなく、課長昇格を目前にして血迷ったとしか思えません……。

東北支社ではこんな不祥事が起きたにもかかわらず、他には誰一人責任を問われる者もなく、何一つ変わらなかったそうで、多くの課題を置き去りにした会社の対応は伯父の記憶に焼き付き消えることはなかったようです。

伯父は暫くして山田部長に尋ねたそうです。

「例の件は最終的にはどう決着したの？」

「あれ、知らなかったの。もちろん満額ですよ。それ以外ないですよ」

部長は伯父の少し間の抜けた質問にそう答えました。そして微笑むと、

「あ、それから……、大山さんだから言うけど、小竹常務は初めうちの社長に直接会って決着をつけたいので、アポを取って欲しいと言ってきたんですよ。

それで田川が社長に一応伝えると、

『田川君、何のために君に代表権を与えているのかね、私が会う必要などないよ。当社の結論は出ているし、君に任せているのだから』

と言われたそうだ。これは内緒ね。

小竹さんは初め田川に3億円で決着したいと言ったそうだけど、満額以外無いと伝えてすぐに交渉は終わったらしいよ」

そう言うと片目を閉じたのです。

「そうでしたか……」

伯父は最初の直感「これは負け戦、いかに敗戦処理をするかが重要だ」という判断は間違っていなかった、と再認識したそうです。

会社は、二度も値切る醜態を演じて敗戦処理をしたわけで、巨額な金と同時にその面子も失いました。そしてこれが数兆円もの売り上げを誇る大企業の実態で、残念ながら大黒体制の馬脚を露呈した一件なのです……。

年が明けると人事異動が発令され、伯父は支社長室に呼ばれ、

「大山君。4月から販売店出向だ。関東支社の大手で常務取締役ということだ。頑張ってくれ給え。俺も販社の社長を命ぜられたよ。まあ、お互い販売店で頑張ろうじゃないか」

と言われたそうです。小山次長が関東支社次長、古井課長は関連子会社管理課長、次長を除

くと関係者は社外への異動となりました……。

強力さんは、「天皇」などと呼ばれていた大黒会長の直系でしたので、支社長就任当時から次は取締役と噂されていましたが、さすがの大黒ワンマンも本件を受けてはそうはいかず、価格管理の責任者を社外へと異動させて不祥事に最後の蓋をしたのでしょうか……。

その頃支社では既にこの一件は忘却の彼方へと忘れ去られ、伯父はせめて自分なりに総括して備忘録に残すことにしたそうです。

不祥事で発覚した3億3000万円は巨額ではありましたが、その対象となった2年間の取引量を約33万㎘とすれば、1ℓ当たり1円です。日頃から柔軟な価格交渉をしていれば未然に防げたのではないかと伯父は推察していて、強力さんが支社長の時期と完全に重なっていたことも考えると、その価格方針が不祥事を生む背景にあったことは間違いなさそうです……。

日頃から殆ど部下の声に耳を傾けず、独善が支社のガバナンス不全を引き起こしていたわけで、支社長の手法にも瑕疵があったと伯父は見ていました。

もちろん勝手に値引きをした上に、それを隠して引継書に虚偽の捺印をした担当者は悪質と見られても仕方がありません。

いずれにしても不祥事を一担当者の暴走として幕を引いた会社の対応は、支社の抱えていた本質的な問題を隠蔽する「臭い物に蓋」の典型で、何か背後に大きな力が働いたのではないかと感じたそうです。

恐らく鶴の一声で本社が幕引きを図り、支社の頭越しに営業担当常務を出向かせたのではないか……、伯父はそんな想像をしていました。

強力さんは大黒ワンマンに抜擢され支社長となりましたので、功名に逸り強硬一点張りの価格政策で強引に利益を上げようとしたのでしょう。そしてその無理が重なり巨額の不祥事を招いたのです。そしてその本質は取締役への野心なのです。

ただ、抜け目なく引継書に担当者の捺印をさせて、強引な価格政策の瑕疵リスクをヘッジしていたこと、大黒ワンマン直系人脈に属していたこと等で辛うじて責任を逃れたに過ぎない、伯父は醒めた目で見ていました。

一方このような不祥事の解決に大金を投じた大黒ワンマン体制の問題点は全く問われることは無かったそうです。

「この問題に切り込むことはそのまま大黒体制の批判だからな……」

伯父はこうも呟きました。

いずれにしても支社長のガバナンスは大きな欠陥を露呈しましたが、それはそのまま大黒ワンマン人事の破綻を証明するものでもありました……。

伯父は憑かれたように話し続けましたが、大分酔いが回ってきたようで、私はそろそろ切り上げようと、

「伯父さん、僕にはよく分からないことも多かったけどいろいろと大変だったみたいだね。で

も何故今頃そんな話をするの？　僕に何か伝えたいことでもあるの？」

　と尋ねたのです。この一言で我に返ったのか、

「あ、いや……すまん……。だいぶ酔ったな。もうこんな時間か。今日の話は忘れていいぞ……。ところで竜太郎、腹はいっぱいになったか？」

　そう言うと、伯父はビールグラスに半分残っていた冷めた酒を一気に流し込み、

「勘定！」

　カウンター内で手持無沙汰にしていた大将に声を掛け、店を出るといつものように駅の改札口まで来て、

「今日は遅くまで付き合わせてしまったな。ところで生活費の方はどうなんだ」

「実は……、ここのところ何かと出費が嵩んで苦しいんです」

「そうか……、それじゃ少ないけどこれ取っておけ」

　伯父は財布から2万円取り出し、私の手の中に強引に押し込みました。

「ありがとうございます、伯父さん。今日はおいしい寿司をご馳走になった上にいろいろ面白い話を聞かせてもらって。それにこんなに頂いて……」

「バカ、礼なんかいらないぞ。これからも何か困ったときはいつでも遠慮なく言ってこい」

　そんな短いやり取りをし、改札口の内と外に分かれましたが、またもや演劇についてお茶を濁してしまったことを私はかなり後悔しました。

8 出向、対立の狭間

東京へ転勤して漸く落ち着いた頃、仲間と日光にドライブに行くことになり、途中ガソリンスタンドに立ち寄りましたが、防火塀に書かれた販売店名が目に留まりました。かつて伯父が出向していた店で、ひょっとして顔を出していたかもしれない、そう思うと当時の話が自然に浮かんできたのです……。

「竜太郎。俺が関東支社の販売店に出向した話はしたかな？」

「東北支社の話なら以前神田で聞きましたけど……」

酔うと話が長くなるのが気になりましたが、伯父はお構いなしに、

「支社でも指折りの大手で、創業百年の老舗《しにせ》販売店だ。東洋ユーロから出向者は受け入れるけど資本は受け入れないというユニークな店だった……。その狙いは、経営の独立を守りながらスタンド部門を出向者に任せて、赤字の責任を負わせることだ」

「どうしてそんなことをするの？」

「北関東は典型的な過当競争地域だから、誰がやってもなかなか黒字にならないので、出向者にやらせて赤字の責任を取らせるためさ」

「誰がやっても赤字になるような競争をしていたの？」

「まあな。だから県内でも次々とスタンドが閉鎖に追い込まれ、中には苦し紛れにメーカーの系列を移籍して生き延びるところなんかもあって、まさに仁義なき戦いだ」

「系列の移籍？」

「ああ、先月まで大日本石油マークのスタンドが、突然ゼネラルエネルギーにマークを変えたりするんだ……」

「ふ〜ん。上手くいかないスタンドがマークを変えたくらいで生き残れるの？」

「そうだな……。その通りだ。でも移籍には裏で『移籍金』のようなものが払われたのさ。だから中には何回も移籍を繰り返し生き伸びる猛者もいた」

「へ〜。そんなことをして石油会社は儲かるの？」

「スタンドを1カ所作るとなったら土地まで含めると北関東でも2億じゃできないからな。1000万や2000万出しても安いということさ」

「でも、そのスタンドも赤字が続けば移籍金もそのうち無くなっちゃうんじゃない？」

「するとまた次のマークを探すのさ……。そんなところでも拾う石油会社があったんだ」

私は正直、なんてバカな業界だと呆れましたが、そんなふうになるのは何か事情があるのかな、と思ったものです……。

「そんな地域だったから、荒川社長はそういう経営手法でリスクをヘッジしていたのさ。言わば出向者はそのための人質さ」

「人質！　……ということは、会社が赤字を埋め合わせるということ？」

「まあ……、そういうことだ。つまり責任を石油会社に押し付けるための手段だ」

「へえ〜。でもどうして会社はそんなところに出向させるの？」

「どうしてだと思う？」

伯父は謎を掛けるように言うと酒とビールを追加し、私は上ロースとカルビを注文してからこう答えました。

「なにか会社にも得することがあったから？」

「そうなんだ。多少赤字の尻ぬぐいをしても、資本を1円も使わず、この激戦区で販路を維持できる上、彼等からもスタンド投資等の経営資源を引き出すことができる。おまけに社内で不足している中間管理職用ポストにもなる。

それだけじゃないぞ。激戦区のスタンド運営の実情を知ることもできる。赤字の補填はそのための必要経費として、社内でも正当化できたのさ」

「費用を賭ける価値があったわけですね……。ビールお代わりしてもいいですか？」

「もちろんだ。遠慮するな！

ええーと、つまり、こんなことが通用していた時代だった……。ところが規制緩和で競争が一層激しくなり、ガソリンの利益が激減したんだ」

伯父はそこまで言うと、また猪口の酒を口に放り込み、

「まあ、それまではガソリンで随分儲けていたからな……。

特石法が廃止された1995年頃はまだ1ℓ50円くらいあったガソリンのグロスマージンが、俺が出向した2000年頃には半減していたんだ」

「グロスマージン⁇　粗利益とは違うの？」

「そうだなぁ。粗利益というのは売上高から仕入高を引いたものだよな。

でもガソリン販売価格にはたくさん税金が含まれているので、その分も差し引いた後の粗利と言えばいいかな。

スタンドのガソリン価格から税金と原油代を差し引いた残りさ。これで石油会社と販売店の全ての経費を賄うわけだ」

「たくさんの税金？　消費税とは別に？」

「ああ、揮発油税と石油税だ。合計であの頃は56円くらいだったかな……、消費税と合わせると60円以上だったたな」

「え〜、そんなに税金がかかっているの」

「そうさ！　ザックリ価格の半分は税金さ……。

え〜と、それでだ。その半減したグロスマージンを石油会社と販売店が価格交渉で分け合い、それぞれの経費を賄うわけだ。当時はそれでよく揉めたけど、絶対額が半減した以上双方経営

は厳しくなるばかりだったよ。まあ、これも規制緩和の狙いだったのかな……」

「う～ん。競争効果？……」

「そうだ。つまり国は、最大の儲け商品だったガソリンの競争を一層促進、価格を下げさせ消費者に還元した。結果的に業界は随分と貢献した筈だよ。

もちろん本当の狙いは、厳しい競争で石油会社や販売店の合理化を促すことで、対応できないところから淘汰され、合理化、効率化の進んだ会社だけが生き残り強い体質の業界になる筈……、だったんだ」

「ふ～ん。それじゃ伯父さんの会社も出向した販売店も大変だったんだね」

「そうだなぁ。お蔭で俺は板挟みさ。半減した粗利を会社と販売店が分捕り合っている最中にどちらか一方の立場になるわけにもいかなかったからな……」

「それで伯父さんはどうしたの？」

「う～ん。販売店には会社の事情を説明し、会社には販売店の実情を話したんだけど……。結局俺は会社に梯子を外されてしまった。人質に出され、その後は捨て石にされた、そんなところだ」

「どちらからも責められた！」

「まあ、そうだ。特に会社はこの機に販売店との関係を見直そうと強い圧力をかけてきて、場合によっては交渉が決裂しても構わない、そんな感じだったな。

それで人質だった出向者を捨て石にしたのさ。東北支社の俺はそんなポストには都合が良かったのかもしれんな……」

「どうして？」

「東北支社の不祥事では初めから先方の要求通り受け入れるべきだと一貫して主張したし、会社の対応にも批判的だったからな。捨て石にするには丁度よかったのさ」

「ふ〜ん。東北支社で苦労したのに会社はそんなふうに考えるの……」

「まあ、上層部に対して反抗的と見られていたからな……。早く切り捨てたかったのさ。その布石として前任出向者を引き揚げて準備をしていたのさ」

「よくわからないけど……。大変な時に大変なところに出向した、ということ？」

「そうだな……。でもな、そんな布石を打っていたなんてことは全く知らなかったからなぁ。販売店は出向者を引き揚げられてスタンド部門の業績が落ちていった、会社はそれを眺めながらチャンスを狙っていたのさ」

「ふ〜ん。会社ってそんなことをするの……」

「儲けのためならそのくらいの駆け引きは当たり前で、それもビジネスの内さ。少しでも有利になるまで見ていたのさ。俺の出向はその産物だ」

「へー、会社も考えたね。販売店の足元を見た……」

「そうだな。そこで会社は新たに出向者を出す条件として、以後一切赤字が出ても事後調整はしない、その代わり前期の赤字については最後にもう一度だけ埋め合わせる、そんな妥協をした」

「事後調整？　それって値引きのことですよね……。

伯父さん、話してばかりいるから熱燗冷めちゃいましたよ。熱いやつ一本追加しましょうか？」

「おう、気が利くな。冷めたのは今飲んじゃうな。

え〜と、事後調整というのは、売った後からその商品代を値引きすることだ」

「そんな中でよく出向なんかしましたね！」

「俺はそんな事情も知らないまま東北支社から関東支社の販売店へ出向したけど、すぐに様子が変だと気付いたよ。

出社初日朝一番で販売店の本社に出向き、荒川社長と大番頭の古井専務に挨拶をした時に。

二人共よそよそしくて態度がおかしいのさ。不信に思って俺は、はっきり言ったよ。

『今日が初日です。まずはご挨拶をさせていただいた後、すぐに支店へ着任し仕事に取り掛かります。

ところが先程から社長も専務も何か奥歯に物が挟まったような物言いばかりで、これでは全力投球できません。一体何があるのですか？』

専務が社長をチラリと見て口を開いたよ。

『それではハッキリ言おう。大山常務も会社から聞いていると思うが、今回の出向受け入れに当たっては、今後の業績は全て自己責任で東洋ユーロに事後調整を求めない。代わりに前期の赤字については最後の調整をする、という約束だった。

ところがその金額をめぐって未だ合意に至っていない。残りの約３０００万円が未払いで宙に浮いたままだ。常務にはまずはこれを解決してもらいたい』

突然寝耳に水の話が飛び出したんだよ。支社長からは、

『すべて過去の問題は片付いている。だから今後支社は一切価格調整をしない。後は君が全力で販売店の業績を改善し、一日も早く自立させて欲しい。頑張ってくれ給え』と言われていたからな」

「へぇ〜。それじゃどちらかが嘘をついたということ？」

「嘘ではないけどな……。同じ絵を見ても角度によって見える姿が違うからな。まあ、ある意味だまし絵だったのかもしれないな……」

「だまし絵？」

「双方が自分の都合のいい解釈をする余地を残した、詰めが甘いとこんなことにもなるのさ。俺は、出向初日の船出から大きな齟齬を抱えて暗澹たる気持ちになって、これから吹き荒れる嵐の光景が目に浮かんだよ。すぐに大手町の支社長を訪ねて事情を報告、解決策の相談をしたんだ。

ところが……、支社長の答えは『ノー』なのさ。それどころかこの問題を本社に上げることもしない、と言われたよ。その上今後この話は一切無しにする、と一方的に言われて、俺はガッカリしたなぁ……。

でもふと思ったんだ。あの百戦錬磨の支社長がそんなことを言うのは何か事情があるんじゃないかと。そして次の瞬間気づいたんだ。そこで思い切って、

『俺もそんなことでは仕事ができませんよ。即刻出向を解いて下さい』

そう開き直ったら、

『実は……、両社間で赤字の解釈に齟齬があった』と言うんだ。

本社は、出向者が責任を負うのはガソリンスタンド部門だけで、その赤字を清算するための調整額を既に支払ったと言うのに対して、荒川社長は、決算書上の最終赤字額、即ちガソリンスタンド部門を含む会社全体の赤字額の清算を要求していた。

あのやり手の支社長がこんな初歩的なミスをする筈はない。恐らく支社としては従来通り決算書上の赤字額を清算する方向で話を進めていたに違いない。過去は全てそうして決着を図ってきたし、今回もその線で決着をつけようと本社と交渉した筈さ」

「伯父さん……。熱燗が来たよ。注ごうか」

「おお……」

「アチ！」

「バカ。もっと上の方を持たんと。貸してみろ。こうやって持てば熱くないぞ」

伯父は少し得意気に銚子を猪口に傾けてから、

「でも当時は大黒会長が社長を兼務する完全なワンマン体制で、浦山専務派のパージが厳しくなっていた……。支社長は、その浦山専務派の幹部と目されていたからな。

彼も身の危感を感じて本社に強く出られなかったんだろうな。皮肉な見方だけど、支社長が大黒派なら承認されていたんじゃないかと思ったな……」

「伯父さんの会社にも派閥があったんだ。会長派とか社長派とか……」

「そうだな。でも会長派以外は全て追い出されていったよ」

「へ～。それじゃ独裁じゃない？」

「そうさ。お前にもわかるか……」

伯父はそう言うと苦笑し、少し間を置き、

「当時の会社は、大黒会長が絶対的な権力を握って、強引に事後調整を抑え込もうとしていたからな。その実務責任者が町山営業担当常務で部門別損益管理を推進し、販売店の石油関連部門の赤字に限定して調整したのさ。部門別損益……。わかるか？」

「うん。なんとなく。ガソリンスタンド部門とか整備工場部門とか？」

「まあ、そんなところだ……。大手販売店は石油以外の商売もしているところが多いからな。そこでスタンド関連部門の赤字額だけを対象にして調整したわけだ。もっとも間接費の配賦でスタンド部門の赤字額を膨らますこともできなくは無いけどな……。

決算書ベースの赤字額を対象にするならそんな小細工は無意味だ。販売店はその前提で資料を作成していたらしい」

伯父はそこまで言うと私の顔を覗き、これ以上の説明は無駄だと気付いたようです。

「会社は、ガソリンスタンド部門に責任を負っていたので、それ以外の部門の赤字までは責任をとらない。本社の主張はある意味当然で、支社は押し切られた。これは町山常務の事後調整圧縮術で、営業部長になってから一貫していたな。

支社は販売店の部門別損益を明確化し申請するわけだから、調整額圧縮の根拠を与え本社の思う壺だ。

今回のように販売店と揉めれば、浦山派の支社長をパージする格好の口実ができ、3000万円の節約と合わせて一石二鳥だ。本社の筋書き通りだ。会社の収益環境が急速に悪化していたとはいえ、巧い事を考えたもんだ。

竜太郎！　この辺りは分からなくてもいいぞ。それより遠慮しないでもっと飲め！」

「はい、ありがとうございます。本当にこの辺の話はよく分かりませんが、派閥抗争が絡んでいたということですか？」

私は適当な相槌をうちました。

「まあ、そういうことだ。本社の筋書きは初めから決まっていて、残念ながら支社長に勝ち目は無かったんだ。実際、彼は本社と荒川社長の間で、俺は支社と販売店の間で板挟みになって身動きが取れなくなった……。

支社長には追い打ちをかけるように他の問題も絡んで半年で閑職へと左遷されてしまい、それを良しとせず間もなく会社を辞めた。本社の狙い以上の成果だったな」

「会社って恐ろしいことを考えるんですね！」

私は思わず口を衝いてしまいましたが、伯父は何も聞こえなかったかのように、

「そしてその後任が黒原という曲者で、小竹副社長に取り入って出世したと噂されていた男だった……。副社長の威を借る狐で腹に一物も二物もある男だ。

いつも上辺を気にしていて、その裏ではパワハラまがいのことを平気でやっていたな。この交代を知ったときには絶望したよ……」

「どうして？」

「荒川さんとの話を無視することは間違いない、そう直感したからさ」

伯父は、ふっ、と小さく息を吐き、冷めかかった酒を口に運ぶと、

「もはや左遷を待つだけだと覚悟したな。それでも多少は分かってもらえないかと状況を説明したけど、相手にされなかったよ。着任早々俺を支社に呼ぶと、

『大山君、荒川社長との問題は完全に解決済みだ。何をぐずぐずしているんだ。

早く自立できるようにしろ。あの会社はリストラしなければ再建など覚束ないぞ。リストラ

してコストが下がれば社長だってありがたい筈だ』

拗れ切った販売店との関係などお構い無しで言ったよ。後は悪い予感の通りになった……。

両社の関係修復もせずに、資本の全く入っていない他人《ひと》様の会社のリストラなどできる筈も無いよ。それを平然と要求し、まるで販売店が喜んで従うとでも言わんばかりだった。

初めから荒川さんと話す気など無く、徹底的に無視して取り合わないつもりだったのさ。そして出向者にプレッシャーをかけて、自分は矢面に立たない。ますます関係が拗れても知らん顔。俺は販売店をリストラするどころじゃなかったよ！

信頼関係の回復も絶望的で支社から何のサポートも無しにリストラなんて進められるわけが無いことくらい分かり切っていたからな。

出向者に無理を押し付け、トラブルになればトカゲの尻尾として切り保身する、その上で本社から妥協策を引き出す。彼奴《あいつ》のやり口だ。荒川社長と直接交渉する実力などなかったからな。

それに社長の主張にはそれなりの根拠もあった……。

『業界の過当競争が起きる原因を作っているのは石油会社の過剰生産で、それが商社等を通じて安値で業界内転売される、これが混乱の元凶だ。

むしろ、我々販売店はその被害者で、その根本を正せないメーカーは販売店に対して、一定の責任を負うのは当然だよ。それを放棄して我々にリストラを強要するのは僭越だ。その前にすることがある筈だ。ましてやその業転玉を大量放出しているような会社が口にする台詞ではない』

こんな具合だったよ。これはそれなりの真理をついていたし、まあ筋が通っていたから正面からの反論はし難《にく》いね。

だから彼奴は一切無視して会わなかったのさ。都合の悪いことは全て部下に命令、裏から酷い言葉で恫喝する、それが流儀だ。

俺は毎日針の筵で前向きに取り組む気力もモチベーションも失ってしまったよ」

そこまで一気に喋ると、伯父は冷めた酒を煽って黙り込んでしまいました。

私は何と言っていいのか分からず、暫しの沈黙が訪れましたが、伯父は胸の奥に鬱積していた感情を全て吐き出さずにはいられない様子でした。

「そんな黒原を相手に痺れを切らした荒川さんは、ついにその頭越しに大黒会長を訪ねて直接話をするという事態に及んだのさ。これを聞きつけ彼奴は烈火のごとく怒り、電話の向こうで声を荒らげ、

『なぜ荒川を会長のところへ行かせたんだ！　あんたの職務怠慢だ……』

だから俺も言ったよ。

『支社長は着任してから、荒川さんを無視し続けていたじゃないですか！　だからこの問題がますます拗れてしまったんですよ。

それでも社長は数カ月の間支社の対応を見極めていましたよ。今日はその上での行動です。

一出向者がオーナー社長の首に縄をかけて引き留めることなどできませんよ！』

ここまで言うと、一方的に電話は切れたよ。これで僅かにつながっていた支社との『クモの糸』が切れた……」

「……」

「その数日後、荒川さんから俺に電話があって、

『常務、今日の午後本社まで来てくれるか。先日の件について話しておきたい』

『承知致しました。３時でよろしいでしょうか』

『ああ、それでいいよ』

俺は、大黒会長の話がどうだったのか知りたかったけど、さすがに自分から訊くことは気が引けたよ。場合によっては俺も覚悟を決めなければならないからな。

支店で午後一番の急ぎの用事だけ片付けて、車で小一時間程の本社へ向かったけど、その道中は悲観的な見通しばかりが浮かんで、胸が苦しくなったよ……。

それでも本社に行って２階の社長室の前で大きく息を吸い込み、静かに、

『大山でございます』

と扉を開けると、

『ご苦労さん、そこに座ってくれ給え』

荒川社長がデスクの向こう側から軽く顎をしゃくったので、俺は緊張しながらソファーに浅

く腰を下ろすと、社長は目を通していた書類をデスクの上に置き、ゆっくりと俺の前に座って、

『常務も知っての通り、これまで関東支社には話をしたいといろいろ申し入れてきたが、黒原さんは殆ど門前払いだ。もはや支社とは話し合いの余地もないと判断して先日大黒会長を訪ねてきた。知っているな』

『はい、存じております』

次に荒川さんの口からどのような言葉が飛び出してくるのか身構えたよ。

『結論から言う。大黒さんは支社の決定を尊重する、とのことだった。つまり結論はもう変わらない、ということだ。

そして業転問題については、東洋ユーロ一社で解決できる問題ではないので、この環境下では自力で生き残ることを考えて欲しい。まあ、こんなところだったよ……』

予想通り当たり前の答えしか返ってこなかった、俺はそう思い、

『そうでしたか……』

そう返事をしたけど、荒川さんがこの話を東洋ユーロ石油の最後通牒と受け止め、次は強硬な対抗手段に踏み出すと思ったな。社長は更に、

『まぁ、そういうことで、これから自力で生き残ることを考えるしかないな。ただ、正直者がバカを見るような話を黙って受け入れることもできないよ』

そう言って静かにソファーから立ち上がるとデスクの椅子に戻ってしまった。

『大変残念です。私としましては日々手を打っておりますので全力で取り組むだけです。今言えることはこれだけです。それでは失礼致します』

そう言って社長室を辞したけど、支店へ向かう道中最悪のシナリオしか浮かんでこなかったな。そして『うちも業転玉を大いに仕入れることにしたよ。大山常務』という空耳が響いた……。

そうなれば東洋ユーロとの関係は決定的になる。

そうかといって社長が簡単に引き下がってリストラを受け入れる筈も無く、最早時間の問題だと腹を括った。

俺も少しずつ慎重にリストラ策を実行していたけど、それでも古参社員達からは露骨に不平不満が上がって、専務に直訴する連中まで出て、社長からも厳しく注意されていたくらいだ。

俺の取り組みは効果が上がるまでには時間が必要だったし、前任者が実施していた値引きクーポン券は販売量維持には効果があるけど所詮事後調整を前提とした金のかかる戦術だったので続けられない。結果的にガソリン販売量は落ちたけど赤字額は減ったよ。

でも乱売戦は一向に収まらず毎月赤字が累積していくし、揉めていた３０００万円の調整案件も完全に黙殺され進退窮って、いよいよ支社長が俺の処分と引き換えに妥協案を出してくるな、そう思うと馬鹿馬鹿しくなったよ。

問題が起きればまず部下をスケープゴートにして責任を負わせ、トカゲの尻尾切りで平然としている。そんな男の命令通りにはやれないよ……」

そう言うと伯父は突然話を止め、

「今日は長い時間悪かったな……、愚痴っぽくなっちまって」

そして勘定を済ませ、いつものように駅の改札口まで来て私に一万円札を握らせ帰っていきました。その寂し気な後ろ姿が小さくなって見えなくなるまで見送っていると……。

「竜さん！　着いたよ。東照宮だ」

仲間の声にハッとして目を開けると、車は駐車場に停まっていました。どうやら私は夢現《ゆめうつつ》で思い出の中を彷徨っていたようです。

最近時折こんなことがありとても不思議でしたが、東京に引っ越し伯父を身近に感じるようになったからではないか、そんなふうに思っていたのです……。

9　背水、セルフスタンド新設

「大山常務、この話は受けるつもりかい？」

そんな古井専務の言葉から伯父の話は始まりました。

「もちろんです。これを起爆剤にしてガソリンスタンド部門の活性化を進めます」

伯父は出向後初めて訪れた大きなチャンスに内心期するものがあったそうです。

「張り切るのはいいが、ちゃんと黒字になるんだろうな。これ以上赤字が嵩むようなら常務、君の責任問題になるぞ。社長も心配している……」

彼はこう言い残すと、誰も居ない支店の社長室へ消えました。

「心配いりません！」

責任を全て押し付けるため念を押しに来た専務の背中に言い切りました。

番頭相手に何を言っても無駄だ、そう思うと同じ建物の中に居ることさえ嫌になり、一刻も早く新設現場を確かめたくなり、スタンド2階の外付け階段を走り下り車に飛び乗りました。

15分程で建設が始まったばかりの現場に着き、その前に立つと完成した姿を思い浮かべ、オープンイベントの準備に手落ちがないか具体的シーン毎に確認、胸の奥で闘志を燃やしたそうです。

　そして大きく吸い込んだ息を早春の冷気に向かって吐き出すと、一瞬白く広がりましたが不安と共に消えたと言います。それから商圏内の競合スタンドを偵察、サインポールの視認性、間口の入り易さと出易さ、計量器までの導線、同時給油台数等を再確認、負ける要素は見当たらないと確信。

　久々に訪れたこの新設案件は、過当競争に陥っていたこの地域では一見無謀に思われましたが、競合スタンドの数が多くその大半が旧態依然の運営を続けており、寧ろ好都合だったようです。

　既に具体的戦術もできていて、成功以外有り得ないと自分に言い聞かせ、自分を捨て石にした支社や、洞ヶ峠を決め込んだ専務に対して一矢報いたい、密かに思ったそうです。失敗すれば責任を免れない、言ってみれば背水の陣でした。

　この新設は、関東支社初のセルフ式ガソリンスタンドで、支社の重要案件でしたが、販売店との関係悪化もあり支社長は積極的に関わることを避けていて、寧ろ出向者のお手並み拝見という態度に終始、支社のサポートも薄く、伯父はそんなプレッシャーとも闘ったと言います。

　当時日本のガソリンスタンドの大半はフルサービスといって、スタッフがガソリンを給油し、その間に窓ガラスを拭いたり、時にはボンネット内の点検をしたりしましたが、欧米では既にセルフスタンドが一般的になっていて、給油は自分でするのが当たり前でした。

日本でも1998年に消防法が改正され、有人セルフ方式が解禁になっていましたので、各社は競ってセルフスタンドの新設や、既存スタンドのセルフ化を進め、それがまた過当競争に拍車を掛ける皮肉な事態を引き起こしていました。

日本のスタンド業界はモータリゼーションと共に成長して、1994年には既にピークを迎えていて全国で6万カ所余りに達しましたが、翌年からは減少に転じていました。

そこへ追い打ちをかけるように大型セルフスタンドの新設が進み、既存スタンドを中心に急速に減少し、2018年度にはついに3万カ所へと半減しました。

24年間で実に3万カ所強、即ち毎年約1265カ所、一日3・5カ所のスタンドが消滅していたのです。

多くの販売店が廃業に追い込まれていき、今日では2万8000カ所足らずとなり、その内1万カ所余りがセルフとなっているそうです。

セルフスタンドの急速な普及に、当初販売店は不満や不安を訴えていましたが、主流となった現金客の価格志向は強まるばかりで、このニーズに応えるには最適であることが次第に認識されていきました。

ただこの変化は、現金客の奪い合いを激しくして一層の安値競争を招き、スタンド業界を深刻な経営難に追い込んでいて、そんな中での新設はリスキーと見られていました。

一方でこれは関東支社のセルフ展開を占う重要な試金石と言え、同時に運営する販売店にとっても変化する消費者ニーズの新しい受皿なのでした。失敗は許されずリスクを取って積極的に引き受ける者は無く、お手並み拝見ムードさえ漂っていました。

そんな状況を後目《しりめ》に伯父は慎重に準備を進めていましたが、成功はスタートダッシュにかかっていると見極め、オープンイベントで一気に地域ナンバーワンスタンドにする作戦で勝負に出たそうです。

オープン1カ月前から工事中のスタンド前に大型看板を設置し、オープンまでの日数をカウントダウンし毎日オープン日をアピール。同時に1カ月前、1週間前、前日と広範囲に新聞チラシを折り込んだのです。

また、従業員やアルバイト達を訓練し、近隣の団地やニュータウンの一軒一軒にポスティングや訪問販売をし、地方ではまだ珍しかった24時間営業を強調、オープン時間も真夜中の零時として話題性を高めたそうです。

これは真夏の真夜中にオープンすることで注目を引く狙いもありましたが、朝からのイベントでは、通勤時間の交通を妨げる危険性が高く、そのリスクを回避する配慮でもあったと言います。

また、来店客に手渡す景品も、先着２００名限定品と漏れなく差し上げる景品を二重に用意して、オープン時の大量集客を目指しました。

同時に現金とクレジットカード客だけを対象とし、掛け客は放棄しました。

そのため周辺の競合スタンドからは、このような手法は疑問視され、逆にこの機に客を増やせるのではないかと、こちらも高みの見物という態度でした。

しかし地方でも都市部を中心に現金客が急速に増え始めていて、スーパーマーケットをはじめ一般小売業では当たり前のこの客層を積極的に取り込まない手は無く、言わば時代の要請に応える必然の対応なのです。

さらに、当時3K業界、労働環境が、「酷《きつ》い、汚い、危険」の典型と言われていたガソリンスタンドの人手不足は深刻で、その緩和も狙い、言わば間接的な労務対策でもありました。

こうして、関東支社や販売店はもちろん、周辺の競合相手、そして何より多くのユーザーが注目する中いくつもの狙いを秘めたオープン日を迎えました……。

午後9時過ぎには早くもスタンドの前に車が並び始め、上下4車線のうち、スタンド側の車線はあっという間に数十台の車列ができて、反対車線からも右折で進入しようとする車が多数並び始めました。

オープン告知チラシには、「反対車線から右折による入店は危険で、一般車両の通行の妨げになる恐れもございますので何卒ご遠慮頂きますようご協力の程お願い申し上げます」と協力要請の一文を入れておきましたが、夜も更けて目の前の交通量も少なく、来店客に対してはアピールしなかったのです。

このまま放置すればオープン時間前には車列が伸びて大混乱になりかねないと危惧した伯父

は、自ら先頭に立って、反対車線のお客様に、スタンド側の車列に並び変えるようお願いして回ったそうです。

お客様の中には先着景品が貰えなくなると怒鳴る方もおられ、大変難渋したそうですが、作り笑顔でひたすら平身低頭お願いを続けたと言います。

その間もスタンド側の車列は伸びる一方で、もたもたしていると先着景品が無くなると思ったのか、1台の車が列を移動すると、雪崩を打ったようにスタンド側車列の後尾へと移動していきました。

そのため車列は一気に伸びて、ついには繁華街の店頭にまで達し、交差点では各方向からの車が加わり、深夜の街中に四方八方に広がる車列が異様な光景を生みだしました。

そんな中、店の前に渋滞する車列を見た居酒屋が驚き一一〇番通報をし、警察もパトカーを出動させて調査に乗り出し、巡査が二人来たのです。

「一体なにをしているのか！　責任者を出しなさい」

と命令口調で言い、スタンドの入り口付近で押し問答が始まる始末でした。

伯父は開店前の最終チェックを一時中断して、スタッフの間を縫うようにしてそちらに向かっていくと、別のパトカーが、

「もう既に先着２００名の景品はありません。それを遥かに上回る数になっております。先着景品目当ての方は一端引き上げて下さい。全員に手渡す景品はイベント期間中いつでもあるそ

うです。皆さんどうか車列を解いて出直してください」

などとスピーカーで伝えているのです。

これには伯父も驚かされたと言いますが、ある意味大変助かったそうです。こんなことをスタッフがお客様に伝えたらどんな騒ぎが起きるかわかりません……。

一方スタンドに来た警察官は責任者を署まで同行させるといって引き下がらず、伯父は店頭を離れる覚悟をし、同時に予定を30分早めてオープンすることを決めたそうです。

そしてスタッフ一人ひとりに伝えていると、この瞬間まで一緒に頑張ってきた平山課長が来て状況を説明してくれ、

「警察には俺が行きます。大山常務は総責任者ですのでこの現場を離れないで下さい。それから混乱を避けるために先着２００名までのお客様には急遽引換券を作って手渡しておきました！」

それだけ言い踵を返しました。

伯父は彼の後ろ姿に頭を下げると、意を決し改めてスタンド全体を見渡し、スピーカーのボリュームを上げて叫びました。腕時計の針は11時25分、

「オープン５分前！」

この声で並んでいる車列や、深夜にもかかわらず遠巻きにしていた多くの野次馬達、そしてスタンドのスタッフまでもが静まり返ったのです。

真夜中の暗闇にスタンドだけが不夜城のように浮かび、誰も見たことのない光景を前に、これから始まる未知との遭遇に全ての視線が伯父に集まりました。

「大変お待たせ致しました。セルフ山中オープンです。皆様計量器は3台ありますので同時に6台の給油が可能です。どうぞスタッフが誘導致しますのでスタンド内は6列になるよう順番にお進みください。

なお、先着200名様の景品は先程全て引き換え券をお渡し致しましたのでそれと引き換えでお受け取りをお願い致します」

静寂の中に響く声に、闇に潜んでいた巨大な大蛇《おろち》が目を覚ましたかの如くヘッドライトを光らせゆっくり進み始め、ドライブウェイ入り口で6列に分かれました。

まるで八岐大蛇《やまたのおろち》が向かってきたようで、伯父は思わず武者震いし、オープンイベントが無事進むことを祈らずにはいられなかったそうです。

ところがその心配をよそに、トレーニングを積んだスタッフ達の手際よい対応で、さしもの大蛇も出口では赤いテールランプを残して走り去るウサギのようだったと苦笑しました。

伯父は成功の予感を覚えましたが、その動きは次第に速まり、まるでベルトコンベアの上を整然と流れるようで、数時間経っても途切れることなく続きました。

そして東の空が白んでくる頃には車列も解消に向かい、スタッフ達にも余裕が出てきたことが見て取れました。

朝焼けの中でテキパキ動くスタッフを改めて眺めると、先程まで眦《まなじり》を決し応対していた彼等の顔も穏やかな表情に戻り、やじ馬たちも既に消えていました。

スタンドの隅では平山課長がタンクローリーに駆け寄って運転手と伝票のやり取りを済ませたところでした。

「そうか、彼も戻っていたか。みんな本当によく頑張ってくれた……」

伯父は胸が熱くなりその光景が滲んできましたが、

「みんなお疲れ様！　朝食の弁当が届きました。打ち合わせ通りチーム毎順番に食事をとって休憩して下さい。お茶もあります。皆さん、本当にありがとう」

拡声器の声が震えたと言います。

「大山常務！」

平山課長の声でした。

「おう、平山君、ご苦労様、少し休んでくれ」

「いえ、常務こそ先に休んで下さい。でもその前に警察での話をご報告しておきます」

「そうですか、お願いします」

「このような無謀なことをして、キチンとした計画を立てていたのか！　人騒がせなことで、二度とこんなことはしないように」

大略こんな話で、平山君も、

「来店客数の予測に基づき全て準備をしたこと、オープン時間や準備のスタッフ数、全員に渡す景品数等々はすべて計画通りでしたが、先着２００名の『コシヒカリ』プレゼントの大反響だけは読み切れなかった点があった」

と説明した後で、

「警察の皆様には今般はいろいろとお世話になり大変ありがとうございました」

そう付け加えることを忘れず、調書もどきの書類に署名、拇印を捺いて解放されたとのことでした。平山課長は最後に、

「オープンイベントがすべて終了したら菓子折りでも持参してもう一度お礼に行きますよ」

と言って片目を閉じ、

「そうでしたか！　その時は僕も同行しますので声を掛けて下さい。本当にありがとう。それでは先に休ませてもらいます」

伯父は近くの空き地に停めておいた車で自宅に戻り、シャワーを浴びて仮眠をとりました。目覚めると11時過ぎですぐにユニフォームを着て現場に戻り、真っ先に平山課長に声を掛けました。

「あれからどんな具合でしたか？」

「朝からも間断なく来店客が続いています。全く問題はありません。夕方には次のローリーが来る予定です」

「みんなスムーズに対応している……。あの戦場のような経験をしていっぺんに成長したんだね。社員もアルバイトもない、全員一つのチームになって全力を出し切った。こんな仲間達と貴重な体験ができて本当に幸せだな。さあ、平山君も休んで下さい」

「そうですね、それでは少し休ませて頂きます」

伯父はこの時初めて「成功した！」と確信したそうですが、少し落ち着くと妙な違和感に襲われたと言います。

東洋ユーロ石油の投資した社有スタンドにもかかわらず、この現場には関東支社長も給油所開発課長も来なければ、これから運営を託される販売店の社長、専務も居ないのです。

伯父は、沢山のアルバイトや若手社員、課長達の献身的な頑張りがこの成功を支えてくれたことを知って欲しい、そう思ったそうです。長い間一緒に準備に取り組み手にした成功なのです。

せめてこの若者達の姿を観て欲しかった、褒めて欲しいわけではないのです。そうでなければ彼等が浮かばれない、そう感じたそうです。やり切れない気持ちで立ち尽くし、真夏の陽《ひ》を浴びながら気持ちが冷えていくのを感じたそうです……。

オープンイベントは成功裡に終了、セルフ山中は一瞬のうちに地域ナンバーワン量販店の地位を確立しました。

ところが、この成功は伯父の独走によるスタンドプレイと言う陰口も聞こえ始め、時が流れるにつれ日常に埋没、間も無く「真夏の夜の夢」として忘却の彼方へ去っていったと言います……。

その頃を見計らったかのように、荒川社長から電話がありました。

「常務、大黒会長と会ってからずっと考えていたんだが、ようやく気持ちの整理がついたよ。話したいので本社まで来てくれるかな」

「承知いたしました。3時でよろしいでしょうか？」

「もうちょっと早くならないかい」

「それでは2時で如何でしょうか」

「そうしてくれ」

伯父は直感したそうです。いよいよ社長が決断したと。午後の予定を全てリスケすると本社へ向かいましたが、荒川さんの口調がとても穏やかだったことが、逆に決意の固さを物語っていると感じ、腹を括って社長を訪ねると、

「常務、山中はご苦労様。スタンドの売れ行きは上々のようだね。僕も車の仕事でアメリカ出張が無ければ行けたんだが、申し訳なかったね」

そう労いの言葉を掛けると少し間をおいて、

「結論から言おう。再来月から業転を買う。ガソリンと軽油両方で月1500キロ。君が出向者としてうちの会社にいては立場がないだろう。

そこで君には決断してもらいたい。来月末で出向を中途解約して関東支社に戻る、東洋ユーロ石油を辞めてうちのプロパーになる。その時は俺が責任をもって骨を拾ってやる」

社長は静かにそう言い伯父の目を真っ直ぐに見ました。伯父は、一番恐れていたことが目の前で起きたのに何故か現実感が湧いてこなかったそうです……。

出向を命ぜられたその日からこんな日が来る予感があったからで、出社初日に調整金のトラブルを知るに及んで、それは確信となり、以来今日あることを予見し、まるで「デジャブ」のようだった、と言います。

特に黒原支社長着任以来決裂は避けられず、その日が今日になっただけなのです。

支社長は、荒川さんが懸案の解決に執念を燃やす程、伯父の責任を厳しく追及し、

「リストラをもっと早く進めろ！　さもないとあの店は立ちいかなくなるぞ。そうなればあんたの責任だ」

そして最後には、

「それをやるのがあんたの仕事だ。俺の仕事はやらせることだ。どこから給料をもらっていると思っているんだ！」

と言い放ちました。

伯父もそんな話などまともに聞く気にはなれず、反論するだけ無駄だと諦め黙っていたそうですが、そんな態度がまた支社長の陰湿なパワハラを招き、二人の間は最悪の状況になってい

ました。それでも伯父は、

「申し訳ございません、社長。私は東洋ユーロ石油に戻ります。大変恐縮ですが、出向契約の解除をお願い致します」

荒川さんは少し間をおいて、

「わかりました」

と静かに言うと、デスクの椅子に戻り、伯父も、

「失礼致します。大変お世話になりありがとうございました」

そう言って社長室を辞したそうです。

数日後、伯父は関東支社に呼び出されて出向解除を言い渡され、担当課長という名ばかり管理職になり支社長の極めて手の込んだ陰湿なハラスメントを受けることになっていきましたが、その一つがハイオクガソリン増販検討会で起きたのです。

支社長の前任地、九州・沖縄支社で、優秀な成績を収めていた販売店社長を招き、その取り組み事例を学んでいたそうですが、彼は居並ぶ営業マン達にいろいろと質問をしてはその答えに対して更なる改善を求めていました。

そして伯父の前に来ると、突然、

「あなたの担当販売店の今日現在のハイオクガソリン比率は何パーセントですか？」

と尋ねたのです。

「おおよそ23～24％です」

と答えると、

「おおよそとは何事ですか！　支社の営業マンがそんなことだから改善できないんですよ！私は毎日小数点以下二桁まで自分の会社の比率を確認しています！

皆さんもそこまでやって下さい。そのくらいの熱意がなければハイオクガソリンの増販などできませんよ！」

大声で恥をかかせるように言ったのです。伯父は、

「申し訳ございません……。今後そうするように努めます」

と応えましたが、現実にそんなことはあまり意味が無く、営業マンもそこまで把握している者など居ませんでした。

そもそも販売店は、無理してハイオクガソリンを増販することには費用対効果の点から懐疑的で、販売全体のバランスを重視して取り組んでいるのです。

そして一番儲かる商品から熱心に売っていますので、石油会社が飴や鞭で踊らせようとするには限界があり、ハイオクガソリンはそんな位置付けでした。

それでも会議は増販に向けての検討が続きましたが、気まずい雰囲気となり、最後に支社長が立ち上がって、

「皆さん、社長のような熱意で数字に拘りを持って取り組んで下さい。真剣に取り組めばまだ

まだいくらでも方策はある筈です。

ともするとベテラン程数字を正確に把握していないことが今日図らずも露呈しました。我々も大いに反省しましょう」

そう言うと、溜飲を下げたのか伯父を一瞥してから着席したのです……。

夕方からは懇親会に移りましたが、支社の仲間が次々と近寄ってきて、

「あれはないよな。気にするなよ、大山ちゃん」

などと言って慰めてくれましたが、支社長が中座するのを見計らっていたように、販売店の社長が横に来て小声で、

「先程は大変失礼致しました。実は支社長からの依頼でそうさせて頂きました。

あの大山というベテラン営業マンに少し恥をかかせるくらいのショックを与えて欲しい。そのくらいしないと言うことを聞かない奴なのだ、とのことでした。

大変失礼とは存じましたが……、やらせて頂きました。ただ私の性分ではそれを隠したまま九州に帰ることはできないので……」

と言って深く頭を下げたのです。

いかにもあの男らしいやり口だとすぐにピンときたそうです。そこまでこの社長にやらせるのかと思いましたが、コッソリとそれを伝えてくれた社長に、

「いやいや、そうでしたか。率直にお伝え頂きありがとうございました。私ももっと数字に

拘って頑張りますよ。社長も九州時代の柵《しがらみ》とはいえこんなことにまでお付き合いとは大変ですね」

そう言って社長の複雑な立場を慮ったそうです。

実は支社長は九州支社時代、市況が崩れるとこの社長がスタンドにこっそり業転玉を買っていたことを承知で見て見ぬ振りをしていたのです。

伯父はそんな裏があることを後で知りましたが、その腹黒さには年季が入っていると思わず顔を歪めたと言います。

その後もそんなことが何度かあったそうですが、もはや伯父はやる気を失ってしまい、こんな支社長を任命する会社の方がおかしい、そう自分に言い聞かせて過ごしたと言います。

実力の無い上司ほど本音を誤魔化すために建前を振り回し、それに反発すれば人事権を濫用して部下を従わせようとするそうです。そんな器の小さな男が、彼の正体で、この男がいる限り状況は変わらないと諦めたといいます。

その頃荒川社長は言葉通り業転玉をガソリン、軽油合わせて月間１５００キロ購入、これは街中を走るタンクローリーで約１００台分に相当し、関東支社にとっても大きな衝撃で、老獪な支社長も放置できないところとなったのです。

伯父はそれを横目に報告書という名の始末書を書かされていましたが、思うところを余すことなく盛り込んだものでした。

それを読んだ支社長は、大黒ワンマンにかかわる批判的な記述をより明確にするよう修正させて本社にあげたのです。狙いは明白で、伯父を業務命令に従わない上に会社を批判する問題社員に仕立て上げ全ての責任を負わせるためでした。

伯父は会社トップの問題にまで言及したため、経営陣の批判と受け取られ、3カ月後には実質懲戒人事で平社員へと降格されることになりました。

それと引き換えるように和解策を本社から引き出した支社長は「トカゲの尻尾切り」で平然と町山営業担当常務を引っ張り出して荒川社長を訪問、妥協したのです。

結局伯父が出向を始めたその初日に発覚した3000万円が、時機と形を変えて支払われたのも同然です。決定的に違うのは荒川社長に抜き去りがたい不信感を残したことです……。

そんなある日、大阪支社から転勤してきた同僚が、

「あんな人が取締役支社長になるなんてどうなっているんですかねぇ、うちの会社……。あの人小竹副社長に取り入って出世した、と言われているんですよ、ご存知ですか？」

と話し掛けてきました。伯父の聞いた噂はどうやら本当だったようです。

彼はかつて大阪支社で一緒に仕事をしていたそうで、そんな噂の元になった出来事を教えてくれたのです。

当時少数組合員を巡る係争問題の対応に煩わされていた副社長に、自ら進んで会社側の証人を買って出て少数組合を攻撃、自分を売り込んだ、と言うのです。

大黒ワンマンがそろそろ小竹さんに社長ポストを譲るだろうと踏んで、見え透いたパフォーマンスをしたんですよ、と付け加えました。

大黒ワンマンにとって、何かと自分を手厳しく批判する少数組合は目障りで、潰してしまいたいと思っていても不思議はないのです。

小竹副社長としてもこの問題を上手く処理すれば……、と考えていたのかもしれません。そこですり寄ってきた黒原を利用したのでしょう。

火の無い所に煙は立たないもので、その頃から関西支社の一担当者から課長、支社長、取締役関東支社長へと驚くような出世を果たしたのです。

こんな噂が実しやかに流れるのは、東洋ユーロ石油の人事に纏わる不透明感と無縁では無く、大黒人脈人事の歪みを物語るものでした。

そしてそれが人事制度そのものの信任を損ね、多くの社員からモチベーションを奪っていたのです。社内では上に対する忖度迎合が蔓延し、やがて不祥事の温床になった、とは伯父の見方でした。

さて、副社長が煩わされていた少数組合問題は結局のところ簡単には解決せず、裁判は長期化、その間に時代は変容し労働者側の働く権利や男女同権に対してより強く配慮する風潮が社会には定着していました。

結局東洋ユーロ石油は２０１０年、即ち大黒ワンマンが代表取締役会長を退任した翌年、急転直下、和解という名目で実質敗訴を受け入れました。

敗訴であることは、組合員に対して多額の和解金が支払われたことでも明らかですが、このタイミングが14年間君臨してきた大黒ワンマンの退任と無関係では無い、と想像されたそうです。

実際、少数組合の幹部が、その時の状況を振り返って、突然相手が居なくなってしまった！と言っており関連が有ったことを示唆、伯父の見方を裏付けたのです。

他方、小竹副社長は、大黒さんの情実人事だったのでしょうか、最終的には短期間とはいえ代表取締役副社長に上り詰めましたが、組合との対立を解決することもできなければ、代表権に相応しい業績も残すことなく病で退いていました。

東洋ユーロ石油には発足時から代表取締役に就いた者は退任後顧問として残れるという内規がありましたので、大黒ワンマンが退任を控えた小竹副社長に対する最後の餞《はなむけ》に代表権を与えたのではないか、と伯父は見ておりました。

その小竹さんは大黒ワンマンより3年も前に取締役を退きましたが、実際にはそれ以前から病で社内の影響力を喪失していたのです。

偶然でしょうか、黒原支社長は小竹さんが影響力を失った頃小さな販売子会社の社長へと異動となりました。彼に纏わる噂はやはり本当だったのではないか、そう思わせたそうです。

それに比べて、最後まで信念を貫いた荒川社長は、あの一件で骨を拾ってやる、とまで言ってくれた後も伯父に対する温情を失わなかったと言いますから、人間としての器の違いを感じずにはいられなかったそうです。

関東支社は荒川社長と一時的に妥協しましたが、覆水盆に返らずの例えがあるように、もはやすんなりと元の鞘に収まる筈もなく、これ以降両社の関係は疎遠になるばかりでした。その後の10年程で取引は半減、信頼関係も消失、同時に東洋ユーロ石油関東支社は有力販売店の経営資源も喪失したのです。一人の狡猾な支社長の保身と引き換えに……。

東洋ユーロ石油は、人脈が人材に優先する組織であったことを物語るエピソードではありましたが、これが大黒ワンマン体制に根ざす大きな弊害だよ、と伯父は嘆いたものです。

10　真説、石油業界

「もしもし、大山君？」

「はい。大山です」

「大林です。お久し振り。元気ですか？」

「大林先生！　先生こそお元気ですか。私はいたって元気ですが、どうされましたか？」

「実は僕の勉強会に来ている早田君が、来年の就職先に石油会社を考えていると言うので少し話を聞かせてやってくれないかと思ってね」

「私でよろしければ喜んで……、もうリタイアして5年も経っていますしお役に立ちますでしょうか……」

「心配無いですよ。大山君の長い経験と知識があれば。よろしく頼みます。後で彼から直接連絡をさせますので」

「畏まりました」

伯父の話はこんな恩師との電話から始まりました。

大林先生は80代後半を迎えた母校の名誉教授で、今でも毎月1回企業経営研究会を開いて大

学院生やゼミのＯＢなどの有志を集めて最新の経営学やビジネスモデルなどを研究されている
そうです。

先生は大学時代最新のアメリカ経営学を研究されていて、伯父はその授業に触れた時初めて大学の勉強に興味を持ったそうで、先生の許を訪れてゼミに加えて欲しいと、

「今の成績は最低ですが、ゼミに参加させて頂けたら本気で勉強します」

と言うと、先生は苦笑しながら、

「学生は皆そう言います」

そう応えられ、伯父は用意の一言を放ちました。

「ゼミで成績が上がらなければ、いつでもクビにして下さい！」

「そこまで言うならその言葉を信じましょう」

そう笑顔で受け入れてくれ、伯父はそれからの2年余り、死に物狂いでゼミの勉強に没頭、4年生の冬には卒論に代わるゼミ論を提出するところまで漕ぎ着けたそうです。それを見た先生は、

「大山君、君の熱意を感じました。これまで多くの学生達からゼミ論を提出してもらいましたが、君のボリュームが一番です」

そう言って優しく笑われ、伯父も少し照れながら、

「どんなことでも一番になれば気分がいいですね！」

と素直に喜び、以来毎年年賀状のやり取りを続け、時折ゼミのOB会などに出席、先生のご尊顔を拝していたそうです。

そんな先生からの電話はとても嬉しかったようですが、果たして学生が望むような話ができるか自信は無く、少し躊躇したと言います……。

「もしもし、大山様でしょうか？　大林研究会の早田と申します」

「大山です。先生からお話は聞いております。早速ですが明後日《あさって》の夕方は空いていますか？」

「はい、空いております」

「それじゃ折角なので食事でもしながらお話ししましょう。赤坂ホテルのロビーに6時でどうですか？」

「はい。ありがとうございます。それでは明後日6時に赤坂ホテルロビーにお伺いします」

「お会いするのを楽しみにしています。でもあまり期待しないで下さいね」

「とんでもありません。こちらこそお忙しいところお時間を頂戴しありがとうございます」

そんなわけで伯父はホテルのロビーで早田君と待ち合わせることになったのです。この齢になって大林研究会の学生と話すことになるとは夢にも思わなかったそうですが、これも何かの巡り合わせだと思い、自分の思うままを話して楽しむことにしたと言います。

「こんにちは。初めまして早田学《まなぶ》です。大山様ですか？」

「はい。大山です。初めまして早田君。すぐに分かりましたか？」

「はい。エンジのネクタイはスクールカラーですし、近づくとブランドも目に入りました」

「スクールカラーでブランドが付いていれば分かり易いかな、と思ってね。

ところで僕は、リタイアしてからもう5年も経っているので最新の事情には疎いかもしれないけど、その点はお許し下さい。

それに、今や世界は脱炭素に向かって動いている時代ですから最近は殆ど石油が話題になることはないですよね。原油代とガソリン価格くらいですか……。

今日は久しぶりに石油業界の話ができると楽しみにしています。それじゃ早速上のレストランに行きましょう」

「はい」

二人は38階のレストラン直通エレベーターに乗りレストラン入り口に着くと、

「ご予約でしょうか？」

「大山豪太郎で6時から二人で予約をしています」

そう応えると窓際のテーブル席に通されました。

「早田君。勝手にコースを頼んであるけどいいかな」

「はい。もちろんです」

「メインディッシュは肉だけど……」

「肉は大好きです。こんな高級なところで食事をすることは滅多にないのでとても楽しみです」

「そう。そう言ってもらうと僕も嬉しいよ。それじゃまずは乾杯しようか。ビールでいい？」

「はい」

「食べながらでいいから話をしようか」

「はい」

「早田君はどうして石油会社に興味をもったの？」

「そうですね。ゼミで『エネルギー供給に関わる企業の社会的役割』をテーマに企業行動論の勉強をしていますので……」

「ほ〜う。何か自分の学生時代を思い出すようなテーマだなぁ。でも脱炭素の時代になぜ石油会社なの？　電力やガス、あるいは総合商社なんかもその対象になるんじゃない？」

「はい、でも電力やガスは公益事業者で純粋な私企業ではありませんし、商社は必ずしもエネルギー本部に配属されるとは限りません」

「なるほど。それで石油会社ですか。で、どんな仕事をしてみたいの？」

「今の知識を活かせるような企画や調査部門で仕事をしたいです」

「実は僕もその昔そんな希望をもって石油会社に入社してね。製油所に配属された時は正直がっかりしたことを覚えているよ」

「そうでしたか……。ところで大山さんが入社されたのはいつですか」

「1978年だから随分昔だね。早田君は何年生まれですか」

「2000年です。大学は1年休学していますアルバイトで学資を貯めていたので来年卒業です」

「そうですか！　偉いですね。僕の学生時代とは大違いだな」

「家業がとても厳しかったので……」

「ますます立派だなぁ。早田君が生まれた頃、僕は東北支社の営業から関東支社の販売店に出向して苦労していた頃だな」

「大山さんは販売店にもいらっしゃったことがあるんですか……。ところで、入社された78年というと、第一次石油危機の後で第二次危機の直前ということになりますか？」

「その通りだね。さすがに詳しいね」

「大山さんはそんな時期になぜ石油会社を選んだのですか」

「う〜ん。僕の場合、やっぱり石油危機が日本の経済社会に与えたインパクトが強烈だったからかな。この時世界の政治経済が石油情勢と密接に関連していると感じてね。その背景にたくさんの問題があると思って……。

　メジャーはもちろんだけど、日本の石油会社はどう行動したのか、そんなことを知りたくなって東洋石油に就職したんだ」

「そうでしたか。それで外資系を選ばれたのですね。時代は随分変わりましたが、私の志望動機と重なる部分もかなりあるような気がします」

「そう、お役に立つといいけど……。まあ、ざっくばらんに何でも聞いて下さい。僕はリタイアした身だから気兼ねする必要はないですよ」

「はい、よろしくお願いします。

私は、今の石油産業を取り巻く環境についてはある程度理解していますが、脱炭素時代を控えて大きな岐路に立たされていると思います。

ビジネスマンとして長年その渦中にいた大山さんならではの視点でお話を聞かせて頂ければと思いますが、今日までの石油産業の変遷をどう観られていますか？」

「そうだねぇ。随分と昔の事もあるので記憶も不確かだけど……、戦後の歴史から振り返るのがいいかな。

何故なら、戦後この業界は、脱石炭と脱石油、取り分け脱重油という二度の大きな節目、つまり『エネルギー流体化革命』と『石油危機』を経てきたからね。

『エネルギー流体化革命』というのは、戦前から日本を支えてきた一次エネルギーの柱を国策で石炭から石油に代えたことだね。

政府は敗戦の翌年の閣議決定で、石炭、鉄鋼、電力、肥料等の基幹産業に資材、労働力、賃金を重点的に配分する傾斜生産方式を導入し復興を進めていた中、ＧＨＱ科学経済局のノエル調査団が１９４９年に原油輸入と太平洋沿岸製油所の再開を認める報告書を出し状況が大きく変わった……。

元々ＧＨＱは日本の石油産業の復活を認めない方針だったからね。ところが世界の政治情勢や石油事情の大きな変化に合わせて方針を転換したんだ。

１９４９年の中華人民共和国誕生と翌年の朝鮮戦争の勃発、戦前から次々と発見された中東大油田の開発、これらに対応するために日本を利用したわけだね。

政治はさておき石油は、欧米メジャーが中東原油の販路を日本の戦後復興需要に求めたんだ。さもないとそれが欧米市場に向かい市場が崩壊しかねないからね。

ＧＨＱはアメリカの占領軍が中心で、米英系メジャーに少なからぬ影響を受けたとしても不思議ではないよね。

そんな石油情勢を背景に日本の石油会社はメジャー中心に外資と提携することで復活を目指したので、双方の利害は概ね一致していた。

ＧＨＱの方針転換以前の業界は、ガリオア資金による石油製品輸入や米軍の製品放出等を取り扱う配給事業を請け負う程度の存在に過ぎなかったからね。

この方針転換は日本に消費地精製主義の導入を可能にしたわけで、石油業界にとって大転換点になったんだ。

日本の石油会社は原油の探鉱、開発に全くコストをかけることなくメジャーを通じて安い原油を調達できた上に、タンカーの大型化を容易にしたから運賃も削減でき急速にコスト競争力を高めていった。

こうして『エネルギー流体化革命』が推進された一方で、石炭産業が急激に斜陽化した。もっともこのような政策的誘導が無くてもコスト等の面から日本の石炭産業は早晩退場せざるを得なかったとは思うけどね。

僕の記憶が確かなら、1961年には一次エネルギーに占める石炭と石油の比率は39％と41％で逆転、戦後の傾斜配分を受けた基幹産業が僅か10年余りで石油にその座を奪われてしまった。エネルギー流体化革命がいかに急速に進んだかが分かるね。

実際この頃から政府のエネルギーに関する懇話会や協議会、審議会等が次々と設置され、このエネルギー転換が国家方針としてオーソライズされ、とりわけエネルギー懇話会の『石油政策に関する中間報告』と石炭鉱業調査団の『石炭は重油に対抗できない』という答申大綱は決定的な役割を果たしたと思うね。

こうして石油が一次エネルギーの確固たる地位を築くことになり、エネルギー流体化革命で『脱石炭』が成ったんだね。

1962年には原油輸入の完全自由化と同時に『石油業法』が施行され、以後当局の厳しい行政指導下におかれ、設備新設や原油処理量、ガソリン生産量に至るまで許認可無しにはできない業界となって、ある意味自由競争が歪められてしまった、とも言えるのかな。

これは国が一次エネルギーを石油に転換していく中で、エネルギーの安全保障を考えてのことだったんだろうけど、民族系石油会社の保護に大義名分を与えたと思うな。

日本の石油産業は戦後復興の初めから外資提携と当局のエネルギー政策の両輪で急速に成長・拡大し、大和のような後発企業にも大いなる成長の機会を提供したと言えるね。

彼等は外資と一線を画した独立独歩の道を選んだけれど、消費地精製主義が国策となり、1957年には初めて徳山製油所を建設、精製業にも乗り出した。

この時業界は、製品輸入と販売しかしてこなかった会社がいきなり製油所を建設するなんて、と冷ややかな態度だったらしいね。

ところが、石油精製の基本技術は既に確立されていたし、プラントエンジニアリングメーカーの協力等もあってその思惑は見事に外れてしまった。

その上品質はJIS規格で定められているので特殊な技術も必要なく、規格以上の品質はコストアップになるので無駄とされていたし、各社の品質が同じになるのは当然だね。寧ろ規格ギリギリに製造することが技術力だったんだ。

石油精製業は、当時から業界が思う程高度な技術や特殊なノウハウを必要としないことが図らずも証明された、そんな大和の製油所建設だったね。

同時に新製品の開発も無くイノベーションとは殆ど無縁で、製品の大半は作る傍《そば》から内燃機関やボイラーで消費されてしまう。品質管理も簡単だったんだ。

だから『石油危機』までの20年余りはひたすらスケールメリットを追求していて、作れば売れる古き良き時代だった。

日本の石油産業は、精製設備の増強と効率化に特化することで、急拡大する需要をキャッチアップしてきた、ある意味ガラパゴス業界とも言えるね。

そのため設備増強投資に追われ『利益無き拡大』などと言われ、充分な利益が伴わない拡大を余儀なくされていた……。

ところが、１９７３年の『石油危機』で突然その成長拡大が止まってしまった上に、原油代高騰のコストアップもすぐには転嫁できず、石油会社は危機的状況に陥ったんだ。

何しろ需要拡大が続く前提で精製設備を増強していたし、当時は十数社がひしめき合っていて、過剰設備廃棄と業界再編が喫緊の課題になった……。当時世間では脱石油が叫ばれたけど、その中心は『脱重油』だったね。

僕が東洋石油に入社した１９７８年はそんな時代で、いち早く対応した東洋石油がユーロ石油と85年に合併、東洋ユーロ石油が発足したことは画期的だったよ。

業界はその後30年余り設備廃棄と合併再編を繰り返し、現在の姿になったわけだけど、残念ながら２０１９年に東洋ユーロ石油は大和興産に吸収されて姿を消してしまった。

僕はその直後にリタイアしたので、消滅した会社のＯＢということになるね。だから40年余りのサラリーマン人生は会社の栄枯盛衰と共にあった、と言えるのかな……。今の業界を見ると本当に隔世の感があるねぇ。

でも石炭産業が僅か10年余りで一次エネルギーの主役から転落したことに比べれば緩やかなピークアウトなのかな。

何といっても石炭産業は雇用喪失という深刻な社会問題を引き起こし、総資本対総労働と言われた三井三池炭鉱の大争議を引き起こしたりしたからね……。

石油会社は典型的な装置産業だから緩やかな衰退は大きな雇用問題を回避できたけど、販売店の廃業は厳しかったと思うね。

戦後石油産業の栄枯盛衰を見ると、脱石炭、脱重油を経て今や脱炭素の時代へと移ろうとしているわけで、エネルギー問題がこれからの政治経済や産業社会に大きな影響を与えていくことは必至で、今から想定しておくことは大切だね。

特に、環境問題はエネルギー問題でもあるという視点は欠かせないので、脱炭素時代のポイントになると思う。そんな時代に石油業界に身を投じることはチャレンジングだね」

「とても興味深いお話です。エネルギーと政治経済社会は切り離すことができないということですね。同時にそれは環境問題でもある。

かつて『セブンシスターズ』などと呼ばれていた巨大石油会社が政治経済に与えた大きな影響力を想像できますね」

「そうだね。セブンシスターズは戦後のアメリカ政府やGHQに対しても大きな影響力を持っていたんじゃないかな。ビッグビジネスとして何かと批判されるのはそのせいかもしれないね。でもかつての石油危機では彼等がワールドワイドの需給調整機能を果たしたのでその影響が緩和されたという評価もあったね。あまり知られていないけど。

彼等はその後主役の座をＯＰＥＣに譲ったけど、アラスカ、北海、メキシコ湾等の開発でその実力を発揮、技術力や資金力は健在だよ。もっとも今や3社のスーパーメジャーに集約されたので、ワールドワイドで石油産業は再編が進んだと言えるね。

そしてこれからもエネルギーを巡る覇権争いの主役であることは間違いないと思うよ。いつ脱炭素や再生可能エネルギーに向けて本格的に舵を切るかだね。

まだリードタイムはあるから、今後の収益性と環境規制の成り行き次第かな。当面は電気自動車充電ネットワークの買収をした程度だけどね。

今や地球温暖化や環境問題に消極的な企業は社会に受け入れられなくなってきたし、脱炭素は企業にとっても厳しい選択を迫っていくと思う。

再生可能エネルギーの技術革新や巨大なグリーンマネーの動向次第では、その流れが早まる可能性もあるからね。石油会社は積極的に対策を進めていかないと生き残れない。時代のニーズに的確に応えられない企業が淘汰されていくことは歴史が証明しているよ。

かつてサウジのヤマニ石油相が言ったように、『石器時代が終わったのは石が無くなったからでは無い』という言葉の重みを今こそ思い出して欲しいね」

「そうですね。半世紀ほど歴史を遡れば二度の石油危機が『石油に浮かぶ文明』を根底から揺さぶりました。かつて安価な石油に依存して成長してきた先進諸国は今こそ本気で脱炭素を進めて欲しいですね。

とりわけ石炭問題は対応を急がなければならないと思いますが、ロシアの侵攻で少し遅れるかもしれませんね。でも長期的には再生可能エネルギーが主役になることは間違いないですよ。

原発も安全性や廃棄物、廃炉コストまで含めて根本的な見直しが必要な時ですから、再稼働や稼動期間延長には慎重であって欲しいですね。

ところで、2000年代末に起きたアメリカのシェール革命の評価は未だ定まらない感じがしますが、原油代の動向や環境規制で大きく振れるので補助的役割しか果たせないのではないでしょうか……」

「そうだね。原油代が高騰している間はそれなりの収益力があるけど、アメリカの政権次第でかなり影響を受けるんじゃないかな……。

いずれにしてもパリ協定以降急速に進展している環境問題が炭化水素エネルギーの大きな制約になっていくことは間違いない以上、石油会社はこの流れの中でどう成長していけるか、パラダイムシフトが求められているんじゃないかな」

「確かにそうですね。半世紀前の石油危機が、安い石油に依存する石油文明に対するパラダイムシフトを突きつけて、とりわけ中東原油依存度の高かった日本は脱石油に大きく舵を切りましたが、脱炭素時代に向けた国家エネルギー戦略も原発への揺り戻しがあり不透明ですね。かつて『産業の血液』と言われた石油に代わって電気が中心になるとしても、その電源構成次第ではエネルギー安全保障が強化されるとは言い切れませんしね。

経済性、安全性、環境、安全保障など多面的に評価する必要があるのではないでしょうか？

また、エネルギー多消費型産業は、水素やアンモニア等の新エネルギー導入がキーになるのでしょうね」

「石油危機後に進んだ脱石油は、主にエネルギーコストや地政学的安全保障の問題と言えたけど、今直面している脱炭素はCO_2削減、地球温暖化という大きな環境問題を背景にしているわけで、石油危機とは本質的に違うと思うな。

だから、風力や太陽光さらには水素やアンモニア等へのエネルギー転換は不可逆的に進んでいくんじゃないかな。

同時に省エネやエネルギーの地産地消、蓄電等の技術革新でエネルギー需給の在り方も変わっていくだろうね。これはサステナブルな成長のベースじゃないかな」

「そうですね。日本では大震災後は原発が殆ど稼動しなくてもエネルギーは賄えているし、省エネも随分と進みました。

今一部で出ている原発再開議論はCO_2対策もあるでしょうけど、本音では電力会社の採算問題ではないでしょうか……。

パラダイムシフトに臨む今こそ原発問題を真摯に議論すべきで、政治家も経営者も逃げるべきではないですよ。将来に禍根を残しかねない拙速な議論は困りますけどね」

「今こそ再生可能エネルギーの開発と省エネを両輪にしたエネルギー戦略が必要だね。そういう技術にはグリーンマネーもついてくると思うな。

これまで世界が石油に依存して成長発展し、20世紀は『石油の世紀』とか『石油に浮かぶ文明』なんて言われてきたけど、いよいよそんな人類文明の転換が迫られているんだよ」

「これからの環境問題を考えると脱炭素に向かっての流れが速くなることは間違いないですから、石油会社もそれに見合った新たなビジネスモデルの構築が急がれますね。そのための柱を早急に育成しないと生き残れなくなりませんか？」

「石油会社に就職を考えている早田君には言い難《にく》いけど、そのために残された時間はそう多くはないと思うよ。少なくとも君が就職してからはその競争になるんじゃないかな。場合によっては他業種との提携や買収もあるかもしれないね。

もちろん大和興産は石油以外にもいくつものビジネスを育てているけど、まだまだどうなるか分からないし、会社を支える柱とは言えないな。

特に有機ＥＬや全固体電池は技術革新の激しい分野だし、世界中の自動車、電気等の巨大メーカーが競って開発しているからねぇ」

「何兆円も売り上げる石油会社のポートフォリオ組み換えは簡単ではないですね。

再生可能エネルギーなど環境問題に貢献する分野は将来有望だし、ここで成長を目指すことが大切じゃないでしょうか？

そういえば、大和がソーラーパネルから撤退した頃、大日本は再生可能エネルギー大手を買収しましたよね」

「よく知っているねぇ。２０００億円と言われていたよ、もっとも１６００億円が暖簾代だと言うね。本当に対照的だったけどねぇ」

「私も石油に拘らずエネルギー全般をチャレンジの対象にしたいですね」

「そうだね。それから今後のガソリンスタンドの有効活用も大きなテーマになるね。大和は全国６０００カ所あるこの経営資源をいかに有効活用するかがとても重要だし、若い人の柔軟な発想が必要だと思うな。当面は地域の生活に欠かせない場にすることを目指しているようだけどね。

脱炭素と再生可能エネルギーの分野はこれからの社会に大きな貢献をすることは間違いないし、環境とエネルギー問題を一体として取り組んでいく道は石油会社の重要な方向じゃないかな……」

「今後は電力会社もライバルになっていくんでしょうか……。総括原価方式は２０１６年の電力小売り全面自由化で廃止されましたから一歩民営化が進んだと言えます。でもその分損益環境はシビアになるので、既に投資した原発稼働に進んでいくのでしょうか？

まさに既存の原発を廃炉、廃棄物処理まで含めて再検討して欲しいですね。その評価も随分変わるんじゃないでしょうか。

ところで、大和さんは石炭をかなり取り扱っていますが、この辺りは如何でしょうか？」

「詳しいねぇ、早田君は。石炭火力は早晩全面的に見直されていくと思うな。

この先CO_2をある程度まで削減できても抜本的解決にはならないので厳しくなるだろうね。石炭火力の効率化といった程度の対応では乗り切れないと思うんだ。大和にとっての試練になるのかな」

「難問山積の石油会社はどんな成長発展が期待できるのでしょうか？」

「そうだねぇ。とても難しい質問だな。

僕が人生で経験した最大のパラダイムシフトは石油危機で、石油・エネルギーを取り巻く経済社会が大きく動揺し、変化せざるを得なくなったことだ。

ただ、短期的な混乱を別にすれば、ガソリン、軽油、ジェット燃料等伸びる分野に重点を移すことで生き延びられたし、特に収益商品のガソリンが伸びていたからね。石油ビジネスの中で対応できた……」

「それは白油化対応ということでしょうか？」

「そうだね。高いけれど重油留分が少ない軽質原油を多く調達して白油の生産を増やす。あるいは安い重質原油を買って、製油所で重油留分を分解してガソリンや軽油などの白油製品にグレードアップする」

「そのための装置は製油所にあったんですか？」

「いやいや、新たに数百億円から1000億円くらいの設備投資をしなければならなかったね。どちらを選ぶかは各社の戦略だね。そんなことを調査検討するのも企画部門だよ」

「へ～。とても興味深いですね。それで大山さんの会社はどちらを選んだんですか？」

「うちは後者だったね」

「それはどうしてですか」

「一口に説明はできないけど……。

重質原油と軽質原油の価格差、ガソリン販売価格とその生産量、分解装置の投資額などの要素を複雑に組み合わせて経済計算するんだ。

人間の頭では無理だから、コンピューターでシミュレーションするんだけど、リニアプログラミング、LP計算だね。早田君も聞いたことはあるだろう。

このプログラムにいろいろ複雑な前提条件を入れて、その解で最適な対応策を見つけるわけだ。うちは原油の重軽価格差が一定以上あると予測して、設備対応の方が経済性は高いという結論だったね」

「とても複雑そうですが、面白そうですね。

戦後の原油輸入再開から始まって20年以上も重油やナフサを中心に急拡大を続けてきた石油

会社が、一転石油危機で脱石油、脱重油に対応するためにこんな検討をしていたなんて初めて知りました。まさに企業はゴーイングコンサーン、ということですね。

ところで石油危機に際しての緊急的対応についても知りたいですね」

「まず政府は『石油緊急対策要綱』を閣議決定して、強力な行政指導で家庭用灯油価格を抑えたんだ。そして緊急立法で『石油二法』を制定、『石油需給適正化法』を発動するために『緊急事態宣言』を告示。

そして石油精製業者、消費者、ガソリンスタンド業者に対する指導を行い、灯油やＬＰＧの標準価格を設定して国民生活の安定化に配慮した。

さらに、当時『狂乱物価』と言われた物価高騰を鎮静化するため、石油会社の卸価格を原油代上昇前の水準に凍結させ、業界は大幅な逆ザヤを強いられた……。

この行政指導は半年程で解除されたけど、石油消費が大幅に落ち込んだ上に価格転嫁が遅れたことで業界存亡の危機でもあったんだ。

そこで政府は石油業法に基づく標準価格を設定。その価格体系がガソリン独歩高というとても歪んだもので、ガソリンの過当競争構造が定着した」

「スタンドの競争がますます激化したんですね」

「そのためガソリンを増販しなければ石油会社は利益が出ず、結果として販売店が代理戦争をすることになったとも言えるね。

ガソリンしか儲からないけど需要が伸びていたのでそれで何とか経営を支えた」

「でもそんな石油会社の方針を押し付けられて多くのガソリンスタンドが苦しんでいたんです」

「それは分かるけど、ここで負ければスタンドも販売店も立ちいかなくなるわけで、そういう意味では石油会社と同じだったと思うよ。大袈裟かもしれないけどガソリン販売にお互いの存続がかかっていたんじゃないかな」

「販売店も石油会社も一蓮托生、ということですか」

「一蓮托生……、運命共同体だね。石油危機以降は過剰設備とガソリン独歩高という歪んだ業界構造でガソリン販売に活路を見出す以外になかった、そう思うな。

一方で石油会社は大量の備蓄の放出やＳＰＯＴ原油の手当等で安定供給に全力で取り組んだことは、残念ながら評価されなかったね。

その原因は業界側にもあって、ある石油会社が価格転嫁の『千載一遇のチャンス』と社内文書を流したところ、野党議員に掴まれ国会で追及され、通産事務次官から『石油業界が諸悪の根源』なんて酷いことまで言われたよ。

『狂乱物価』なんて言われた物価高騰のスケープゴートにされた感じだな。

でも実際は石油危機以前にニクソンショックや日本列島改造論で景気は過熱し既にかなりのインフレになっていたんだ」

「ニクソンショック！　日本列島改造論？」

「日本経済は過剰流動性でインフレが起きて物価上昇していた時、石油危機に見舞われたので、それまでの失政を棚に上げて石油業界を悪者にして国民の目を逸らせた……」

「国がインフレに対する適切な政策を打っていなかったことが狂乱物価の前段階にあった、ということですか……」

「客観的に分析すればそう言えたと思うね。

いずれにしても、石油危機が国家的危機だった中で、脇の甘い会社の失策もあり、『諸悪の根源』というレッテルを貼られ、批判の矛先をすり替えられてしまった気がするね」

「でも、石油会社が倒産したら日本のエネルギー供給も大混乱しますよね」

「狂乱物価は政治問題化していたので先ずは業界を悪者に仕立てて批判の矛先をかわして、対策は後回しにされた感があったね。

遅ればせながら当局の指導で値上げをしたら、独禁法の『不当な取引制限の禁止』に抵触するとして提訴され、係争の末に有罪が確定、業界は石油の安定供給に取り組んだにもかかわらず踏んだり蹴ったりだったよ。

値上げを指導した通産省はお咎め無し。石油業法と独禁法の関係はとても難しいけど、『違法性の阻却』が認定された訳だ。

当局の指導で値上げの時期を遅らせ、漸く上げることができたら独禁法で有罪なんて酷い話だよ。

しかもこの指導価格で業界全体の存続を図ったため、マージナル企業まで温存され業界の体質強化には繋がらなかったし、ガソリン独歩高の歪んだ価格体系はその後長い間ガソリンの過当競争を生む原因になったんだ」

「当局はどうしてそんな下位の会社まで救うようなことをしたんですか？」

「まあ、当時は殆どの産業が護送船団方式で保護されていたし、特に石油業界はそうしないと外資系企業に支配されるという危機感があったからじゃないかな。

そうなれば、国のエネルギー安全保障上の問題になるという理屈で正当化されたんだろうね。MITI内の保護主義派の考えだろうね……」

「エネルギー安全保障！　保護主義派？」

「政策当局の中にも国内産業の保護育成を優先する考え方と国際派といって自由化、規制緩和を急ぐ考え方があったらしい」

「MITIにもいろいろな考え方があったということですね。

戦後石炭産業を見捨てて、一次エネルギーの大半を石油に転換した以上、石油業界を存続させなければ安定供給が損なわれるわけですね」

「外資系が強い石油業界を自由競争に任せていてはエネルギーの安全保障は覚束ない。だから民族系に手厚い政策で温存を図った。結果的に業界は生かさず殺さずの脆弱体質を脱却できず、過剰設備問題や業界再編が進まなくなった、とも言えるんじゃないかな」

「そんな事情を抱えていたところに、79年のイラン革命に端を発した第二次石油危機が起きたわけですね」

「そういうことだね。この頃僕は新人社員として製油所に勤務していて、原油を積んだタンカーの到着予定が狂ったり、積んでいる原油がインボイス通りか怪しかったりで、バースマスターやサーベイヤー達と沖合の船上で苦労したねぇ。

それに届いた原油の価格がとても高くなっていたのには驚かされたよ。タンカーが到着するたびそんな状況で無我夢中で必死だったよ」

「バースマスター？　サーベイヤー？　沖合？」

「バースマスターというのは船のキャプテンで、荷主を代表して沖合に停泊しているタンカーを桟橋につけるまでの操船責任者だね。サーベイヤー、もう少し正確に言うとマリンサーベイヤーのことで、海事鑑定人といって船の貨物の公的検査員だね。それから沖合というのは、大型タンカーが原油を満載して到着すると喫水が20メートルくらいになり製油所に近づけないので、沖合2000メートルに設置されているシーバースに着桟して、そこから海底パイプラインで製油所の原油タンクに荷揚げするんだよ」

「本当ですか？　知らないことばかりでしたがとてもスケールが大きな話で興味深いですね」

「当時ブリティッシュユーロ石油グループの東洋石油はイラン産の原油を中心に精製していた

ことも　あって装置もオペレーションもそれに合わせていてね。だからイラン原油が手に入らなくなると生産計画にも大きな影響が出てしまう。

そこでその代替にイラク原油を調達したんだけど……、随分と混乱させられたことを覚えているよ」

「メジャーによって調達できる原油も違っていたんですね。装置もそれに合わせた構成になっていた。実際の現場は知らないことばかりで勉強になりました」

「でも二次ショックの影響は一次程では無かったよ。一次危機以降に備蓄の積み増しや脱石油、脱重油を進めていたからね。

ところがその翌年にイラン・イラク戦争が勃発してイラク原油の供給量が減少、世界の石油需給がかなり逼迫したんだ。でもサウジや北海、メキシコ湾等の増産、それから原油高騰による消費減、海外炭への燃転等もあり大きな混乱は避けられた。

ただ、穏健派サウジの原油上げ幅が他のOPEC諸国より小さかったので、サウジ原油を調達する会社とそれ以外の会社の間で原油代に大きな格差が生じ、2年もノンアラムコグループは大きなハンディキャップを負うことになったんだ。

ここでも東洋石油は苦しむことになったわけで、二次に亘る石油危機は東洋石油危機でもあった……」

「そうでしたか。調達原油の違いで石油会社に与えたインパクトも随分と違っていたんですね」

「まあ、今は昔で殆どの人は忘れているけどね。僕は当事者だったからねぇ」

「とても貴重な体験をされたのですね。ところで過剰設備は具体的にはどのようにして解決したんですか」

「当局は石油審議会答申という形で業界全体594万BDの原油処理能力を100万BD、約17％削減を指導し、各社工夫の末何とか16％程達成した。でも業界全体の稼働率は60％台だったので全く不十分で、86年に二次削減が実施され当初の23％程度まで削減、最悪の事態は脱した」

「でもガソリンの過当競争は全く収まらなかった……」

「ガソリン独歩高の価格体系と堅調な需要があったからねぇ。その後も90年代末からセルフスタンドの急増が競争に拍車をかけた……。

僕も当時関東支社初のセルフスタンドをオープンさせたからよく覚えているけど、現金量販志向で従来の高値掛売のスタンドを駆逐することになった」

「石油会社はどうしてセルフ化をそんなに急いだんですか？」

「ガソリンが唯一儲かる商品だったし、セルフ量販スタンドは消費者ニーズに合っていたからね。それに装置の稼働率にも貢献する。

もっとも個別企業の事情はいろいろで、生産と販売が必ずしもバランスしていた会社ばかりではなかったから、業界全体では需給バランスがとれない」

「販売力以上にガソリンを生産していた会社があったわけですね。それは業転ということですか？」

「外資系石油会社は業転もビジネスの一部と割り切っていたし、生産が足らずにそれを商社経由で仕入れるとか、輸入する会社もあったしね」

「生産と販売のアンバランスは日常的にはどう調整されていたんですか」

「商社を通じて必要な時に必要な量を売買していたね。石油会社の要望に応えられるのは彼等しかいなかったし、双方にとって便利な相手だったからね。

ただ、商社は輸入もしていたので日本で儲かる時には輸入販売もしていたから、需給調整機能も果たせば独自に短期利益も追求する厄介な存在でもあったね」

「石油会社や商社の都合で供給過剰が生じ乱売戦を加速した、そんな側面もあったと言えませんか？」

「そういう面はあったけど、根本はガソリン独歩高の価格体系であり、過剰設備が充分には解消しなかったことだと思うな。何といってもガソリンで利益をあげなければ会社が成り立たないからね……。それに業転対策として長年石油会社は事後調整をして系列販売店を支えていたしね。

いずれにしても、石油会社からガソリンスタンドまでのサプライチェーントータルの消耗戦だったからどちらも苦しかったんじゃないかな……。

過剰設備と稼働率、儲かるガソリンの増販志向と過当競争、業転玉と事後調整、これらが複雑に連鎖する構造は簡単には変えられなかったな……」

「石油会社は大企業ですからそれなりの体力もあるし、先程の話ではないですが、いざとなれば国が救ってくれるかもしれませんが、中小販売店はそうはいかないですよ」

「そうだね。多くの中小販売店やスタンドが廃業、閉鎖に追い込まれていったのは残念だったけど販売店全てを支える余裕は無くなっていたからね」

「大の虫を生かすため、ということでしょうか……」

「お互いに自助努力で乗り切る以外には無かったんじゃないかな。

ガソリンスタンドはピークの6万カ所余りから今や2万7000くらいに減ったけど、石油元売会社も入社した頃の十五、六社から三社になったからね」

「実は、私の実家はガソリンスタンドをやっていたんです。7年程前に廃業しましたが……」

「そうでしたか。それは失礼なことを言ったかもしれないね。気を悪くされたら許して下さい。もしかしたら君の石油会社に対する関心はその辺りにもあるのかな」

「あります。お話を聞いて大変厳しい業界ということが分かりましたが仕事としてはやり甲斐を感じました。

中でも先程聞いたＬＰ計算で経済性を追求しているような仕事はとても魅力的で自分も是非

やってみたいですね。やはりビジネスの実務は教科書では知り得ないことばかりです」

「そうだね……」

「ところで、社長は社内の検討結果を踏まえて総合的に決断する、ということなんでしょうか？」

「あははは、残念ながら社長に訊いたことは無いけどねぇ。決断というよりも、その結論を追認する、という事じゃないかな。いちいち社長がＬＰの複雑な計算を理解する必要は無いけど、その大前提くらいは理解していると思いたいよ。装置産業のトップなんだからね……。

そもそもこの業界は、社長がコントロールできない要因が業績を大きく左右するからねぇ。原油代がその典型だ。

原油代はコストの大半を占めているけど、価格は産油国が一方的に決めるものだからね。同じ原油なら各社似たような価格でしか買えないんだ。

もちろんタンカー運賃や積み地等の違いによる差はあるけど、同じ原油なら基本的には大差は無いね。それから為替レート。

最近は円安傾向だけど、早田君も知っての通り、種々の要因で日々変動しているし、各社リスクヘッジをしているけど、これで大差がつくことも無いと思うな。

原油代は、需給や在庫等のファンダメンタルズや政治経済、地政学的要因等で大きく変動するので、期末の在庫評価次第で数百億円もの巨額な利益や損失が出る。

そうなると企業努力も失策も霞んでしまい、社長の実力もはっきりしないよね。もちろん在庫評価の影響を除いた損益は試算しているけど、これも市況次第なところがあるからね。社長がコントロールできるのは、事後調整を含めた販売価格で、それが会社のキャッシュインを決めるわけだ。この匙加減一つで会社の業績ばかりでなく、販売店の懐具合にも大きな影響を与える。まさに社長の権力そのものだよ」

「販売店の損益にも影響を与える価格、特に事後調整は便利な道具ですね。でもそれが社長の最重要の仕事だとしたら随分とスケールの小さな話ですね」

「あははは、小さいかどうかよく分からないけど、これを間違えると会社の損益だけでなく系列販売店が弱体化しかねないからね。とても重要な仕事だと思うよ。それ以外は部門毎に専門の担当者がいてCPやAIで処理してくれるからね。そうなると結局人事やポストを考えることが最大の仕事になるのかもしれないいな」

「人事、ポスト……」

「石油業界は典型的な装置産業だからスケールメリットと高稼働率の追求でコストダウンを図ることが戦後一貫した流れで、製油所、タンカーの大型化から始まり、タンクローリーやガソリンスタンドへと進んだ。

さらにそれが油槽所の集約化や装置の連続運転時間延長にも繋がって、各社殆ど同じように取り組んできたので決定的な差はつかないし、会社はここから外れなければ特別なリーダーシップは要らないね。

そうなると、自分以外にやれない人事に目がいくようになるんじゃないのかな」

「それではまるで人事が社長業みたいではないですか……。中長期の課題に対する視野が欠けないですか」

「ハハハ、手厳しいね。でも確かにそういう面はあるかな」

「何故社長は人事やポストにそんなに拘るのですか？」

「そうだなぁ。僕なんかにはよく分からないけどねぇ。人事やポストの事をいろいろ考えるのは、自分の地位を固めるため、つまりは保身のためじゃないかな。それに息のかかった部下を主要なポストに据えれば自分の考え通り組織を動かしやすくなるからね」

「それでは自分ファースト、じゃないですか！　それで最善の意思決定ができるのでしょうか？　社内外を見渡す広い視野を失うのではないですか」

「そうだねぇ。でも社長もそのポストを失えば大きな権限と収入、社会的地位等全てを失うからねぇ。だから保身優先になるんじゃないのかな。それが地位の維持にもつながるしね。ライバルを一掃、子分で組織を固めてワンマン経営をする、そんなトップもいるからね。

そうなるとイエスマンが増えワンマンの思う壺で長期政権化する。そうなっては本当に始末が悪いよ。首に鈴を掛ける者はいないからねぇ……」

「モチベーションが低下しませんでしたか？」

「あははは。僕らは人事で縛られているから反抗は損だけど、人それぞれかな。そんなトップは逆らう社員には冷酷だからね。独裁政治と本質的には変わらないかな。反対する者はパージする。

こんなことを言うとがっかりするかもしれないけど、現実にあったんだよ」

「そうなると、日頃から上司に異を唱えるのは憚られるわけですか？」

「そこは微妙でね。自分でしっかりとした意見を持っていることが最低条件だけど、日頃から積極的に部下の意見に耳を傾ける上司と、命令で部下を従わせようとする上司とでは大違いだからねぇ。

だからいつもフランクに物が言える風通しのいい職場風土が必要で、それは上司次第と言ってもいいかな。そんな職場なら自然と部下達から意見も集まるようになって衆知の結集が図られるよ。

でも、どこで上司と折り合うかは結局人生観の問題なのかな……」

「つまるところ、仕事も人生観次第ということでしょうか？」

「最終的にはそうなると思うな。でもトップの姿勢がその会社の風土を決める最大の要因だからね。その姿勢が次第に社風や企業文化となっていくんだな」

「いい社風はいいトップの下に育つ、ということですか。

ところで、先程社長が人事やポストに目がいきがち、と言われましたが……」

「夢の無い話だけどそれも現実で、経営学では学べない企業の生の姿だと思うな。トップの意向は人事に反映されるから、それを良く観察していると組織の健全性が分かるよ。僕が長年過ごしていた会社は、その辺りは非常に極端だったねぇ。例えば、社長が代われば、役員、部長、支社長はもちろん、課長クラスまで総入れ替え。何といってもトップは自分の人脈を最優先して組織を固めるからね。

だけど親亀が転けると、子亀、孫亀、曾孫亀まで皆転けるわけだ。その結果社内はまた別のカラーに変わる……」

「人事とはそんなものなのですか？　人事は公正公平であるべきですよね」

「あははは、そうだねぇ。でも現実には人脈や派閥などもあって必ずしもそう単純じゃないんだよ」

「現実の世界は随分と人間臭いですねぇ。大学の授業や専門書では扱わない分野ですね。では人事部門の役割って一体何なのですか？　そんなことで本当に社員の能力や実績を評価できるのですか？」

「あははは、その通りだね。でも実績や能力より重視されるものがあるようだねぇ。それは社長の胸三寸かな……。ブラックボックスの中だ。気を付けなければいけないのは、それが人事の私物化をロンダリングする機能も果たしていることだよ」

「人事のブラックボックス！　ロンダリング……、まるで小説みたいですね」

「事実は小説より奇なり、なんて言うからねぇ。だから人事部門はトップの意向で昇進昇格をオーソライズするための道具とも言えるし、人脈登用の便利な隠れ蓑だよ。だから権力を握ったら初めに押さえるのが人事部門だよ」

「権力者から人事の独立性を担保するのは難しいのではないですか……」

「そうだね、とても難問だね。でも工夫の余地はあると思うよ。例えば部長以上の管理職への昇格は、試験と業績を併せて評価し、その結果を開示するとか。そうすればかなり透明度が増すんじゃないかな」

「人事情報の開示というのは簡単ではないでしょうけど、昇格理由や試験結果を社員が知れるのは面白いですね」

「もしそれが多くの社員の納得を得られないようなら、人事部門の見識や責任も問われるよ。そうなればお手盛り人事なんてやれなくなる。サイレントマジョリティーの監視が無言の圧力になるからね」

「そこまでしないと公平公正な人事は実現できないのでしょうか」

「あははは、何しろ相手は大変な権力者だからねぇ。全社員の目が光っている仕組みでも無ければ抑止力にならないよ。要は彼等に人事を私物化させないための仕組みが必要だ」

「会長、社長といった組織のトップは大きな権限をもっているのは当然だと思いますが、そんな好き勝手をしているのでしょうか……。トップに立つ方にはそうあって欲しくないですね」

「その通りだね。でも彼等にとっては出世競争の末にやっと手にした権力の座だからねぇ。その権力を一番発揮できるのが人事だ。彼等は一旦握った権力を強化するためならオーバーコールでもルールの変更でもするからねぇ……。

権力者に人格とか人間性を期待するより、牽制する仕組みが有効だ。本来組合がその機能の一翼を担うべきだけど、企業内組合は経営陣との緊張関係より忖度を優先する感じがするので、もっと真剣に経営陣と対峙して欲しいね。執行部もそのポストを離れてからの事を考えてしまうのかね……。

経営陣に対する牽制機能が働かないとワンマン経営という独裁体制が生まれる危険性が高いよ。オーナーでもないトップが10年も15年も居座っているのはその証拠だと思ってもいいんじゃないかな。

超一流とか名門とか言われている企業でも実際そんな事例は沢山ある。少し前にはこの業界のドンみたいに見られていたトップが不祥事で辞任したけど、その理由を聞けば人格も人間性も無関係だと分かるよ……。大きな大学の理事会なんかでも同じような話があったよね。独裁は必ず腐敗を生む、と思った方がいいね」

「組織のトップと人事の関係にはいろいろ難しい問題があるのですね……。

そろそろ大山さんが長年働いていた営業部門のお話を聞かせて頂けますか」

「僕が入社したのは第二次石油危機の前年で、過剰設備と白油化の対応に追われていて販売部門への投資余力はあまり無かった感じだったな。だから販売店と協調してその経営資源を上手く引き出すことも重要だったね」

「販売店の人、物、金を活用したわけですか……」

「だから石油会社は異口同音に『販売店と共にある』と強調していたし、儲かるガソリンは販売店を通して売っていた。経営者も充分承知していたんだよ」

「でも商社や農協、漁連、生協、ホームセンターなどにも積極的に供給し、過当競争を助長したり、販売子会社を通じて増販させたり、直売部門でも安値納入をしていたんじゃありませんか……」

「そんな面もあったけど……。激しい競争に勝つには既存の販売店の力だけでは足りなかったんだ。また販売子会社は、行き詰まって撤退する販売店の受け皿機能も果たしていて、そのスタンド網や商権を維持しなければならなかったからね。子会社化して建て直せば重要な戦力だ。

直売部門は、かつて電力、鉄鋼、セメント、紙パなどエネルギー多消費型産業に重油中心に販売していたから、石油危機以降随分縮小したよ。今は旅客機や船舶向け燃料が主体かな。

そもそも大口需要家向け販売は相当な資金力が必要だから販売店の手に余るビジネスが多い。大量納入する分価格が安くなるのは石油に限らないよね」

「販売店だけに依存していては増販競争に後れをとる、直売分野は販売店の資金力では限界があった……。でも販売子会社が安売りする必要はないと思いますが……」

「販売子会社は既存販売店とはビジネスモデルが違っていたからね……。セルフスタンドで量販し1リットル当たりコストを下げてその分安く売る、多くの分野で量販店が用いる手法に過ぎない。この説明で早田君が納得するかどうかは別だけど……」

「結局資金力のない中小販売店は薄利多売が主流になった小売業界では生き残れない、ということでしょうか……」

「必ずしもそうとは言えないけどね。スタンドの損益は、ガソリンや灯・軽油販売の粗利と洗車やオイル等の油外収益の合計が運営経費を上回れば成り立つよね。

ガソリンの激戦区はガソリンマージンが圧縮される分、それ以外の収益で稼がなければ生き残れない。もちろん人件費や販促費等運営コストも下げなければならないけど限界がある。

だから丁寧な高額洗車で評判をとるとか、スタッフ全員国家整備士にして点検整備で信頼されるとか差別化できるスタンドは勝ち残っている。厳しいようだけどガソリンスタンドも弱肉強食、優勝劣敗のとてもシビアな業界だから廃業や閉鎖もやむを得ない……」

「そういう意味では石油会社も同じであるべきではないでしょうか……。でも当局は石油会社を自由競争に任せて淘汰させなかった」

「石油の安定供給はエネルギー安全保障の基本だし、民族系企業の保護をその前提にしていたからね。それでも僕がいた40年余りの間に元売りも13社から実質3社に減った。多くの会社が合併吸収され消えたわけで、スタンド業界と形は違うけど本質は同じだと思うな。東洋ユーロ石油もその一つだ。ただ、残念なのは当局の干渉で大和興産に吸収されたことだ。結局当局は長い間業界に干渉し民族系会社を保護して体質改善を遅らせたんだよ。でもスタンド業界にはこの論理は必要なかったからね」

「……」

「まあ、もう少し飲みましょう。ビールでいいかな」

「はい、頂きます」

「それから僕の肉、半分どうですか、食べ切れないので」

「ありがとうございます。遠慮なく頂きます。ガソリンスタンド淘汰の話もあって少し感情的になってしまって……」

「無理もないです。気にしないで下さい。僕ばかりしゃべっていてもしょうがないので少し君の思いを聞かせてくれないかな」

「はい。僕は実家がスタンドを経営していたので大変なことはよく分かっていました。どうしていつまでたっても楽にならないのか、そう思っていました。

そんな苦しい中で僕を大学までいかせてくれ、1年目を休学しアルバイトで学資を稼ぎました。その後はいい成績をとってしっかりとした会社に就職し両親を安心させたいと思ってきました。

そんな中で大林研究会に巡り合ったのです。企業の具体的行動を通して経営学を学ぶことにとても興味が湧いて、中でも一次エネルギー供給の中心である石油会社が社会にどう貢献しているのか知りたくなり就職先に選びました。

実家のスタンド廃業についても何か新たな視点が見つかるのではないか、そんな気もしました。そこで大林先生に相談したところ、石油会社に飛び込む前に大山さんの話を聴くことを勧められたのです」

「そうでしたか。でも僕の話を聞いて反って嫌になったんじゃないかな」

「そんなことはありません。いろいろとお話を聞いて実際のビジネスの難しさ、厳しさ、あるいは矛盾について知ることができ、大学の勉強では見えないことが沢山あると気付きました……。それに今の石油業界は再編され大分安定したように見えます」

「そうだね。この数年は業界再編と原油高転稼優先で過当競争は収まってきたようだね。やはり3社になった効果なのかな。でもまだ需要は減少しているので各社はその対応が急がれるし、今後もう少し提携等が進むかもしれない。でも基本は個別企業の合理化と脱炭素に向けた取り組みだね」

「そうですね。これからは脱炭素や環境問題が大きなテーマになる時代ですから石油会社もそれに向かって新しい取り組みで競い合うようになるでしょうね」

「でもそのためには莫大な資金が必要になるから本業でしっかり稼がないと……。

脱炭素は従来とは比較にならない大きなパラダイムシフトを突き付けているので、石油会社単独で対応しきれない局面も出てくるかもしれないね……。

　企業の枠を超えて異業種との連携、提携といった大胆なポートフォリオの組み換えも必要かもしれないよ」

「業界の枠を超えて連携が必要になるのでしょうか……」

「多分中長期的にはね。自動車産業をみればよく分かるよ。今100年に一度の大変革期に入って、あのトヨタがIT、通信、電気等の異業種と幅広く連携しているね。ホンダもソニーと提携したしね。

　いずれ石油会社もいろいろな業界との連携を模索しながら脱炭素に向けて進むようになると思うね。既に大日本は再生可能エネルギーの最大手を買収したし、大手商社と組んで再生航空燃料の供給にも乗り出した。他にも4600基のEV充電権利を買収した。その成否はまだハッキリするまで10年くらいかかるのかな。

　僕は結果を観られないかもしれないけど……」

「そんなことはありませんよ。これからは人生百年の時代ですから」

「世の中の変化は僕が考えているよりずっと速いのかもしれないね……。大和だっていくつものハードルを越えなければならないよ」

「ハードル？」

「まずもっと収益性を高めないとね。それに脱炭素に向けた柱が見えない……。

石油以外の分野はまだまだだよ」

「具体的には……？」

「再生可能エネルギーの取り組みでは太陽光発電から撤退したし、地熱も小規模だし風力発電は手がついていない。

有機ＥＬや全固体電池はまだまだこれから予断を許さないと思うし、石炭事業は今後の向かい風に耐えられるのかな……。

アジアの製油所も当初計画通りに動いていないようだし……。アジア諸国も今後は脱炭素の動きが進んでくるだろうから想定通りに需要が伸びない可能性があるよ。

電力販売もまだまだだね……」

「国内需要はこれからも減少し、アジアでも想定通りには伸びない……。石油以外のビジネスも厳しい、難問山積ですね」

「そうだね。特に電気自動車の普及次第ではガソリンの需要が予想以上に減少する可能性があるからね……。新事業の育成が急務だけど、これからの競争相手は各分野の強豪ばかりだ……。

今後石油の役割が後退していけば、エネルギー安全保障面から当局のサポートも無くなるだろうからね。

それにブリティッシュユーロ石油が厳しく批判されてロシアから撤退したような地政学リスクも高まる可能性があるしね」

「これからは日本の石油会社も地球規模でエネルギーの安全保障や安定供給を考えなければならない時代ですね」

「世界の技術革新、イノベーションにも留意しないとね……。これまでとは比べ物にならない速さで変化するビジネス環境に的確に対応しなければ勝ち残れない。

早田君の世代が会社を支える頃の世の中は想像もできないね」

「石油会社に就職しても、将来のエネルギーと環境問題、テクノロジーの進化に対応することが仕事の中心になるのかもしれませんね……」

「その通りだね。でも変化はチャンスでもあるから、君のような若い人には勉強してどんどんチャレンジして欲しいな」

「はい。頑張ります。最後に大山さんがされていたお仕事について具体的にお聞かせいただけないでしょうか？」

「営業もこの数年で大きく変わってしまったと思うけど、それでも多少は参考になるかな……。

僕は販売店向け営業が長くて、最後の七、八年が大口需要家向けの直売担当でした。でも収益性の高いガソリン販売が会社を支える柱だった。

販売店営業では、スタンド向けのガソリン、軽油、灯油、潤滑油などの価格や数量の交渉が主な仕事だったけど、ガソリンの販売促進やスタンドの店頭サービス指導、店舗力の強化などもあったね。それからカード・ＰＯＳシステムの高度化や債権管理もしていたよ」

「そうですか……。一口に販売店営業と言っても様々な仕事があるんですね。ところで業転についてはどんな対応をされていたんですか？」

「う〜ん。この問題は業界の構造的欠陥で正直一営業マンではどうにもならなかった。でもギリギリの価格とリベートや販促費補助等も含めて交渉していたよ。もちろん事後調整もやっていた……。

販売店さんだって契約や商標使用等があり、多少の価格差は許容したよね。ただ、業転がある限り事後調整を完全に無くすのは難しいと思っていたよ……。

それでも全ての販売店やスタンドが勝ち残れるわけではない。彼等の自助努力にも相当な格差があったからね」

「事後調整があるからといって業転を正当化できるとは思いませんが、運営力の問題はありました……」

「振り返れば、石油危機に対する当局の対応が業界構造の歪みを大きくし、そのつけが長く残ったということかな……。

過剰設備削減と業界再編は、僕がまだ新入社員だった80年代初めから30年以上に亘って続いてきたことを見ればそれが分かるよ。その間に石油需要全体がピークアウトし、少し遅れたけどガソリンも減少に転じた以上小手先の対応では乗り切れないね。

僕はユーロ石油と合併する頃本社の営業企画部門にいたけど、その時の業界課題がリタイアする頃まで解決できなかったわけで、本当に長い乱世だったねぇ……。その中で2年近く販売店に出向し板挟みで随分と苦しんだよ。胃が痛くなったり、胸が苦しくなったり、時には眠れなかったことを今でも覚えているよ……。そんな経験もあるから販売店の苦労も多少は分かるつもりだけどね。業転問題には販売店やガソリンスタンドだけでなく、僕達営業マンも苦しめられていたんだ。

早田君のご実家も大変だったと思うけど、担当の営業マンも悩んでいたと思うな。25年販売店営業をしている間、この問題とずっと向き合ってきたからね。

高度化法が施行され過剰設備と再編が進展した時には本当に感慨深かったよ。ただ、残念だったのは長年働いてきた東洋ユーロ石油が消滅したことだな。

ご実家の廃業は残念だったけど、今の業界はそんな企業の興亡を乗り越えた姿だよね。早田君も温故知新で前を向いて進んで欲しいな」

「はい……。今日はいろいろと率直にお話しいただき本当にありがとうございました。苦しんでいたのは販売店だけではなかったんですね。正直私は実家のスタンド廃業がトラウマになっていました。今日それを乗り越えられた気がします。是非石油会社に飛び込んでチャレンジしたいと思います。

大山さんのお話で、長い業界の変遷と葛藤を知ることができ、ビジネスの現場がとても複雑なことも分かりました。気持ちの整理がつき、これからの課題や可能性についても見えてきて本当に良かったと思います。長時間ありがとうございました」

「それは良かった……。どこに就職するかはともかくとして、早田君程の知識と熱意があれば前途は洋々、自信を持って下さいね。就職はその初めの一歩です。どこの会社にいこうとチャレンジ精神を忘れずに頑張って下さい。ご縁があればまたお会いすることができるでしょう」

「はい。全力で頑張ります！　そしてまた大山さんにお会いしたいです！」

こんな言葉を交わし、最後にもう一度乾杯をしたそうです。

早田君との楽しいひと時を嬉しそうに話した伯父の顔が忘れられません……。

葬儀に来ていた青年が早田君で、トップの大スキャンダル後の余震に揺れる大日本石油に就職したと祐さんに伝えて帰られたそうです……。

11　異聞、対等合併

だいぶ以前、伯父が入社した東洋石油の話をしてくれたことがありました……。

「東洋石油は、世界屈指の石油メジャー、ブリティッシュユーロ石油が50％出資していたけど、経営は基本的に永田社長に一任されていたんだ。

彼等の１００％子会社、ユーロ石油とは販売で競合関係にありながらその製品を全量生産供給するという複雑な立場で、メーカーとしては業界大手《おおて》だけど販売シェアは５％程度の下位企業だった」

「大手メーカーなのに販売は下位なんですか……」

「生産量の約60％をユーロ石油に引き渡す契約をブリティッシュユーロ石油としていて、自社ブランドで販売できたのはその残りだけだったからね。

当時石油会社は、ユーロ石油のような販売専業会社、コンビナートリファイナリーのような精製専業会社、そして東洋石油のような製販両方の会社があって、30社余りがひしめいていたんだ。その中で自社ブランドでガソリンを販売できる13社が元売会社と言われその中心だった」

「ふ〜ん、随分複雑ですね」

「その上１００％外資もあれば、東洋石油のように50％、民族系と言って国内資本だけで経営する会社もあったから、利害も複雑で足並みが揃わない業界の代表だったよ」

「仲が悪かった？」

「業界全体で利害が一致することは稀で、当時は二度の石油危機で各社勝ち残るために必死だったし、規制撤廃も控えていたからね……。

それをいち早く見極め動いたのが永田社長で、同じブリティッシュユーログループのユーロ石油との合併を働きかけたんだ。彼は通産省大物ＯＢと言われた人で、当時石連会長としても過剰設備削減や業界再編問題でリーダーシップを発揮し、自ら先鞭をつける合併を実現した」

「同じ系列だから？」

「同系列と言っても販売の競争相手だからね。でも規制撤廃で競争が一段と厳しくなるのは分かっていたから先手を打って合併し東洋ユーロ石油を誕生させた。

規模の拡大で競争力を強化し、業界での存在感は一気にアップ、業界再編の流れを生み出し、一石三鳥を成し遂げたんだ。しかもこの合併が変則だったので何かと注目を集めたよ。

ブリティッシュ50％出資の東洋石油と１００％子会社のユーロ石油が対等合併をしたからで、資本の論理ならブリティッシュが75％を握るのが当然だからな。

業界紙等は、『東洋石油の永田社長は系列販売店がブリティッシュに吸収されるのではないかという不安を払拭して合併を進めるために、ブリティッシュの出資比率を50%に抑える対等合併とした。それは同時に外資比率を高めたくない当局の意向にも配慮したものだ』などと報じていたな」

「確かに50%と100%が半々なら75%ですね……」

「ブリティッシュもこの合併には大きな経済効果があると判断してこの変則合併を受け入れたわけだけど、他にも狙いがあったのさ……。

彼等は、長年ユーロ石油が伸び悩んでいただけでなく、肥大化した組織を抱えて人件費削減も進まず、放置すれば立ちゆかなくなると危機感を抱いていたんだ。

永田社長は、合併で販売シェアを一気に伸ばし、同時に合理化も進められると分からせたのさ。おまけに対等合併ならユーロ石油資産の一部をブリティッシュに回収できることも分かった。

ブリティッシュにとって出資比率を譲っても損のない合併で、その代償は充分得られると確信した筈だよ」

「ふ〜ん。合併するにもいろいろ損得勘定があったんだね……」

「ユーロ石油の停滞にはブリティッシュも手を焼いていて、その最大の原因は分かっていたのさ。それはユーロ石油の急進左派系第一組合の存在で、過激な要求と合理化反対運動で、それを抑え込むためユーロ石油は第二組合を結成したけど、労使や組合間で泥沼の抗争となり合理化に手が付けられなくなっていたんだ。

合併前の両社の社員数は、製油所を3カ所運営する東洋石油が約1800名で、販売専業のユーロ石油が1600名、人件費は比較にならない程高かったことは明らかだ。ブリティッシュは、合併によりユーロ石油の業績改善と労務問題解決を同時に実現できると踏んでいたのさ」

伯父はそう分析して見せました。

実際合併でユーロ石油第二組合は東洋石油の組合と統合され一挙に拡大、過激な主張を展開していた第一組合は少数派として影響力を大きく削がれたそうです。

同時に合併が合理化に対する大義名分を与え、早期退職制度を導入、大幅な合理化を実現し人件費の圧縮にも成功、ブリティッシュユーロ石油はその狙いの全てを実現する強かさを見せつけたのです。

「この合併は形式上一部上場の東洋石油が存続会社となり、資本面での対等を担保するため、ポストを対等に分けたんだ。

その上で旧東洋系の人事権は永田会長、旧ユーロ系は大西社長が掌握し、以下営業部門を統括する東洋系塚田筆頭副社長、管理部門を統括するユーロ系金元副社長と続き、役員、管理職は原則襷掛けとされた。

ただ、一方にしか無かった部門もあり、会社全体でポストが半々になるよう調整され所属部門で受けた影響は様々で、社員は悲喜こもごもの対等合併だったよ」

伯父には複雑な思いがあったようですが、さらにこんなことも言っておりました。

「ユーロ石油は非上場でブリティッシュ本社以外に気を使う先は無く、外資特有の非常にドライな社風だったけど、東洋石油は上場企業として永田社長による日本的経営を実践していて、年功序列や終身雇用などを色濃く残していたんだ。

同時に当局との関係を重視する永田会長は、合併前に後継者を通産省から迎え入れていて、パイプは万全だったな。

旧ユーロ石油経営陣は、当局を金も出さずに口だけ出す目障りな存在、そんなふうに見る傾向が強かったし好対照だったよ」

対等合併で発足した東洋ユーロ石油は、初めからそんな異質な社風を抱えていて、実務ではしばしば不協和音を引き起こしていた、ということです。

新会社にとってブリティッシュは圧倒的な筆頭株主ではありましたが、決して親会社ではなくその辺りの認識もずれがあったようです。

「とはいえ、ブリティッシュの意向は尊重、年間計画なども共有化され、彼等も通常の経営は日本人に任せて、形式的に非常勤取締役を一名出すに留めた」

こうして両社の対等関係は資本と人事の両面から担保され、会社の根幹を形成したそうです。同時にもう一つハッキリしたことがあったと言います。

「ユーロ石油時代から将来の社長候補として競ってきたライバルの勝負がついたことだ。勝者は副社長に昇格した金元さん、敗者は常務のまま営業を担当することになった大黒さんだ。合併から半年程して営業部門の懇親会に出てきた彼が『営業は外と戦わなきゃならんのに、社内対応でどうにもならん……』と、呻《うめ》くように言った言葉が忘れられないよ。低空飛行を続ける営業成績の責任を厳しく追及されているに違いないと思ったな。

その頃営業部門を統轄していた塚田筆頭副社長が癌に倒れ、金元さんが労せずして兼務、次期社長としての立場を確立した。そして飛ぶ鳥を落とす勢いで存在感を高めたところへ、今度は大西社長が健康を損ねて副会長という名ばかりの閑職に退いてしまい、彼は50代半ばで一部上場企業、東洋ユーロ石油の社長へと上り詰めた……。

ただし、旧東洋系の人事権は永田会長の手中にあったので、彼はまず旧ユーロ系人事を刷新、大黒常務とその人脈をパージした。

社長が就任して最初にする大仕事は、それまでのライバルを排除し、自らの権力基盤を固めることなどと言われるけど、まさにそこから着手したな。

大黒さんは東京支社長に外され大黒派は壊滅、金元派の役員、部長、支社長達が幅を利かせるようになったよ。でも金元さんは信賞必罰にシビアだったな」

伯父の話は尽きませんでした。

社内では若い金元社長体制が長期化すると見られ、草木もなびくようになり、彼はこの世の春を謳歌する一方で、大黒パージ後の営業部門を完全に掌握するための一手も用意していたそうです。

「金元さんは副社長として営業も兼務することになってからは、襷掛け人事で営業担当常務に旧東洋石油出身の吉村さんが就任していましたが、彼は作家と二足の草鞋を履きながら、泰然自若で営業のかじ取りに実力を発揮しました。

　そんな中で彼は大物作家の強い支持も得て新作を物にし、社内では一目置かれる存在となっていましたが、若手にもとても気さくで、時には会社のテニスコートで一緒にプレイするような爽やかな人柄で、まるで社内の権力闘争など関わり無いかの如くだったよ。読者としても尊敬していたけどね」

　伯父は懐かしそうに眼を閉じました。

　ところがある日突然、取締役の定年制度が導入され、62歳が常務の定年となり、彼はこれから経営者として期待された矢先に無念の退任となり、子会社社長へ外されてしまったそうです。

後任の営業担当常務に昇格したのが、同じ東洋出身の先山取締役で、

「彼は毛並みと人柄では定評があったけど、実力については評価されてなかったから金元さんも与し易いと思ったんじゃないか……。そして自分の右腕、浦山部長を取締役営業担当に昇格させ、実質的に営業部門をコントロールしたんだよ」

　伯父の見方でした。

この時併せて導入されたのが、管理職55歳役職定年制で、建前は優秀で若い人材の登用を促進して組織の活性化を図るというものでしたが、実は旧東洋系の管理職を早期に追い出す狙いだったと言います。

合併当時、両社の人事制度の違いもあり、管理職の平均年齢は東洋石油出身者が五、六歳上でしたので、彼らをポストから外す露骨な企みだったそうです。

「これは金元社長の強引な権力乱用で全く失望したよ。モチベーションもいっぺんに失せユーロ系の連中を信用できなくなった」

伯父はそう言い、建前を並べるユーロ系上司とはことごとく衝突したそうです。

「だから俺は問題社員と見られて、間もなく営業の企画部門からプロジェクトチームへと外され、合併から3年余りで雪国の小さな支社へ異動となったよ。そして冷めた目で金元体制を眺めていたら数年で北関東の出張所へ異動、希望を失ったな」

と遠くを見ました……。

金元さんはその後も存在感を誇示するように社内組織を変え、その最たるものがニューヨークとロンドンの事務所開設で、24時間為替変動をウォッチする財テクへと本格的に乗り出したそうです。

その頃永田会長もアメリカの子会社へ出張があると、財テクで名を馳せる著名なエコノミストを招いてはその話を聴いていた、とその社長をしていた大学の先輩から聞いたそうです。

金元さんは副社長時代、ハイオクガソリンの大ヒットで一世を風靡し、経済新聞年間最優秀賞を受賞、自他共に認める業績を挙げていたそうですが、

「永田会長は、石連会長を5年も勤め、過剰設備削減や業界再編で業界をリードし、その後も経団連副会長として圧倒的な存在感を示し、退任に際しては通産省から迎え入れていた常務を後任会長に抜擢、代表権をもったまま相談役として隠然たる影響力を維持していたからね」

伯父も永田さんの実力には疑いを持たなかったようです……。

しかし、金元さんは永田さんが退いたのをいいことに財テクに暴走、致命的な損失を出すことになったのです。伯父はこんなふうに言いました。

「彼等は勝ち組の驕りで独断専行、襷掛け組織を無視、旧東洋系役員をバイパスして牽制機能を骨抜きにした挙句に1650億円もの為替予約損を抱え込んだ。そして1993年2月にはついにプレスで公表せざるを得なくなり、俺も北関東の小さな出張所でそれを知ったよ……。

これは会社の存続さえ危うくしかねない額で、直接のディール責任者だった経理財務担当常務と財務部長の懲戒解雇に留まらず、会長、社長、経理担当取締役から財務課長に至るまで引責、経営中枢の半分が吹き飛んでしまった……」

その結果、東洋ユーロ石油は合併後僅か8年で存亡の危機に直面、業界屈指の財務力、長年蓄積してきた資産、そして新たに育ちつつあった企業文化や社風まで一瞬のうちに喪失したそうです。伯父は、

「最大の危機はトップを担うべき人材が居なくなってしまったことだよ……。トップは簡単には育たないからね。

それからこれに関わったのは皆ユーロ石油の出身者で、彼等の信用は失墜したし、組織の欠陥もハッキリしたよ。まさにトップの驕りが招いた１６５０億円の大損失だったな」

と嘆きました。

財テクは一時的には相当の利益を上げたこともあったようですが、反面リスクも大きく、時には多額の損失も出していた、という噂が社内では流れていたそうです。

伯父は当時出納課の担当課長をしていた親しい先輩と飲んだ折に聞いたその金額については忘れられない、と言います。年間経常利益を吹っ飛ばす程で、財テクには表に出せない負の遺産があったことが想像されたそうです。

「それでも社内の正式手続きを経ていたため誰も責任を負うことは無く、役員達の連帯無責任といえ、あのような不祥事の温床になったのさ」

と伯父は吐き捨てました。

「そもそも財テクで勝ち続けることなどあり得ず、やはりハイリスクハイリターンのスペキュレーションで、そこに大きな利益を求めること自体経営判断の独善があった」

とも付け加えました。

伯父の記憶では、東洋ユーロ石油が発足した１９８５年秋にはプラザ合意がなされ、以降為替は円高が基本的流れになっていたそうです。

80年代末から90年代初めにかけて日本経済はバブルの崩壊により破綻しかねない状況で、その混乱に目を奪われていましたが、世界は歴史的激動期で、天安門事件、イラクのクウェート侵攻、湾岸戦争、ソビエト連邦崩壊とそれに続く東欧諸国の紛争など、地球規模で政情が不安定化していたのです。

そんな中、プラザ合意以降の為替相場の推移は、プラザ合意で円は1ドル235円から一時間で20円も急騰、1年後には150円程度まで円高が進んだのです。

因みに1988年から大損失を出した1992年にかけての5年間の年間平均レートをみると、おおよそ128円、138円、145円、135円、127円と乱高下しながらも円高に推移し、1993年には一時100円台まで急騰しました。

そんな中、89年、90年と世界で大きな事件が起きると一時的に円安・ドル高へと為替が振れたのも事実です。「有事のドル買い」によるドル高・円安で、国際情勢が不安定になると安全資産のドルに資金をシフトするという、為替取引における経験則が証明されていました。伯父の話では、

「1991年初めの湾岸戦争から年末のソビエト連邦崩壊と一連の東欧諸国の混乱など、まさに有事が連続し、財務部門は円安に張ってそれまでの損を一気に取り返そうとして賭けに出たらしい。でも経験則は働かず、結局傷を深くして1650億円の為替予約損を抱え込んだ」

ということでした……。

この天文学的な損失を公表した金元社長はテレビニュースに映し出され、つい先日まで東洋ユーロ石油社長として権勢を揮《ふる》っていた面影は失せ、窶《やつ》れた中年男にしか見えなかった、と伯父は憤りを隠しませんでした。

この姿は東洋ユーロ石油の大不祥事というニュースと共に日本中に知れ渡り、会社の評判は地に落ち、伯父は、

「直接の責任者が懲戒解雇されただけでなく、蚊帳の外だった旧東洋系の会長と経理担当取締役も引責することになった上に、この損失を埋めるため旧東洋石油が半世紀余りにわたって蓄積してきたおよそ７００億円の資産を処分することになり、本当に皮肉な結果だったよ……。

損失の残りは高い原価として処理されたけど、高市況に恵まれたこともあり利益を計上でき２年程で解消された。もちろんその分利益が圧縮されたけどね……。

その後営業部門は大きな投資制約を受けて競争力を低下させたことは間違いない。経営陣はその責めも負うべきだよ」

と厳しい見方をしていました。

一方、この損失をロンドンで深刻に受け止めたブリティッシュユーロ石油は、この大不祥事を受けて素早く反応、経理財務のスペシャリストを副社長として送り込んで、資産処分の陣頭指揮に当たらせ、同時に社長の上に会長を送り込むことを要求してきたそうです。そして所有

する東洋ユーロ石油株式を「0」に評価変えし、バランスシート上の価値を消滅させました。東洋ユーロ石油は、金元ワンマン体制の暴走と対等合併襷掛け人事の欠陥を天下に晒しましたが、

「本来襷掛け組織が相互にけん制をする筈だったが、それは単なる仕組みに過ぎなかった……。魂が抜けていればどんなに形式を整えても無駄ということが証明されたよ。全てはトップの姿勢次第だ」

と伯父は呟きました……。

この不祥事で会長、社長が引責した後に白羽の矢が立ったのが、長年製造技術部門を率いてきた鶴田専務で、この分野から社長が選ばれることは異例のことだそうで、いかに会社が窮地に立たされていたかを物語っていたと言います。

ところが肝心の鶴田さんはそれを固辞、「自分はその器ではない」と首を縦に振らず、ついにブリティッシュユーロ石油の会長が来日、休暇中の彼の許を訪ねて就任要請をするに至ったそうです。

鶴田さんもさすがに断り切れず、損失解消の目途がついたら退く、という条件で社長を引き受けたと言いますが、伯父は、

「誠に謙虚で潔い覚悟だった」

と感心したそうです。

彼はその言葉通り2年程で損失解消の目途をつけて相談役に退き、後進に道を譲ったそうです……。

「この時資産処分の先頭に立った若いスペシャリストを全面的に信頼して任せた鶴田さんの姿勢には経営者としての資質と矜持を感じた」

と伯父は言い、部下に仕事を任せるとはこういうことだ、と付け加えました。

鶴田さんが素晴らしかったのは、この会社再生と並行して将来の競争力を強化するため製油所設備の高度化に1500億もの大投資をブリティッシュに認めさせたことだと指摘、

「1650億もの損失処理をしながら、その一方で会社の10年先の備えを怠らない、これこそ彼が秀でた経営者だったことを雄弁に物語っている」

と強調しました。彼はこのように卓越した経営手腕を発揮しましたが、その言葉通り実に見事な出処進退を示し、人間としての魅力を感じさせたと言います。

「ビジネスの世界では、時にトップの野心や功名心が会社を暴走させかねず、その意味で本当に戒められるべきは経営者の独善で、彼等の大義名分の裏に隠されている本音には警戒が必要だよ。

本来その役目の一端を担うのが組合で、日頃から経営陣と対等に協議できないようでは存在意義が薄い。経営陣の常套句『経営の専権事項』の一言で跳ね返されているのでは情けない。組合が会社の株式を保有するくらいの工夫が必要だよ」

伯父が真顔でそう言っていたのが印象的でした。

いずれにしてもこの一件以降、東洋ユーロ石油の経理財務部門と情報システム部門はブリティッシュから派遣される常勤副社長の直轄とされ、日本人による経営体制は挫折したそうです。

それでも鶴田さんの頑張りでブリティッシュからの会長派遣を阻止できたことは大きな成果で、日本人トップによる経営は何とか維持されたのです。

最後に伯父は、

「唯《ただ》一つとても残念だったのは、鶴田さんが合併時の大原則に復帰する対等襷掛け人事で、後任を選んだこと」

だと言います。

彼は、旧ユーロ、旧東洋の取締役席次上位の二人、大黒さんと先山さんをそれぞれ会長と社長に指名したのです。

大黒さんは、金元社長にパージされ経営の中枢から外れて久しく、役員を退任するのではないかと噂されていた程で、言わば経営者としては賞味期限切れと見られていました。

一方の先山さんは、かつて吉村さんが役員定年制導入で子会社へ外された後に棚ボタで常務に引き上げられた方で、実績や実力の裏付けはありませんでした。

こんな二人をトップに据えなければならなかったのは、経営層の希薄化が深刻だったことを物語っていて、不祥事の最大のダメージだった、と言います。

鶴田さんはこの二人に後事を託すのであれば、代表取締役としてさらにもう一期この二人をサポートするか、思い切って優秀な若手役員を副社長に抜擢し、集団指導体制にすることを考えなかったのか……。大変残念だったそうです。

何故ならこの人事がその後の東洋ユーロ石油の運命を大きく変えてしまい、次の不祥事を生む遠因となったからだと伯父は考えていたのです……。

12　ワンマン、保身の果て

その男、大黒秋生は「天皇」などと呼ばれるようになっていたそうです。

「東洋ユーロ石油株式会社代表取締役会長兼社長」、彼の肩書です。

伯父によると、

「合併前はユーロ石油の営業担当常務で、ライバルだった金元専務が合併後副社長、社長と一気にトップの座に駆け上がり、真っ先に経営中枢から外され生死流転《しょうじるてん》を演じていたのに……。ところがあの大不祥事で経営中枢が崩壊し、その後を引き受け立て直した功労者の鶴田社長も短期間で相談役に退き、棚ボタで会長に成り上がった、言わば敵失の幸運で復活しただけで、ポストに相応しい実績があったわけではないよ」

ということで、同時に社長に抜擢された先山常務も、

「前任の吉村常務が突然の定年制導入で退任しお鉢が回ってきただけで、そういう意味では常務、社長と瓢箪から駒が二度も出た驚くべき巡り合わせだった」

そうで、こちらも社長に相応しい実績は何もありませんでした。

そんな二人に経営を託さなければならなかった東洋ユーロ石油は誠に不幸な運命を背負うこ

とになったとも付け加えました。

案の定、数年も経ずして先山社長が突然その座を投げ出し辞任するという前代未聞の醜態を演じ、大黒会長が社長を兼務、頂点から襷掛け人事は崩壊し鶴田さんの後継体制は破綻したそうです……。

この後旧東洋系の勢力は社長ポストを要求したそうですが、大黒さんはこれを一蹴、ワンマン体制は不動のものとなり、彼は敵失棚ボタで権力を一手にしたのです。

当時噂では、対等合併の大原則である両社同数の役員を、先山社長が改革の名の下に独断で変更、旧ユーロ石油枠で受け入れていたブリティッシュの非常勤取締役をその外数としたと言われていたそうです。

そのためボードのバランスは一気にユーロ側に傾き、東洋系代表取締役ＯＢ達から厳しく責められ社長の座を投げ出したのです。

噂には尾ひれがつき、そそのかしたのが大黒さん、などと言われていたようです。

「先山社長は、大不祥事の一因とされた襷掛け人事解消等の理想を掲げた改革をしたつもりで墓穴を掘り、その失策を放置して投げ出した……」

伯父は呆れていました。

対等合併の大原則はこうして崩壊し再び元に戻ることは無く、彼が社長に就任した時に囁《ささや》かれた噂が本当だったことが図らずも証明されたと言えそうです。真相は藪の中とはいえ、その後の会社の変貌振りがすべてを物語っていると言います。

先山さんは後にある経済誌の「敗軍の将、兵を語る」というコーナーに、『二十一世紀を目指す改革の挫折』なる一文を寄稿、恥の上塗りをして嘲笑を買ったそうです……。

社長を兼務した大黒さんはその体制を不動のものにしたばかりでなく、ブリティッシュの覚えも目出度く、在日ユーログループ代表の地位を手にしました。

東洋ユーロ石油には、明文化された会長と社長の職務分掌がありますが、これは東洋石油の永田社長が合併で会長職に就くに当たり制定させたと言われていました。

自らの保身は言うまでもありませんが、同時に天下りポストを確かなものにする狙いを秘めていたのではないか、伯父はそんなふうに想像していました。

実際永田さんの後任会長には通産省ＯＢの高田常務が抜擢され、彼もその権限で腹心を要所に登用しましたが、残念ながら大不祥事で志半ばで巻き添え退任し、天下りポストも消滅しました。

「僅か数年のうちに東洋系会長、社長が立て続けに権力の座から去ることになり、その人脈に連なる役員、管理職は拠り所を失い、パージの嵐で外されていった」

そうで、

「東洋ユーロ石油でこんなことが起きたのは、発足以来社長、副社長をはじめ何人もの有力役員達が病に倒れ、おまけに不祥事、権力闘争でも社を去り、経営陣が薄っぺらになっていたからだよ。トップに相応しい人材が育つ養生期間も無く、非常事態の穴埋めで会長や社長を登用したからな。鶴田さんはもう少し会社の行く末を見守る責任があったよ」

とても残念そうでした……。

こうして旧東洋石油は跡形も無く消滅し、「大黒天皇」時代が到来しましたが、彼が次に着手したのが、ボードに唯一残っていた金元派の浦山営業担当常務のパージだったそうです……。

伯父の話では、

「浦山さんは合併当時一販売部長に過ぎなかったけど、頭脳明晰、豪放磊落の人物で、華麗なる経歴の持ち主だ。将来の社長候補の呼び声も高く、並みの役員顔負けの仕事振りで、既に営業部門のエースと目されていた」

そうで、伯父が聞いた彼の大物エピソードの最たるものが１９７５年に来日されたエリザベス女王からのご招待で、

「女王が来日し歓迎パーティーが催され、何人かの民間人にも招待状が届いたけど、その基準はオックスブリッジの卒業生であることだったそうで、彼はオックスフォード大学院を卒業していたため女王陛下の傍近くに席を用意されていたと言うよ。

『あの女王陛下の近くに座っている男は何者だ！』出席していた日本人の間にちょっとしたざわめきが広がったけど誰一人彼の正体を知らなかった……。

日本の基準では一介の民間企業の管理職に過ぎないが、アングロサクソンの世界では、オックスブリッジの卒業生は肌の色や民族、その国でのポスト等《など》に関係なく、同じ価値観と言語、文化を共有している仲間としてリスペクトされており、出席していた日本人が知らなかっただけだよ」

伯父は苦笑しておりました。

金元さんはそんな浦山さんを早くから高く買っていて、自分が筆頭副社長、社長と昇格すると、彼を取締役に引き上げ、彼がブリティッシュユーロ本社に出張する際には必ず露払いとしてロンドンに先乗りさせていたそうです。

浦山さんはあの世界に冠たる大メジャーのマネジメント達を相手に調整、地ならしをしていたのです。誰もが認める東洋ユーロ石油の社長候補筆頭でした。

「不祥事で金元社長が去り、先山さんが社長になると、彼はその後を受けて営業担当常務に昇格したものの、社内は大黒ワンマンの時代で実力を存分に発揮する機会を得られなかったな……」

と残念そうでした。

天皇などと呼ばれるようになっていた大黒さんですが、浦山さんの実力を一番よく知っていたのは彼自身で、そのため徹底的に浦山さんをパージしたそうです。

「こういう時の大黒さんは非情で、彼自身が合併後に舐めた辛酸の教訓もあり、彼を社内に残すリスクをよく承知していた。だから徹底的に彼とその人脈を追放したんだ。

そのやり口は周到で、まず彼を営業担当の常務から外し、業務担当の専務に昇格させ、その上で業務部門が管轄していた子会社の社長を兼務させた。次に専任とし、最後に東洋ユーロを退任させ追放した。彼が社内に籍を置いていてはいつ寝首を掻かれないとも限らないからな……。ブリティッシュに対するパイプは、大黒さんとは比較にならない。

それに大黒さんは権力の源泉が価格決定権にあることを知り抜いていたから、浦山さんを営業から外して三十年来の子飼いの小竹さんをその後釜に昇格させたよ。

石油会社では事後調整を含む価格をどう決めるかで営業がキャッシュインをコントロール、会社と販売店の損益を左右できるトップ最大の権限だ。下世話に言えば、その胸先三寸だからな。人事権と価格決定権、これこそトップの権力そのものだ」

伯父はそう断言しました。

さて、浦山さんはというと、その後失意の中、数年を経ずして癌で亡くなり、大黒さんの最大のライバルは完全に消滅しました……。

こうして彼は旧東洋系に続いて浦山さんとその一派を根こそぎ追放、主要ポストは人脈で固める情実人事が横行、思わぬ人が抜擢されたり外されたりで社内を震撼させたそうです。

彼はその後も課長クラスの人脈整備に乗り出し大黒チルドレンを増殖させたそうですが、その絡繰りは巧妙を極めたと言います。

「時はまさに規制緩和のタイミングで、聖域なきコスト削減運動『ステップ21』に全社を挙げて取り組んでいて、これを巧みに利用した……。

本社移転、製油所の閉鎖統合から販売組織圧縮に至るまでその対象とし、特に支社の管理職ポスト統廃合、とりわけ販売課の全廃は強烈で、多くの課長達がポストを失ったよ。

そして新たにプレーイングマネージャー職を創設、販売課長がもっていた権限を全て召し上げ支社長に移管し、名ばかり管理職にした……。

この時外れたベテランの多くは、関連会社や販売店出向等に異動したが、その多くは大黒さんが外れていた間に宗旨替えをした連中と言われたよ。

この荒療治で営業部門の中間管理職には激震が走り、我先に大黒派を名のる者が続出、後に支社販売課が復活した時には大黒チルドレンが配置され、支社長に彼等を管理させ、全支社を効率よく支配した。あの東北支社長の強力さんもそんな一人だったよ。

販売組織合理化の裏に秘められた大黒さんの狙いが大義名分の下に実現し、営業の末端に至るまで大黒派で埋め尽くされた……。大黒版文化大革命だ」

彼はこのコスト削減運動を7年も継続、最後の年には年間約1400億円の経費削減を実現したということですが、仮に販売数量4000万キロとして割り返せば、1リットル当たり3・5円程で、その間他社も大幅なコストダウンをしていた筈ですから果たして7年目の成果として誇るに足るべきものだったのか定かではないのです……。

とはいえ、これは大黒さんの大成果として誇示され、事後調整を期待する販売店の牽制に利用されたと言います。

業界紙等はこの成果をもって大黒さんを「中興の祖」などともてはやしましたが、その下心は見え透いていて、提灯記事で販売部数の減少を食い止めたかっただけなのです。社内はこのコスト削減運動の裏側には全く無頓着だった、と伯父は苦笑、さらに付け加えました。

「大黒派に加わろうとする者は引きも切らず、数年を経ずして与えるポストが不足すると彼は大転換、支社に販売課長ポストを復活、代わりに旧東洋系がポストの大半を占めていた製造技術部門や産業燃料直売部門を大幅にリストラしたよ。

その結果ブリティッシュは、合併で拡大、合理化した子会社同然の東洋ユーロ石油を50%出資で支配でき、大黒さんはそれと引き換えに盤石の地位を保証された」

伯父は大黒ワンマン体制構築劇をそんなふうに観ていたのです。彼はその後絶対君主として君臨、もはや社内には彼の野心を満たすものは無くなり、鶴田さんのレガシー、重油分解センターで増産されるガソリンを手っとり早く大手商社に販売してシェアを上げることにしたと言います。

しかしそれは同時に既存販売店との摩擦も引き起こしましたが、販売店会等に出席すれば、「当社は販売店主義、販売店あっての東洋ユーロ石油」などと言い放って、平然としていたそうです。

販売店が本音を口にすることはありませんが気持ちいい筈はなく、彼の人望が今一つ上がらなかったのはその辺りにもあったのではないか、と伯父は醒めた見方をしておりました。

そのためでしょうか、業界最古参の経営者となっても石油連盟では副会長止まりで、会長は彼を飛ばして後任を指名、大黒さんは業界代表の顔に相応しくないと思われていたのでしょう。彼よりキャリアの浅い副会長が石連会長に選出され、彼の野心は潰えました。

「社内では天皇のように君臨し、ブリティッシュユーロの覚えも目出度かったけれど、所詮お山の大将に過ぎなかったのさ……。

当時ライバルと目された大日本の渡辺会長が石連会長、経団連副会長へと上り詰めたのとは好対照だったよ。

ところが彼は、当時小泉政権下で総合規制改革会議議長として権勢を揮っていたORAXの宮田さんを社外取締役に招き入れ、野心の新たな矛先を政府、経団連の猟官運動に向けた……」

と言い、伯父はその執念には驚かされたそうです。

その甲斐があってか、間も無く彼は環境省中央環境審議会委員や経団連環境安全委員会共同委員長に立て続けに就任、環境分野でそれなりの地位を得たのです。

そして環境大臣として注目を集めていた小池さんのクールビズ発表の舞台、2005年「愛・地球博」クールビズコレクションに招待されたそうです。

「彼は、コシノヒロコデザインのスーツ姿で奥野経団連会長、星山阪神球団シニアディレクター、ORAX宮田会長等《ら》各界の錚々たる名士たちと登場、大臣を囲んだ姿がテレビに映し出されたよ」

伯父は苦笑しました……。

その頃東洋ユーロのスタンドではORAXのリース車両にガソリン給油が始まり、その価格が系列販売店を困惑させたと言い、伯父は図らずも関東支社と本社で二度に亘りこの問題と関わることになり苦しんだそうです。

一見順調に滑り出した猟官運動でしたが、その1年後には長かった小泉政権が終焉、宮田さんにも一気に逆風が吹きだし、彼はさっさと議長の座から降りてしまったのです。伯父によると、

「これで潮目が一気に変わってしまい、又もや大黒さんの目論見は頓挫し、彼の功名心は満たされることはなかっただろう……」

ということでした。

「それでもこの頃彼は皇族が通うことで有名な母校で専務理事に就任していて、功名心の矛先をこの地位に求めたのかもしれない……。それにしても一体どのようにしてこのような地位を手に入れたのかは注目に値するね……」

伯父は驚きを隠しませんでした。

猟官運動は紆余曲折を経ましたが漸く溜飲を下げたのかもしれません……。

ただ、その頃彼は株主総会では暴君振りを発揮、質問しようとした第一組合員を強引に会場から摘み出して怪我をさせるという暴挙に出たそうです。

出席していた多くの社員やOB達もそれを平然と眺めていたそうですから、もはや彼等の神経も麻痺していたのでしょうか……。会社はこんな総会運営にも批判一つ起きない風土に染まっていて、いつしか自嘲に満ちた陰口が囁《ささや》かれるようになったそうです。

「大黒派に非ずば社員に非ず、そんな社員は一生平だ」

ところが大黒さんはそれでも飽き足らず、長期政権を目指してブリティッシュユーロ石油との関係強化を進めたと言います。伯父によると、

「彼は、香港のゴルフ場で、ブリティッシュユーロのワード会長、サウジアラビア石油公社のアブドラジーマ総裁と一緒にプレイし、ブリティッシュの株式の内から15％をサウジ石油公社に譲渡することを受け入れ彼等との関係強化を図った」

ということでした。その結果、２００４～２００５年に亘り2回に分けて株式が譲渡されましたが、実務部門の検討ではメリットが大きいと判断されていたようです。

「ただ、見落としてはならないのは、大黒さんがブリティッシュに対して従来と同様の権利・権益を認めたことだよ。そしてワード会長はその翌年早々に公表されたブリティッシュの大スキャンダルを埋め合わせる資金手当をしようとしていたのかもしれないことだ……」

などとも付け加え、こう締めくくりました。

「ブリティッシュは株式譲渡後も従来通り東洋ユーロの権益を維持、非常に割のいい取り引きだった筈だ」

大黒さんはブリティッシュからますます評価されたに違いありませんが、他にも配当を増やし、技術援助や販売指導契約等も継続して契約金を払い、ブリティッシュ関連子会社からの出向者も受け入れました。

さらにアウトソーシングと称して業務の一部をブリティッシュの関連子会社へ委託し委託料を払い、ついには兼務していた社長のポストも提供したのです。

「大黒さんが社長のポストを差し出したのは何か狙いがあったと思うよ。表面上の理由は、成熟した石油産業の経験が豊富なブリティッシュから社長を迎えたい、ということだったらしいけど、そんな単純なことで社長ポストを譲るわけがない。

本当の狙いは、当時『7人の侍』と称されたブリティッシュユーログループの最高経営陣の頂点に君臨していたワード会長に対するコネクション強化だよ。

当時ワード会長派でイングランド石油社長だったスミスさんを、遥かに規模の大きな東洋ユーロ石油の社長として受け入れることで、ワードさんのご機嫌取りを狙った深謀遠慮だ。ワードさんがこの申し出を聞いて大黒さんを憎く思う筈はないからな。

メジャー中のメジャーのトップ中のトップに曲球で取り入ることに成功したのさ」

伯父はこんな推察をしていました。

ところが折角スミスさんを社長に据えましたが、その数年後にブリティッシュの衝撃的な不祥事でそれも水泡に帰することになりました……。

それは、ブリティッシュユーロ石油の所有する原油・天然ガス資源埋蔵量を、それまでの公表値から一方的に20％も下方修正をしたことです。

なんとあの世界のスーパーメジャーが、所有する資源量に推定埋蔵量の一部を含めて発表していたのです。

そのため世界中の投資家からの厳しい批判と非難を浴びて、ついにはその企業形態のガバナンス問題にまで発展、その責めを負ってワード会長以下大半の侍メンバーが退任することになり、翌年にはトップ一人が統治する新しい企業形態へと変革されたのです。

大黒さんは程無くスミスさんをロンドンに送り返し再び社長を兼務しました。そして翌2006年には大病で無理の利かなくなっていた小竹代表取締役副社長を退任させて、権藤専務の頭越しに町山営業担当専務を社長へと抜擢し、権藤さんを副会長という閑職に祭り上げてしまったのです。伯父は直感したそうです。

「このトップ人事はとても不自然だ。大黒さんがまたもや何かを狙っているな。

この人事が総会の議案となった際、大黒さんが前代未聞の議長運営で質問を封じたことと関連があったに違いない……」

案の定、その2年後には町山社長が健康を理由に突然辞任、その翌年に「高級クラブ5億円付け回し」という社長のスキャンダルが週刊誌に掲載されたのです。

大黒ワンマンが母校の専務理事という名声に浴していた裏側で、町山社長の抜擢、前代未聞の総会運営、そしてスキャンダル、これら一連の出来事が偶然起きたのでしょうか……。

伯父は全て何らかの関係があって地下水脈で繋がっていたのでは……、と想像していたようですが、証拠があるわけではないからな、そう言って遠くを見ました。

この週刊誌スキャンダルは後に裁判で明らかにされましたが、やはり高級クラブ付け回しは裏金捻出工作の偽装に過ぎず、発覚の数年前から既に始まっていて、町山社長が関わった巨額事後調整の中で生み出されていたのです。

彼がトントン拍子に社長まで昇格した時期と殆ど重なっていたことは偶然だったのでしょうか……。伯父はこう見ていました。

「町山さんを引き上げられるのは大黒ワンマンしかいないし、この時期に彼自身も政府、経団連、母校等々の要職に立て続けに就いていた事実を考え合わせるとあまりにも不思議な一致だ……。町山社長に引導を渡せるのも大黒さんしかいない。スキャンダルが表沙汰になる前に彼を辞めさせ、わざわざ常務序列下位の赤井さんを社長代行、社長へと抜擢したのは院政を敷くためだったのではないか……」

トカゲの尻尾ならぬ頭切りと傀儡社長の合わせ技で退任後も名誉会長として陰から権力を握り続けようとしたと見るのが自然だ、そう言い切りました。

14年間君臨してなお院政で権力の座に執着した大黒さんは、会社の私物化を天下に晒して晩節を汚したとは言えないでしょうか……。

他方スキャンダルの舞台となった老舗販売店は、付け回しに関わる商品代請求を巡って販売先を提訴しましたが、それは町山さんが辞めた3カ月後、赤井さんが社長代行から社長に就任したまさにその時でした。

何故このタイミングで大黒さんが退任しなければならなかったのでしょうか？

代表取締役として残ることに何らかの不都合でもあったのでしょうか？

この裏金は一体誰が何のために必要としたのでしょうか？

謎は謎を呼ぶばかりだった、伯父は呟きました。

そしてこの院政が、権藤会長と赤井社長の新たな確執を生み、権力の二重構造が経営の不協和音となって業界再編を前にして迷走を始めたのです。

ところが院政を敷いた大黒さんは2年余りで突然この世を去ってしまい、後ろ盾を失った赤井社長は間も無くその座から追い落とされることになりました……。

大黒さんが亡くなる前月にはスキャンダルを巡る裁判が結審しましたが、彼がこの結果をどう受け止めたのかは知る由もありません。

そして、赤井社長がパージされた後には権藤さんによる新たなワンマン体制が築かれ、東洋ユーロ石油はどこまでもトップに恵まれなかった、と伯父は深くため息をつきました。

13　スキャンダル、野心と裏金

「社長高級クラブ5億円付け回し」この週刊誌記事が東洋ユーロ石油に与えた衝撃は計り知れませんでしたが、会社は「無関係」と短いコメントで平静を装っていたそうです。

「このスキャンダルは34年の会社史上最も醜い不祥事で、最高権力者が形振り構わず保身を図った巨額の裏金工作だ」

伯父はそう見ていました。実際3年後の2011年秋には裁判でその絡繰りと金額が明らかになり、これが14年間に及ぶ大黒ワンマン体制の幕を引いた、と言うのです。

判決によると、社長が社外で裏金を捻出するために販売店にその協力報酬を含む巨額の事後調整をしていた、ということなのです。

東洋ユーロ石油では為替予約の大不祥事以降、金の流れは全てブリティッシュに握られていて、社内で裏金を作ることなどできないそうです。

そこで社長は最も親密な老舗販売店をその舞台に選んだわけで、伯父は確信犯だと断言、町山社長と大黒会長だけは真実を知っている筈だと言うのです……。

「町山さんは、裏金工作が始まったとされる2003年頃から常務、専務、そして序列上位の権藤専務を飛び越し２００６年総会で社長に就任しました。

総会は、大黒会長が暴力で質問者を排除し怪我を負わせるという前代未聞の議事進行がなされ、余程触れられたくないことでもあったのではないか……」

と推測していました。

そんな総会を経て社長になった町山さんでしたが、在任2年余りで突然「健康上の理由」で辞任、首を傾げた社員が多かったそうです。

「社長が辞めたのは週刊誌記事が出る半年も前だけど、当時精力的に仕事をしている姿が多くの社員に目撃されていて、裏に何か大変なことが隠されている」

伯父はそう思ったと言います。

会社は、週刊誌が発売されると即座に「調査の結果辞任した町山前社長は無関係」と赤井社長の短いコメントを発表しましたが、その直後に裏金工作の舞台となった販売店が協力関係にあった取引先を提訴する事態となりました。

ところがその9カ月後には係争中にもかかわらず老舗販売店が廃業、商権を東洋ユーロ石油の販売子会社に譲渡してしまったのです。伯父は言います。

「この急展開の裏には何かある、週刊誌でなくても不信に思うのは当然で、東洋ユーロ石油と老舗販売店、そしてその取引先に跨《また が》る複雑な裏金工作の存在が疑われた……」

会社がこの実態を把握したのは、社長が辞任する半年も前の２００８年1月で、販売店が取引先に対して一方的に取引停止を通告したことが原因だったのです。

元々この裏金工作に関わる取り引きは、２００３年夏に老舗販売店の方から取引先に協力を求めていて、それ以降事後調整で辻褄を合わせていたと言われています。

ところが突然の取引停止で事後調整が受けられなくなり、取引先が東洋ユーロ石油に泣きつき、会社は極秘裏に調査委員会を設置、法務部門や弁護士を総動員して事前に火消しを図り、同時に社長の責任を追及していたのです。

何も知らない社員や世間の目には突然の辞任劇と映りましたが、会社は半年も前から周到に対策をしていたわけで、大黒ワンマンが知らない筈はない、と伯父は語気を強め、さらに付け加えました。

「この取引先は、多額の交際費支出に伴う税務否認の納税をしていたため、この処理を税務当局に相談するに至り、問題が表面化する前に社長を辞めさせたに違いない」

しかし唐突な社長辞任や老舗販売店の提訴に目を付けた週刊誌が、翌２００9年2月に特集記事「社長高級クラブ5億円付け回し」を掲載したのです。

そこには、スキャンダルを巡って町山社長が「嵌められた」などと言っていたことも載っており、それでは果たして誰に嵌められたのか、謎は謎を呼び、闇の深さを感じさせたそうです。

伯父によると、

「町山さんが酒を嗜まないことはよく知られていて、販売店会後の懇親パーティーでも秘書にノンアルコールビールを持参させていたのは有名な話で、高級クラブに多額の飲み代を付け回すことなど初めから違和感があった」

と言い、辞任前日に販売店幹部と麻雀をしていたという話さえあったそうです。

一方真相を知っている筈の大黒会長は、週刊誌発売当日全国販売店潤滑油会の席上で、

「いかがわしいビジネスをやった者の卑しい意図だ」

と、全てを知っているかのような驚くべき発言をしたそうで、伯父は、

「会社は週刊誌発売と同時に社長名で短いコメントを発表し、『臭いものに蓋』の典型的な対応をする一方、社員に対しては一切余計なことを言わないよう職制を通じて口頭の緘口令を出したよ」

と言い、裏があると確信したそうです。

そんな中、週刊誌が発売された翌月の総会で、14年間君臨してきた大黒代表取締役会長が突然退任、同時に販売担当、人事総務担当取締役も退任したのです。

ボードの主要メンバーが同時に三人退くというのも異例の出来事でしたが、コンプライアンス担当常務が留任したのは驚くべきだ、と伯父は言います。

彼は古くからの大黒子飼いで、ポストに相応しい実績はありませんでしたが、ワンマンが退いた後の目付け役として残されたに違いない、と醒めた目で見ていて、

「これらは全て大黒ワンマンの保身と想像され、事実を闇に葬り院政で権力を維持するための

巧妙な遣り口だよ」

と強い言葉を吐きました。

大黒院政が始まると、対抗するように権藤会長は独自カラーを矢継ぎ早に打ち出しましたが、伯父はこの辺りをこう言っておりました。

「権藤さんは大黒さんの退任に伴い会長に昇格したものの、名誉会長は目障りな存在だった筈だよ。彼は副会長時代、ガバナンス改革の一環として、次世代後継者育成のサクセッションプランを提言し、間接的に長期政権化を批判したくらいだからな。関係がいいわけはないよ。だから大黒時代『40年闘争』と言われた少数組合との不毛の係争をまず和解し、ブリティッシュさえリスクが高いとして撤退したソーラー発電事業の大型投資を強行、異論のあった川崎製油所閉鎖を実行して存在感を高めるのに必死だったよ」

ところが院政を敷いた大黒さんは、高級クラブ付け回し裁判の判決が出た直後に急死、真相を彼岸の向こうへと持ち去ってしまいました……。

しかし判決では、訴えられた取引先が販売店から請求されていた15億円の商品代のうち約6億円のみ支払うことが命ぜられ、残りの9億円は調整金として受け取るべきものであるとされました。

つまり、9億円は付け回しの報償を含む事後調整未収分と認定されたのです。判決の詳細を見ると、週刊誌の見出し「5億円」を遥かに上回る巨額の裏金が動いていた実態が明らかで、

添付された別紙による対象期間の合計額は、
高級クラブ付け回し額、6億円。

報酬を含む事後調整約束額、29億円。

支払い済事後調整額、20億円。

未払い事後調整額、9億円。

となり、この9億円の帰属が確定したのです。

「これは町山社長の背任行為と言うべきものだったが、何故か会社はこの判決を黙殺、何の説明もしなければ、アクションも起こさなかった。幸い株主代表訴訟が起きることもなく、やがて忘却の彼方へと消え去ったよ」

伯父は皮肉な言葉を吐き捨てました。

ただ、少数組合だけは判決内容の詳細を組合報に載せて訴えたそうですが、こちらも全く無視され、スキャンダルは会社の歴史から抹殺されたのです。

一方9億円を回収しそこなった老舗販売店は早々に廃業していて、商権を東洋ユーロ石油の販売子会社に譲渡、9億円がどのように処理されたのかは知る由もありませんが、伯父はこんなふうに想像していました。

「多分商権の評価額で折り合いをつけたんだろう……」

判決は、巨額の調整金の流れを白日の下に晒しましたが、肝心の流れの先については何一つ明らかにしませんでした。販売店は廃業、大黒ワンマンも鬼籍に入って「不都合な真実」は消滅したのです。

「東洋ユーロ石油がこの不祥事を隠蔽したことは疑い無い……」

伯父の呟きでした。

翻れば、町山さんが裏金を捻出し始めた頃からスピード出世し、その時期大黒さんは次々と社会的要職に就いた……。これが単なる偶然だったと言うのは楽観に過ぎるよ、と付け加え、

「長期のワンマン体制がこのような企業体質を生み出し腐敗の温床になった。本当に警戒しなければならないのは、彼等の野心や功名心だ。

これに対して組合は全く無力で、彼らまでワンマンに忖度していたとは思いたくないけどね。東洋ユーロは人事やポストで完全に支配されてしまったのさ」

と伯父は大変皮肉な言葉を吐きました……。

大黒ワンマンの急逝で、実権を掌握した権藤会長は、赤井社長を代表取締役最高執行責任者にして意思決定の場から外し、さらに1年後には精製子会社社長へとパージしました。

その結果、日本人代表取締役は権藤会長一人となり、石油事業と新規事業の両本部長にはそれぞれ腹心を据え、新たなワンマン体制を固めたのです……。

一方ブリティッシュはその頃既に当局と株の売却先を握っていて、赤井さんと入れ替わりにグッド副社長にも代表権を与えました。当局という外堀に続いて、ボードという内堀を埋めて

権藤ワンマンを牽制、一分の隙も見せなかったそうです。

当時彼等は急速に天然ガスシフトを進めていて、多額の投資資金を必要とし、その調達先を求めていました。この動きに呼応するようにJPモルガン系投資銀行がブリティッシュの資金効率化として10の提言を公表、その7番目に東洋ユーロ石油株売却が挙げられていたのは周知でした。

「これが大和との統合前の情勢で、最早権藤さんは東洋ユーロが大和に飲み込まれないように守るだけが使命だったんだ」

伯父はそう考えていて、

「大和のTOBにブリティッシュが応じるという最悪のシナリオをどう回避して統合するかが役目だったのさ。

ところが、2014年12月の経済新聞スクープで水面下の駆け引きが表沙汰になり、販売店の強い反発を受けて大きく躓き、翌年の総会で顧問に退くことになり呆気ない最後だったよ」

と結びました。

残念ながらこれが東洋ユーロ石油の内情で、統合や再編に対応できる体制ではなかったのです。

伯父の最後の話は苦渋に満ちたものとなりました。

14　経営者、矜持と功名心

伯父は長いサラリーマン人生で多くの経営トップ達を観てきたそうですが、尊敬に値する人は少なかったと言います。それでもこの人がトップになったらと思う人には何度か巡り会ったそうですが実現したことは無かった……、残念そうでした。そしてそんな現実と長年向き合ってきたせいか、トップに立つには能力や人格より、人脈や運がより大きく作用するのではないか、などと皮肉な見方をしていました。

日常業務は優秀な社員が黙っていても間違いなく処理しますし、少し複雑な問題でもＬＰやＡＩのサポートで解決できる今日、トップの役割とはいったい何なのか、本気で考えたそうです。

それは、目先の業務に追われる担当者の視野には入らない中長期的課題を見定め事前に備えることで、鶴田さんの重油分解センター投資のようなものだそうです。

「企業のトップが保身や野心、功名心に囚われるようではその目は曇るだけでなく、時には会社を危機に陥れるよ」

伯父の経験がそう言わしめ、

「リストラによるコストカットは、並みの経営者が取り組む平凡な施策で評価に値しない。リスクマネジメント能力のないトップの常套手段だ」

と醒めていました。

重要なことは、中長期の成長に向けた投資や社員のモチベーションアップをどう図るかで、配当、内部留保を増やすだけではビジョンに欠ける、そうも言います。

言われてみれば、確かにこの30年程は企業の内部留保は増加しているのに実質賃金は殆ど上がっていないですし、画期的なイノベーションも起きていません。

「ガソリンじゃあるまいし、同じような製品ばかり作っていて値上げなどできるわけが無いよ……」

伯父は平成の経営者は横並び経営に安住していただけではないかと皮肉を言いましたが、確かに名門企業、一流企業の不祥事が頻発したのも事実です。日本の企業はトップから劣化が進行していたのでしょうか……。

「東洋ユーロ石油は残念ながらその典型だったよ。保身や野心、功名心に取り憑かれたトップが続き、30年余りで会社を消滅させてしまったんだから……」

今度は愚痴りました。

そのせいでしょうか、「経営者の責任」というテーマに強い関心があるようで、時折信頼する丸岡先輩を訪ねて議論していたそうです。

丸岡さんは既に四半世紀程前に東洋ユーロ石油のアメリカ子会社社長を勇退し、その後は故郷で小さな山葵農園の主として悠々自適に暮らしていました。

そこでは10人程の従業員を使う経営者の傍ら、民生委員や市会議員を引き受けるなど地元に貢献することを生きがいにしているそうです。

コロナ禍も収まり、久し振りに先輩を訪ねたそうですが、まだ商売は完全には回復しておらず、従業員たちの給料をどうするかなど自分のことを差し置いて心配していたようです。いかにも先輩らしく、規模を問わず経営者としての責任感を感じたと言います。その日も先輩は歓迎してくれ、夕方からは一献傾けながらいつもの話題になり、

「経営者の責任とは一体どのようなものでしょうか？　長年勤めてきた会社が、トップの保身や権力争いで迷走した挙句、ライバル企業に吸収され消滅してしまいました……。

合併もビジネスですので、経営者はその結果に責任を負うべきで、ましてや吸収された側は、負けたわけですから当然です」

「大山、久し振りに来たと思ったら、いきなり豪速球だね……。俺も東洋ユーロを辞めて久しいけど、あの合併についてはそれなりに関心があったよ。経済新聞の記事なんかでいろいろ読んだけど、やっぱり東洋ユーロが大和に買収された、という印象は拭えなかったな。

ただ、それでトップが全く経営責任を果たさなかった、と断ずるのはどうなのかな」

先輩はいつものように慎重に応えたそうです。

「もちろん経営者が何もしなかったとは思いませんが、どう考えても負けない相手に実質的に買収されてしまったんですから、これはビジネス競争で負けた、ということに他なりませんよ」

「昨今の業界事情については疎いけど、確かに大山の言うことも一理あるね。何しろ相手が大和だったからねぇ。特に財務面は弱かったみたいだし……。

でも営業はなかなか強力だったんじゃないの。俺がかつて担当していた航空燃料ビジネスでこんなことがあったんだ。

大手エアラインの燃料入札を巡って各社が鎬を削っている中、彼等は白紙で入札して『御社の希望する価格を記入して下さい』と札を入れたという噂が流れてね……。

真偽の程はともかく相当量の受注を獲得した。スタンド商売でも何かと過激な話はあったんじゃないの」

「ありましたよ、いくらでも。例えば彼等はキャンペーンの時など昼夜の別なく週末も返上してスタンドの応援に行っていましたからね。手当などもちろん無しで。そんな連中ばかりだった、という話は有名でしたよ」

「どうしてそんなに頑張れたのかな。給料だってうちの方がだいぶ良かったんじゃないの……」

「イズムですかねぇ」

「それもあったとは思うけど、サラリーマンだってそんなに単純じゃないと思うよ。つまりそんなに頑張れるのは高いモチベーションがあったからじゃないかな。

　理念やイズムだけでそんなに働くことはできないよ……。命令だけでそんなに働かせるのは無理だよ」

「つまり理念やイズム、命令以外にモチベーションがあったということですかね」

「そうだね。俺たちに見えない『何か』があったんじゃないの。大山ならどうしたらそんなに働けるかね」

「遣り甲斐のある仕事を任されたら頑張れますよ。そしてそれがしっかり上司に認められる、そんな時かな」

「そうだね。仕事は遣り甲斐が大切だよね。もちろん給料も重要だけど、その両方が満たされれば理想的だ。経営者の本当の手腕は案外その辺りにあるのかもしれない……。

　給料はいいけどそういう仕事が無い会社と給料はちょっと安いけど遣り甲斐のある仕事ができて、それを上司も認めてくれる会社、大山ならどっちを選ぶかな」

「う〜む。……後者ですね」

「本当かい！　前者を選ぶかと思ったよ」

　先輩は私を見て笑い、真顔に戻ると、

「大和にはそんなところもあったのかもしれないよ。そしてそんな仕事を与えることができる組織にはそれに相応しいトップがいたんじゃないの。

かつての大和剛三さんの時代に象徴されるんじゃないかな。その後はどうだったのかわからないけどね。でもひとつ歯車が狂うと大変なのかもしれないな」

「うちはその歯車が狂った相手にやられたんですよ」

「ハハハ。歯車の狂った相手にやられたかね。それじゃ相当うちも狂っていた、ということじゃないか」

先輩は苦笑すると猪口の酒を美味そうに呑み、私にお銚子を突き出しました。

「いや、先輩、気を使わないで下さい。手酌でいきますので」

「そうかい。それじゃこれからは手酌でいこうか。ところで大山、初めの質問だけど、大山の考える経営者の責任、とはどんなものなのかね」

「そうですね、それは大企業であろうと山葵農園であろうと基本的には同じだと思います」

先輩は苦笑しながら、

「田舎の山葵農園の親父が大企業と同じ責任を負わされているのかい、割が合わないねぇ……。うちは株式会社じゃないから株主に気を使うことは無いけどね」

そう言って先を続けろ、というように少し顎を上げました。

「確かに。ただ、今の企業は、大企業はもちろん、中小企業も多くは株式会社の形態をとっていますからその前提で考えています。

株式会社の経営者はまず資金を提供してくれる株主に対して配当で応える責任がありますよね。もちろんそれは責任のほんの一部ですけど。

最近は短期的利益を優先する株主が増え、その利益を高配当として要求することが多くなっている気がします。でも経営者は短期利益と中長期的成長のバランスを考えるべきですよ。

短期利益重視の典型が、物言う株主、などと言われる投資ファンドなんかでしょうかね。彼らの狙いは株式の短期的保有から利益を最大化しようとすることで、企業の長期的成長や社員の安定的雇用については関心が薄いと感じます。

経営者が、このような近視眼的株主に迎合すれば、結局は自ら高額の報酬で目先の利益優先で経営することになりかねないですよ。バブル期のアメリカではそんな経営者がたくさんいた、と聞いたことがあります……。経営者は株主に対してだけ責任を負っているわけではありませんからね。

配当は、経営責任の一部ですが、業績が落ちれば最悪無配という判断さえありますよね。もちろんその責任は重大です。でも配当に優先する責務がありますよ。例えば従業員の雇用維持とか……。

元々株式会社は経営と所有の分離ですから、株主が経営者の能力や業績に不満であれば総会で信任しなければいいし、株を手放すこともできますよね。配当を要求する権利もありますが、それを得られないリスクも負っている筈です……。

特に上場企業はパブリックカンパニーですから、多くの社会的責任を負っていることも忘れてはいけないし、今や環境やジェンダー問題などにも積極的な貢献を求められています。その点であの会社はまだ充分では無いように見えます。統合初年度の増配にその一端が表れていたと思いますね。何故あのような損益状況で増配したのかプライオリティに疑問を感じましたよ。

限られた財源をもっと優先的に振り向ける先があったと思うからです。増配は株主から反対されませんので批判する人は出てきませんが、統合初年度で筆頭株主に迎合した感が否めなかったですね。

創業家との約束だったということなら、パブリックカンパニーとしての姿勢を問われますよ。経済合理性より創業家との約束を優先したわけですから。

経営者の責任は、社員の雇用や福祉を向上させながらより良い製品やサービスを通して消費者や社会に貢献することが一番で、それを通して得られた利益を中長期の成長財源や賃金そして配当に適正に配分することだと思います。

加えて、環境負荷の軽減、女性の一層の登用などにも積極的に取り組まなければなりません。そのためには一定水準以上の利益が必要で、この財源は限定されますので優先順位をつけざるを得ません。そういう点であの増配には違和感を覚えました。

いずれにしろ必要な利益を確実に上げることが肝要ですが、多くの責任を果たすためにどうバランスよく利益を配分するかは経営者のポリシーだと思います。

そもそも利益を上げることを目的とするような経営はあり得ません。それは手段です、企業が責任を果たすための。

言ってみれば、人は生きるために栄養を摂らなければなりませんが、栄養を摂ることを目的に生きることなどあり得ないのと同じです。

ましてや自分の野心や保身、功名心を経営に持ち込むようなことは許されないわけで、経営者は多くの目標を背負いながらステークホルダーのために公正に尽くす覚悟が必要で、とても責任の重い立場です。権力欲、名誉欲、金銭欲などに執着するような人が就くべきではないですよ。

その重い責任を自覚し、多くの高い目標に向かって公正公平に全社員の力を引き出し結集する、そういうことに自らを捧げることができる人間であって欲しいですよ。ですから本当はとても間尺に合わない大変な仕事ではないでしょうか。

リストラで多くの社員を整理したり、銀行の借金を棒引きしたりして会社を再建し、それをまるで手柄のようにしている経営者なんて、僕に言わせれば恥知らずですよ。それで自分は巨額の収入を得ているわけですからねぇ。メディアなんかも安易に持ち上げますけど如何なものでしょうか。

大リストラは多くの人々や社会の多方面に迷惑をかけているわけで、私はこれを『企業損失の社会経費への付け替え』と考えていますよ。

その責任を少しでも感じるならば、身を引かないまでも、自らの報酬を返上するくらいの責任感が欲しいですよ」

「まあ、一杯、喉も渇いただろう」

先輩はぬるくなってきた酒を注いでくれ、

「大山はこの酒と違っていつまでも熱いんだな。その思いはよく分かった。若い頃より純粋になったんじゃないの」

そう言って笑うと、

「そうだな。いろいろ高邁な経営者論を聴かされて俺も簡単には答えられないけど……。そういえば大山は商学部で経営学専攻だったね。俺は政治学科だからなぁ。それに俺の農園は有限会社だし……。まあ、それはそれとするか。

俺が思うには、株式会社の経営者にとっては、やはり多くのステークホルダーの中でも株主は最重要なんじゃないかな。特に総会で拒否権を行使できるような大株主は。だから、東洋ユーロや大和の社長がブリティッシュや創業家に気を使うのは当然じゃないかな。

問題は、多くのステークホルダーの利害をどう調整して満足度を最大にするかだと思うんだ。短期利潤の追求や高額配当の要求は日本でも増えているようだけど、俺もアメリカでは随分と見聞きしたよ。当時は財テク全盛の時代だったから極端な例もあったけどね。

いずれにしても、企業はゴーイングコンサーンと言われているくらいだから、将来に亘り継続していくことを大前提としているわけだよね。だから短期利益と長期的成長のための投資のバランスを考えれば、自ずと配当できる原資も決まってくるんじゃないのかな。

経営者がそれをしっかり見極めればいいので、そこに創業家との約束だとかが入り込むのは少し合理性に欠けるかもしれないね。トップが熟慮した以上の配当要求があればそれはキチンと説明してお断りすればいいんだよ。

それに不満な株主は株を売って退場する選択肢もあるわけだからね。もともと株式投資には配当を要求する権利もあれば、同時にそれを得られないリスクもとることがセットなんだから。

そういえば、東洋ユーロが統合前年に大幅な増配や自社株買いを発表したのは、高収益だったとはいえ、株式交換比率を意識した政策的意図が露骨に感じられて、稼いだ利益の最適配分だったのか疑問が残ったね。

恐らく株式交換比率が低いと買収の印象が一段と強くなるし、そうなれば風岡社長が言い続けてきた『対等の精神』という謳い文句も嘘みたいに聞こえるからね。これも一種の保身的意味合いがあったと言えなくもないのかな。

まあ、いずれにしても心配なのは、大株主の了解さえ得られれば、トップは何でもしていいと勘違いすることだよ。そうなれば独善に陥りかねないし、組織の私物化も起きるからね。14年も権力の座に居座った人なんかその典型だったんじゃない？

株主と経営者の間に一定の緊張関係が必要だと思うけど、東洋ユーロと大和もそういう意味で似た点があった気がするよ。ブリティッシュに迎合して保身するのも、創業家を軽んじて危うく不信任されそうになるのも、実は経営者と大株主の関係が適切じゃないからじゃないかな……。

大株主と適切な距離感で経営する、とてもシンプルなことができていない。そんなトップの下では健全なガバナンスが育たず独善が問題を引き起こす、ということかな……。

大和は、剛三さん亡き後、会社の所有と経営の分離が進まなかったから過剰投資の暴走を止められずに危機に陥ったんじゃないの……。それが2兆5000億円という借入金となって表れた。要は、株主、経営者、社員の関係がバランス良く維持されているかどうかだと思うけどね。

ただ、トップについて言えば、ポストが人を育てるなどと言うけど、逆にポストが人を狂わす、ということもあるんじゃないかな。大山はどう思う。

仮に経営者がいくら優秀でも一人で考えることには限界があるよ。ポストに就くとこの辺りが自信過剰になるのか、分からなくなってしまう。まあ、月並みだけど驕りや独善に陥るリスクが高くなるのかもしれないね。

俺は長い間山葵農園の主をしているけど、因果なことに、心配、不安の日々ばかりでそんなこととは縁がないねぇ。

まあ、大企業になれば、何千、何万という社員が自分の鶴の一声で動くわけだから勘違いし易いのかな。自分を中心に全てが動くような気分になるのかもしれないね」

そこまで言うと先輩は手酌で杯を空け、

「熱燗一本、一合で」

そう言って私を見たので、

「俺も一合で」

酒が切れていたことに気付いて追加したところでさらに先輩は、

「そもそも俺達がトップの資質だの器だのというのは理想像を前提としているのかもしれないけど、少なくとも社員の大半が認めるような人であって欲しいよね。東洋ユーロでも永田会長や鶴田社長はそうだったんじゃないかな。

ところが大半のトップは棚ボタでその座に就いてしまったので、その実力がポストに見合っていなかった……。だから保身や功名心に取り憑かれてしまったんじゃないのかな。ポストが人を狂わしたのかね。

会社を自分の人脈で固めて何でも思い通りにできれば独善に陥っても気付かないんだろうね……。

俺は仕事が楽で楽しかったという思い出より、大変で厳しかったという思いが強かったけどね、大山はどうだった。

トップともなればその何十倍も大変な仕事ばかりだろうから長く続けられるなんて信じられないけどね……。ひょっとしたら、俺たちの知らない楽しさがあって、辞められなくなるのかもしれないなぁ。

まわりは皆《みんな》『はい、畏まりました』なんて言っているんだろうし、そろそろ彼奴《あいつ》を取締役にしてやろうとか、彼奴はもう子会社に移そう、なんて考えていたら結構楽しくて辞められなくなるのかな……。

いずれにしてもトップを牽制する機能は殆ど無いよね。会社には」

「先輩、ポストが人を狂わす、というより、ポストに就くと狂いが生じるような人がポストに就いてしまうことが問題ですよ。

私は上司に反抗ばかりしていたせいか、パワハラ、降格など楽しい思い出なんて殆どありませんでしたよ……。

ところで、トップを牽制する機能として株主総会はどうでしょうか？

あの統合を巡って創業家の代理人が反対意見を述べた時、議長はそれを正面から受け止めなかったようですけど……。

経営者が株主の発言をしっかり聴くことは最低限の議事進行ですよ。そうでなければ自ら総会の価値を貶めることになるんじゃないですか」

「そうだね。経営陣が予定したこと以外は発言を認めないようであれば、それは問題だよね。

かつては、シャンシャン総会なんてものがあったらしいけど、それと大して違わないよ。むしろ経営者は反対意見にこそ真摯に向き合うべきじゃないのかな。そして堂々と議論し、説得するよう最善を尽くすべきだね。仮に説得できなくてもその後なら賛成多数で進めていけばいいんじゃないかな」

「そうですね。あの総会は経営陣が創業家を事前に説得できないまま開かれたようでしたからね。まあ、その後で言った、聞かなかったなど酷いことになりましたけどねぇ。

筆頭株主を事前に説得できたかどうかも認識していない経営者では、総会議長なんてやる資格があるのですかねぇ。もっとも創業家も理念は口実で利害が本音だったんでしょうけど……。

それでも大黒ワンマンのように、総会会場の前方を社員やＯＢ達で固めて有無を言わさず議事進行をするよりは大分ましですけど。何しろあの時は背広姿のガードマン達を密かに配置して、不都合な質問をする者を力ずくで排除し怪我まで負わせたんですから。よっぽど触れられたくないことがあったんでしょうかねぇ」

「そんなこともあったらしいね」

「あれでは経営者が社内総会屋と結託して出来レースをしているようなものですよ。そんな総会運営を平然と行うようでは経営者失格ですよ。保身のためなら手段を選ばないトップだから14年間も君臨できたわけで、そうさせた会社も組合も情けないですよ」

「日本の総会が全て形骸化しているとは思わないけど、かつては酷いこともあったようだからね。総会屋が跋扈していた時代はともかくとしても、全て異議なし総会なんておかしいよ。往々にしてそんな総会には裏があったりするからねぇ」

「そうですね。総会屋が居なくなっても、不祥事が無くなったわけではないですからね。表に出てくる不祥事は氷山の一角ですよ。

問題を起こすと経営者は黙秘で保身し、ステークホルダーに対する説明責任を果たしませんよ。日頃の権限と高収入はそれらの責任と一体不可分なのに……。

公表できないようなことをした時点で責任をとって辞め、役員退職金は辞退するべきです。定款の規定を廃止して全て総会の承認マターとする、さもないと不祥事を起こして退職金を受け取るような事になりかねないですよ。あの大不祥事を起こした大日本の会長はどうだったんでしょうかね……。

いずれにしても年1回の総会でしっかり株主と議論をしない経営者は怠慢で経営責任を果たしていないですよ」

「どうも日本の文化なのか、肝心なことは水面下で決めてしまい、建前しか公表しない感じがするねぇ。ビジネスも政治も同じだ」

「経営者は不都合な真実については、経営の専権事項だとか業務上の秘密などと言って決して公にしませんから、用心しないといけないですよ。あの週刊誌スキャンダルなんかその典型だったと思います」

「週刊誌スキャンダルは結局闇に葬られてしまったようだけど、あの統合に際してもかなり不透明なことがあったんじゃない……。

そもそも統合が最善の選択なら、初めから堂々と説明できただろうね。多分そうではなかったから、後付けの理由作りに追われたんじゃないかな。

それに対等の精神も胡散臭かったな……。資本提携をせずに系列化されてそんなことがあり得ないのは常識だよ。実際最終合意書からは『対等の精神』の文言は消滅していたと言うじゃないか。

統合会社がいくら良くなってもその恩恵に浴すのは殆ど大和だけでは無意味だね」

「風岡さんは都合のいいことばかり言っていましたよ……。信用できませんでしたね。

もっとも大和経営陣も系列化後は随分態度が変わった感じでしたよ。それに彼等は重要な動きを起こすのは決まって総会直後でしたから。こちらも信用できませんでしたね。確信犯で、フェアな連中とは思えませんでした」

「増資のこと？」

「典型がそれですね。あれは随分強引だったと思いましたよ。確か２０１７年総会直後でしたね。

これは株価の低下を招き、株主の資産を目減りさせましたからね。本当に正しいと思うなら総会前に公表すべきです。まるで騙し討ちみたいに、形振り構わず強行した。経営者としてのプライドのかけらも感じられませんでしたよ」

「まあ、創業家にもそういうものは感じなかったけどねぇ」

先輩はそう言って笑いました。

「そうでしたね。もっとも東洋ユーロのトップにも全然感じなかったですから、統合劇の出演者は皆恥知らず、ということになりますかね。

それでも、両社のトップが1年間代表取締役になったのは統合成功を演出するためですよ。1年で退いても泥沼統合の免罪符になるわけではないですけどね。戦後企業史に残るお粗末な統合として記録と記憶に残りましたよ……」

「俺は寡聞にして戦後の企業合併史についてほとんど知らないけど、八幡と富士や三菱と第一の話は聞いたことがあるよ。小説にもなっていたんじゃないかな。でも今回は小説にならないなぁ」

「事実は小説よりも奇なり、なんて言いますけど、小説より愚なり、ということでしたかね。剛三さんが生きていたら何と言ったでしょうかねぇ。二代目は経営者失格、三代目に至ってはサラリーマン落第でしたから。

大家族主義は経営者育成に役立たなかった……。

まあ、本当の評価はこれからですが、今や東洋ユーロ出身の取締役は殆ど生き残っていませんし、一般社員は我慢が多いようで残念ですよ。対等の精神がいかに欺瞞に満ちていたか証明されました。また組合も統合で組織率が大きく下がってしまったし大和の従業員とは一体になれませんよ……。

一方創業家は拒否権を失ったとはいえ、筆頭株主として取締役二名をボードに送り込んでいますし、統合時の約束もあります。

これからも創業家に監視されていくわけですから今後もドラスティックな変革は難しいと思いますよ。うっかりすると先祖返りしないか心配ですが、少なくともパブリックカンパニーの名に恥じないで欲しいですね。

一般社員は人事で無言の圧力下にあるサイレントマジョリティーですので、トップはこの声なき声をいかに吸い上げていくか真剣に考えているのでしょうか」

「統合時の対立を観れば理念やイズムも怪しいものだけど、ガバナンスが保てないことは経営危機で証明されているからね。社員の公平公正がシステムとして保たれるようになっているか、これは組織の根本だね。

経営課題は他にも山積だ。アジアの製油所や石炭事業、有機ＥＬ、全固体電池、超小型ＥＶ事業などの収益性についてこれまで以上にシビアに評価し情報公開して欲しいね」

「それらは全て経営者の責任に通じると思いますが、彼等をチェックするシステムがありませんから……。

会社は経営者次第と言いますが、現実には保身や野心、功名心に囚われていることが多いですし、トップになれば自分の考えを押し通せますから独善に陥り易いんですよ……。だからフランクに物が言える風通しの良い社風を築くことが大切で、上から理念やイズムあるいは命令を押し付けるようなことはあって欲しくないですよ」

「まあ、そうだな……。ついでにあの合併の総括も聞かせて欲しいね」

「それは光栄ですね。でも長くなるかもしれませんので覚悟しておいて下さい。その前に熱燗を2本追加しておきませんか……」

「アハハハ。2本で足りるのかな」

「では遠慮なく。この統合で一番得したのは、法律を盾にして官製再編を押し付けた当局ですよ。

二番は相対取引でTOB並みの株式売却をしたブリティッシュユーロ石油、三番はその株式を購入してTOBより安く買収を実現した大和、四番はその混乱でゴネ得をして利権の維持に成功した創業家、最後にそこに付け込んで濡れ手に粟のぼろ儲けをしたハゲタカ、というところですかね。

多少分け前に与ったのが、大和の社員と販売店、さらにおこぼれを頂戴したのが東洋ユーロのトップ、こんなところでしょうか。

逆にバカをみたのは、東洋ユーロトップに逆らった幹部と従順だった一般社員。それから大和の経営理念！　東洋ユーロ系販売店は未だ収支不明！　こんな感じでしょうか」

「どうしてなかなか面白いじゃないか……。でも得した一番手が当局じゃあまり気持ちいい話じゃないな。彼等は言ってみれば民間の褌で相撲をとって勝ち星と懸賞金をせしめたわけだ。

何といっても頭のいい連中だからねぇ。出世にうずうずしているところへ業界があつらえ向きの状況を提供した」

「業界に一番の問題がありましたけど、過当競争の業界を本来の自由競争に委ねれば間違いなく優勝劣敗の原理で民族系が一社や二社立ちゆかなくなりましたよ。

そうすれば自然淘汰で業界は整理されています。当局のつまらぬシナリオなど必要なかったんです。結局彼等は、エネルギーの安全保障を大義名分にして最後まで介入し民族系石油会社を保護したんですよ。

もっとも時代は脱炭素に向けて動き始めていますので、果たして今の民族系3社体制がいつまでもつか分かりませんけどね」

「当局は合理化の進んだ旧外資系を民族系に吸収させて企業体質の強化と業界の構造改善の一石二鳥を果たして出世した、一石三鳥か……」

「彼等は長年経済合理性に掉さすような許認可制度や行政指導をして自由競争を歪めてきましたからねぇ。

そのくせ外圧に晒されると一転規制緩和で過当競争を加速、それでも再編が進まなければ新たな法律を作って業界に介入、ブリティッシュに株式売却先まで斡旋、やりたい放題でしたよ」

「そうだったねぇ。彼等も自律性の高い業界にはあまり口を挟めないしね。彼等と組んだ大和は大きな戦果を挙げたことは間違いないな。

歴史的には当局の指導に批判的な立場だった筈だけど、あの再編では連携して勝ち組に回った……、大きな借りを作ったのかな。独立自治みたいな理念があったみたいだけど、都合によっては無視するわけだ」

「経営陣も創業家も利害の攻防で理念そっちのけでしたよ。特に理念の希薄化なんて言った創業家は、筆頭株主の力で強引に次男を社長にしようとしたんですから……」

「やはり自分の会社を失うという危機感だったのかな。老い先短い老爺が最後の力を振り絞って大和商店を守ろうとしたのかねぇ……。

ところで、酷いといえばブリティッシュも相当だったよね。長年のビジネスパートナー東洋ユーロの頭越しに当局と話を決めたらしいからなぁ。フェアな競争を文化としていた筈のブリティッシュもいざとなれば建前に過ぎなかった……」

「株を高く買ってくれればなんでも有り、利益優先の露骨な撤退でしたよ。その正体は忠実な資本の僕《しもべ》に過ぎなかった……」

「いざとなれば皆《みんな》自分達の利益優先だ。そういう意味では初めからそれを目的にしているハゲタカ連中はある意味わかり易いのかな」

「彼等は本質的には株を少しでも高く売るために、いろいろ揺さぶりをかける連中ですよ。だから付け込まれる側に大いに問題が有ります。

大和の経営陣と創業家が果てしない対立を続けていたので、引退した筈の村山までが動きだした、その儲けのボロさが想像できますよ」

「まあ、物言う株主だかハゲタカだか知らないけど、そんな連中に集《たか》られるようなお粗末な交渉をしていたわけだ」

「東洋ユーロ社員は羊の群れの如く大和へと囲い込まれてしまい亡国の民ですよ」

「まあ、雇用が守られても、昇格や昇給のチャンスを大きく制約されてしまうだろうからねぇ。モチベーションの維持が大変だな」

「もともとあの再編は経済合理性に基づいていたわけでは無く、当局のシナリオで誘導された官製再編でした。その犠牲にされたのが東洋ユーロ石油であり、その社員達だった……」

「う〜ん。統合・合併と言ってもその条件を巡っていろいろ駆け引きがあったとは思うけど、資本を握られてしまえば勝負あっただよ……」

「うちは駆け引き以前に資本の論理で負けていたわけで、プレイボール即ゲームセットでしたよ」

「企業は会社法はじめ多くの法律に則り経営されているけど、それを作る連中を相手にしては勝ち目がなかった……」

「当局と良好な関係でなければ再編で割を食う、こんなことさえ充分認識していなかった、うちのような外資系ワンマン体制の限界ですよ。何しろ自分の権限を失いたくない連中ですからね。

仮に優秀なトップでも一人の考えることには限界がありますよ。まして棚ボタの経営者では知れています。トップの座に就くとそんな謙虚な気持ちを忘れるのですかねぇ。残念ですが彼等を統制する必要がありますよ。例えば、定款で取締役の重任回数を制限し、会長以下の定年を定める等。

そして主要部門には代表取締役を置いて権力を分散する、会長と社長の二頭政権では両者の職務分掌を明文化して公開することで全社員の監視がしやすくする、そんなことを考えるのは如何ですかね……。

大体実力会長などと言われる人が居座っている会社はワンマン体制ですからねぇ。

もう一つ、労働組合法の改正で組合の立場を強化する必要があるのではないでしょうか。現状のような企業内組合の在り方では経営陣に緊張感を与えられません。

ましてや組合さえない会社ではどうにもなりませんよ」

「企業内組合はなにかと制約があるだろうからね」

「経営陣と組合の協議会に大きな権限を与えるようなことが必要ですよ。つまり取締役会を行政権、協議会を立法権、監査役会を司法権というような分権で相互チェック体制を確立するようなことを考えないと実効性は担保されませんよ。

経営陣と組合が補完し合い切磋琢磨する、パートナーとしてより良い経営を目指すべきではないでしょうか。働く現場の実態は組合が一番よく知っていますからね。

組合の無い大和はこの辺りはどうなっていたのか不思議ですよ。まさか家族主義だから子供は親に従え、ということではないでしょうけど……。社員の総意をどう経営に反映しているのですかね」

「東洋ユーロだって合併マターは『経営の専権事項』ということで組合を寄せ付けなかったんだろうね……」

「だから駄目だったんですよ。組合はもっと本気で踏み込むべきでしたよ。社員の行く末を考えれば……。あの成り行きではロイヤルティもモチベーションも保てませんよ」

「大山、随分と力がこもっているねぇ……。

確かに株式会社では、株主と経営者、それに従業員を代表する組合がお互いに利害の調整をしながら時には牽制したり協調したりして、より良い成果を目指すことが必要だろうね。

脱炭素や積極的な社会貢献、ダイバーシティにジェンダー問題まで従来とは比べ物にならない幅広いテーマに取り組まなければならないからね。これらの問題解決には全てのステークホルダーのサポートが必要だしね。

さて、喉も乾いた頃だろう、大山。最後にビールで喉を潤そうか」

「はい！　ビール1本。今頃こんな所でこんな事を言っても少し虚しいですけどね」

「こんな所で悪かったねぇ。でも水も空気も最高にうまいぞ。冬は少し冷えるけど、その分灯油ストーブをガンガン焚いて応援しているよ」

「先輩、さっきお宅を訪ねた時、奥さんが家を改装したのを機にオール電化にした、と言っていましたよ」

「アハハハ。そうか。俺が着替えている間にそんな話をしていたのか。でも去年までは大いに灯油に助けられたよ」

先輩は苦笑しました。

「今となってはどうでもいいような気もしますが、あの統合劇では利害関係者たちの本音が見られてある意味興味深かったですね。

そんな人たちの口から経営の理想や理念が語られていたのですから統合劇は茶番以外の何物でもなかった、そんな気持ちでしたよ。

とはいえ、これからもあの会社の進路をしっかりと観ていくつもりですので、経営陣が現状に甘んじることなく自己革新をして欲しいですね。まだまだ問題は山積していますから。

これからは一層の働き方改革が求められる時代ですので、それはそのまま経営の在り方改革でもあり、企業という社会制度の在り方そのものが問われている、と思います。

ある意味経営者や働く人の価値観の転換と言ってもいいのかもしれませんね。多くの業務が革新されれば自ずと働き方も変わっていく筈です。

テクノロジーの急速な進歩は、経済社会の在り方はもとより、あらゆる分野の変革を促すと思います。

そんな時代に『株式会社』という制度だけが独り変わらない筈はありませんよ。

新生大和興産がその先陣を切る改革を実現して、新しい社会のプラットホームを提供して欲しいですね。

経営者にとって、会社が権力や富や名誉などを実現する場であった時代は既に終わりを告げていますよ。彼等にはもっと高い志でその任にあたって欲しいですね。そんな時代を見届けるまでは、先輩！　元気でいましょうね」

「そうだねぇ。大山と久し振りに話して、山葵同様ピリッとしたよ。

まあ、俺が見届けられなかったら、大山、君がそれを見届けてくれ。その頃には立派な経営者ばかりになっているかもしれないけど……」

「人間は欲深いですからそんな簡単に変わると思えませんが、今より少しでも良くなればいいですね……。

今日は久し振りに楽しい時間を過ごしました。私の長話にお付き合い頂きどうもありがとうございました」

新しく出された2個のビアグラスにビールを注ぐと、

「先輩の長寿と山葵農園の益々のご発展を祈念して乾杯！」

「経営者が煩悩から解放されてそれに相応しい責任感を持つ日が来ることに期待して乾杯」

これが二人の最後の乾杯になったそうです……。

15　居酒屋談義、統合の欺瞞と憤懣

「大山大先輩、お誕生日おめでとうございます。来週金曜日6時半、有楽町ガード下でお待ちしております。因みに今月70個、いや70回目ですよね。沢田」

写しが仲間全員に入っていたそうです。

伯父は既に3年余り前にサラリーマン生活を終えていましたが、コロナ禍を除き時折この仲間達と飲んでいて、

「万難を排して馳せ参じます。無料餃子に目の眩んだ皆様」

と返信したよと笑い、さらにこう付け加えました。

「リタイアする頃によく行った居酒屋で、誕生月には年齢《とし》の数だけ一口餃子が無料になるので新橋、丸の内辺りからもサラリーマンが来る人気の店だよ。

最近何故かその頃のことをよく思い出すから、検査に行く前日だったけど顔を出したんだ。俺にとってこの仲間がサラリーマン人生のレガシーだからな。大いに飲んで話せば自然と通じ合う、貴重な癒やしのひと時で、同時にストレスも発散できる。あの日も赤提灯の横から中を窺ったら、

『大山先輩、こっちです！』

沢田君の声がし、背中を向けていた二人も振り向き、

『豪爺！　こっち！』

稲田姐さんが大きな声で手を振るので、周りの客が何人も振り向き、慌てて席に着こうとしたら躓いて、斎藤君の肩に手をついてしまい大笑いされたよ……」

と伯父はここまで一気に話すと、もう一度思い出すように微笑み、後をこんなふうに続けました。

「三人共元気そうで、楽しい飲み会になりそうだね。でもメンバーはこれだけ？」

と沢田君に尋ねたら、

「まだ全員揃わないけど、取り敢えず大山さんはビールでよかったですよね。お嬢さん、70個、じゃなくて今月70歳の方が来ました。餃子をお願いします」

と注文。俺は、

「今月70個になりました大山爺です」

そう言うと、

「爺、爺、早く免許証出して！」

姐さんが急かすので、ゆっくりと取り出して見せたら、

「え〜と、昭和29年？　というと、今年が令和6年だから……」

若いお嬢さんは、昭和などという年号には馴染みが無い様子なので、

「1954年だね」

と助け舟を出すと、

「1954年ですか。今2024年ですから、そうすると……70、確かに70歳ですね。それでは一口餃子70個お持ちしますので少々お待ち下さい」

納得したのか、俺をチラリと見てからオーダーに書き加えたよ。

「そうそう、よくできました。70個ね、早く持って来てねぇ。いい娘《こ》だから」

姐さんも嬉しそうにフォロー、そこへビールが届き、

「乾杯、おめでとうございます！」

1回目の乾杯を終えると、斎藤君が真顔で聞くんだ。

「大山さん。1954年ですか、その年何か大きな出来事はありましたか……」

「そうだな……、日昇丸事件の翌年だ」

「日昇丸事件！　本で読んだことがあります。イランが石油の国有化でイギリスと揉めている最中に、大和興産がそのホットオイルを日本に輸入してきた事件でしたね。最終的にはアングロイラニアン石油との裁判でも大和が勝ったんですよね」

若いけれど勉強家の彼はよく知っていたよ。

「大山さんはそんな時代に生まれたんですねぇ」

斎藤君が感慨深げに言い、

「だから爺なのよ」

姐さんが笑い、思わず苦笑すると、

「遅くなりました〜」

遅れていた東京支社の遠藤女史と子会社出向中の松原お嬢だった。

「お疲れ様！　お先に始めています。今1回目の乾杯をしたところです」

と斎藤君。

「これで全員揃いました」

沢田君がそう言って二人を奥の席へ通すと同時に姐さんが、

「二人ともワインでよかったよね。赤、白どっちにする」

と訊き、それぞれに赤と白を注文、

「今ね、豪爺の生まれた年の話で盛り上がっていたのよ！　日昇丸事件って知っている？　爺はその翌年に生まれたんだって……」

「日昇丸事件？　歴史の教科書に出ている、たくさんの人が亡くなったフェリー沈没事故ですか？」

お嬢が見事に外し、

「それは青函連絡船だな。洞爺丸が函館沖で沈没した事故で1100人以上が亡くなった悲劇だね。これが青函トンネルの発端になったと言われているよ」

「キャー、大外れ！」

と小さく叫び、斎藤君が笑いながら説明、

「洞爺丸の事故は確か日昇丸事件の翌年でしたよね」

「その通りだね。だから松原さんの答えは半分正解だ！」

「キャー。やったー」

嬉しそうに手を叩き、遠藤女史も笑って、

「もう！　この子は本当に天然なんだから」

そう言うと、改めて俺の顔を見て乾杯！　とワイングラスを持ち上げ、

「乾杯！」

「爺、おめでとう」

「乾杯！　大山さん」

と2度目の乾杯となり、思い思いの話が飛び交い、居酒屋談義が始まり、徐々に調子も出てきて、アルコールはまさに話をスムーズにする潤滑油だな。

間もなく会社のトップや経営陣の辛辣な批判も飛び出したかと思うと、直属上司の不倫疑惑やら反りの合わない同僚との悩みまでサラリーマンワールドを縦横無尽に駆け巡ったよ。すると姐さんが突然5年前の統合交渉の話を持ち出し、

「彼は元々社長の器では無かったのよ。それはみんなの一致するところだったわ。誰に訊いてもトップに相応しい実績は無かったもの。私も何も思い浮かばない」

いきなりバッサリ。全員頷いたから俺は言ったんだ。

「その分上司に取り入ることが巧《たく》みだったとか、社内の風向きを読むのが上手かったとか、そんな特技があったんじゃない……。

それに何といってもあの頃うちは大変な経営者難だったからねぇ。爺みたいに古い歴史を知っている者にとってはよく分かるんだ。それが彼に幸運をもたらしたのさ。

どんな歴史かって？

うちは発足以来会長、社長、副社長、有力常務等が相次いで病や不祥事、権力争いで会社を去ってしまったからねぇ。本当に大きな損失だったよ。トップは促成栽培できないし……。

大和との交渉前には経営陣がとても薄っぺらになっていたんだ。彼はそのお陰で棚ボタの社長になれただけで、実力も実績も無かったよ」

みんなは顔を見合わせたな。そんな昔のことなど知らない世代ばかりだったので、簡単にその歴史を説明してからまた続けたんだ。

「彼は長いこと風見鶏に徹しながら親分を見極めた。これも才能と言えば言えるな。出世することが目的だから、トップになったら何をするか、というビジョンは持っていなかった感じだね。権藤会長が失脚し棚ボタで社長になっただけだから、東洋ユーロ石油を守れる筈はなかったよ」

するとと沢田君が言ったね。

「サラリーマン社会だって、何かしら秀でた才能を持っていなければ到底社長にはなれませんものね。ところが我が社は優れた業績が無くても有力な人脈さえあれば出世できる。実績も人格も二の次……。言い過ぎですかね」

それからハイボールを一気に口に流し込んだ……。

「確かに上司たらしと言うのか、そんな才能はあった気がするわねぇ。権藤さんも見る目が無かったのねぇ」

姐さんが当時を思い出すように言い、

「いずれにしても社長に相応しい実績は全く無かったわ！」

赤ワインで調子が出た女史がキッパリ、

「トップには誰が見ても納得できる業績をあげた人になって欲しいですよ」

沢田君が空いたグラスを見つめながら呟《つぶや》き、

「普通、会社って実力や実績で出世するんじゃないんですか？」

と若手の斎藤君が頬を膨らませ、

「そうだね。その通りだけど、現実にはそうでないことも結構あるんだよ。サラリーマン社会の難しいところかな……」

そう俺が言うとみんな黙り込んでしまい、沢田君が、

「まあ、この話はこのくらいにして、さっき稲田さんが言っていた上司の不倫疑惑の話を聞きましょうよ。本当ですかねぇ。信じられないなぁ」

「不倫といっても大人同士だし、初めから割り切っていれば、まあ、そんなに拗れることは無いだろうけどねぇ。爺もあやかりたいものだ……。

でも、それを知らずにいる方はバカみてぇだな。幸か不幸か爺にはその甲斐性が無いから、お陰様でそんなことに煩わされることなく仕事に専念してきたけどね」

「それって単なるもてない男、ということですよ」

女史がバッサリ。

「まあ、そういう見方もできなくはないけど……。いずれにしても不倫をされた夫なり妻なりのことを考えないと勝手過ぎるんじゃないの……、どうかな？」

「うちの上司は独身だからまあ単なる女好きで済むかもしれないけど、相手の旦那さんが知ったら一体どうなのかしらねぇ」

独身の姐さんが呟き、

「遊びとは違うの？」

それまで黙ってワインを飲みながら聴いていたお嬢が一言、

「それは違うんじゃない」

かな。

沢田君、年頃の独身女性として納得できないのか沢田君に迫ったね。ワインが漸く気持ちを解《ほぐ》したの

「どう違うの？」

「う〜ん、それはまあ、遊びはその場限りの欲求に過ぎないから……」

「それなら許されるわけ？」

「爺が思うには、精神的な繋がりがない、まあ、遊びは生理現象みたいなものかな。そう、言ってみれば、我慢できずにする立ち小便みたいなものだな」

女性陣は一斉に噴き出し、お嬢もひとしきり笑い、

「不倫は、立ちなんとかのような生理現象ではなくて、精神的な繋がりがあって、その上肉体的繋がりもある、ということですか？」

と今度は男性陣に向かってたたみかけ、

「そうだねぇ、精神的な関係だけでは不倫とは言わないかな」

沢田君が小声で言い、

「大人の世界は、精神的、肉体的、社会的関係の整合性が大事なんだよ。まあ、爺のように肉体的に整わない、そんなケースもあるけどね」

「それは単にダメになった！　ということですか？」

またもや女史が笑いながら言い放ち、

「レッドカード！」

俺はテーブルに置いてあった彼女の赤いスマホを突き付けて、

「そういえば誰かさっき反りの合わない同僚がいて楽しくないと言っていたよね」

話題を変えると、

「それ私です……」

姐さんが小声で言い、

「反りの合わない同僚なんていくらでもいるからいちいち気にしない方がいいよ。爺の長いサラリーマン生活でも、合う奴に巡り会えることの方が遥かに少なかったよ。くよくよしているなんて稲田さんらしくないな」

そう言ってハイボールを手渡すと、彼女は一気に飲み干し、

「なんか、これ薄くありません？」

と俺を見たよ。

「失礼しました！　気が利きませんで。次は濃いやつをお作りします」

沢田君がフォロー、

「ば〜か」

姐さんも笑い、俺は真顔で、

「そもそも職場というのは、目標を共有してチームプレーをする場所で、それがたくさん集まって会社だ。気の合う仲間が集うサークルじゃないからな。給料をもらう以上楽しくなくてもやるべきことはやらんとね。但し不倫は対象外だ」

そう言ってハイボールを飲み、

「薄いな、ホントに……。悩んでいるなら誰かに話すとそれだけでも随分楽になるよ。それでもダメなら、上司に相談した方がいいね。不倫上司でも案外いい答えが返ってくるかもよ。まあ、サラリーマンの世界なんてそのうちどちらかが異動になるよ。そう深刻に考え込まない方がいいと思うな。

直接相手に言うのもありだけど、後々仕事がやり難くなったりするかもしれないからよく考えた方がいいね。不倫上司を通じて間接的に伝えるのも手かもしれないよ。案外いい解決をしてくれるかも……。

だからこうして時々飲んで楽しく話して発散しちゃいなよ」

静かに聴いていた姐さんは、

「あの不倫疑惑の上司に相談するんですかぁ……」

と言ってニヤリと笑い、どうやら少し元気を取り戻した様子だったよ。

少しハイピッチだったアルコールがすっかりみんなの気持ちをほぐして、いいタイミングだと思い呟いたんだ。

「残念だったよねぇ、僅か数年で社名もブランドも消えちゃって……」

「そうでしたね。そもそもあの『対等の精神で統合』というのはまやかしで、実態は買収でしたからね。所詮社名もブランドも過渡期の徒花でしたね」

沢田君がため息交じりに言い、

「対等の精神も途中で化けの皮が剝がれたのさ。

統合して業界首位の座を狙うどころか、万年2位が確定しただけだった」

「そうですね。対等も無ければ首位もない……」

「筆頭株主になられて手も足も出なくなったのに、『対等の精神』なんて言い続けた風岡社長は厚顔だったよな。あれを買収と言わずになんと言うのかねぇ」

「統合と言いま～す」

ワイン片手に手を挙げお嬢が言ったよ。そして姐さんや女史も、

「当時交渉が進む程実質的な買収だと皆《みんな》呆れていたわ。それでも社長は『対等の精神』でと言って憚らなかった……。本当にバカにしていたわね」

「筆頭株主になられてからはどんどん買収に向かって進んでいきましたけど、初めから分かって『対等の精神』なんて言っていたのよ」

次第にヒートしてきたやり取りを聞いていた斎藤君が、

「そういえばあのスクープ記事ではＴＯＢでしたから、買収の基本方針は変わっていなかった、

ということですね。せっかく『経営統合の基本合意』で統合方式を合併と決めたのに、あれは何だったんですかね……」

　さすがに斎藤君はいいところを突いたよ。

「あれで社員や販売店の動揺をある程度抑えることができたけど、結局資本を握られてからはそれも反故にされた……」

「そもそもスクープの随分前から大和とはコンタクトを始めていたんですよね。

　権藤さんはいったいどうするつもりだったんでしょうか……」

「有利に統合を進めようとしたんだろうな。でもスクープで社内外に動揺が起きて頓挫、ブリティッシュの意に沿わなかったことは間違いなさそうだな。彼等は株を高くそして早く売って撤退したかっただけだからね。筆頭株主の利益代表のウッズ副社長はそれを実現するために代表権を与えられたのさ」

「ウッズ副社長？」

「そう、ブリティッシュの意向を代表して監視していたんだろうな……」

「意向、つまり大和に早く株を売れということですね」

「うん。その前年にブリティッシュの幹部がエネ庁に澄田燃料部長を訪ねて約束していたからね。彼等が撤退に当たり株の売却先を打診したら、その答えが『大和興産』だったと言うんだ。当局は大日本と極東の統合と併せて再編シナリオを実現しようとしたのさ……」

「どうして？」

「業転の出し元の極東と事後調整の家元大日本を統合すれば一石二鳥だ。業界の二大悪弊を一気に解消できる。大日本も極東の合理化された製油所や効率的なスタンド網が加われば競争力は大幅に上がる」

「それでうちと大和となったのですね」

「大和になった理由は他には無かったんですか？」

「まあ、うちも商社を通じて随分と系列外に玉を流していたからねぇ。大和は逆にショートポジションだったから、こちらも一石二鳥だな」

「なるほど、当局のシナリオは業界体質の強化が狙いでしたものね」

「ところで、その頃社内はどうだったんでしょうか……」

「権藤会長もブリティッシュが近いうちに東洋ユーロ株の売却に動くと見て、スクープの半年以上前から高井執行役員に大和の常務だった後藤さん、今の会長だね、K大学の同級生だった縁で、密かにコンタクトをさせていたらしい」

「そうだったの。それで高井さんが統合検討委員会のトップになったのね」

「ところがその年の秋に権藤会長がシンガポールに呼ばれてブリティッシュの幹部と会っているんだ……。株売却の話だろうな……。多分」

「ふーん、ブリティッシュの狙いは何だったのかしら」

「もちろん早く決めろということだよ。経済新聞の記事によると、彼等は権藤さんに伝えたその日のうちに金融筋を通じて大和に株売却の意思表示をしたらしいからね」

「それじゃぁ初めから全て決まっていたわけですか？」

「自社株買いの選択肢は無かったのかしら？」

「それはもっと早い段階では検討されていたかもしれないね。大和に売却が決まってしまえばその余地は無いよ」

「強《したた》かですね、ブリティッシュは。初めからＴＯＢで高く売り抜けるつもりだったんですよね」

「うちもメインバンクに非公式に資金手当の打診はしたみたいだけどな。Ｍ銀行が前向きに検討したという記事があったと言うね。

彼等は他の共同メイン二行と融資額で競争していたから、多額の追加融資ができるなら悪くない話で、前向きに検討してもおかしくないな。

多分その時の調査をベースに、産業調査部が『大和・東洋ユーロ経営統合に関する考察』という立派なレポートを出したんだろうな。２０１５年統合合意書締結発表の僅か1週間後だ。

そのレポートの『おわりに』の章に一行面白い記述があったよ。『ブリティッシュユーロ石油の株式売却を自社株購入で対応することも可能であった東洋ユーロ石油にとって云々』という件《くだり》だ。彼等は融資の準備はできていたと受け取れる」

「ところがブリティッシュは大和に売却することで2013年に当局と合意していた……。うちには他に選択肢があったのかしら？」

「社内には反大和の役員も居て、実際極東燃料と協業を始めていたし、社外でも極東創業家の中山元社長が強力に反対していたよ。もっとも本音は大日本に統合されたら影響力を失うからだと思うけどね……。

権藤会長は、赤井社長を外して極東協業化を白紙化、大和へハンドルを切った。でも密かにアメリカの投資銀行の助言で、ブリティッシュとの相対取引や大和との単純合併も並行して検討していたらしいね。要は交渉の主導権を握ろうとしていたんじゃないかな……。

製造部門の友人によると、極東とは捺印直前のところまで詰めていたらしいからね。なぜ赤井さんはハンコを捺かなかったのかなぁ、と不思議がっていたよ」

「でもブリティッシュは大和に売却することに決めていた……」

「赤井さんは恐らく権藤会長と対立したんだろうね。彼は極東との協業化を推進して社長に相応しい業績をあげたかったのかもしれないね……」

「ところで販売店筋は大和との統合には反対だったですよね」

沢田君が話題を変え、

「そうだね。全国東洋ユーロ販売店会が、『これからもお客様から支持されてきた最強の東洋ユーロブランドを掲げて東洋ユーロと共に進んで行きたい』と会員向け文書で表明していたからね。

表現は婉曲だけど、このタイミングでこんな文書を出すのは極めて異例だ。大和は特定の大手販売店を使って全国的に強引な増販をしていたからね。販売店もそんな大和のやり方を苦々しく見ていた筈さ。統合で連中がますます幅を利かすようになっては困るからね。危機感も強かったんだろうな」

「販売店はそんな思いでいたんですねぇ」

東京支社で販売店向け数量、価格管理をしている遠藤女史は感慨深げだったよ。

「ＴＯＢで大和に買収されるとなったら、販売店は離反しかねないけど、私達だってそうだわ。でも会社は販売店ばかり心配していたのね。失礼しちゃうわ……」

稲田姐さんが、当時を思い出し頬を膨らませたよ。

「まあ、会社の儲けの大半は販売店を通じてあげているしね。会社は社員を人件費と見るからな」

俺がうっかりそう言うと、

「社員は経費ではなく資産で〜す」

お嬢が即座に指摘、

「……その通りだね。でも販売店さんからは利益だけでなく、彼等のスタンドや油槽所、ローリーなども利用させてもらっているし、担保で債権リスクもヘッジしている。そして何より販売店さんの社員が頑張ってくれているからね。石油会社にとって販売店は最大の資産だよ」

「確かにそうですね」

営業経験が豊富な沢田君が相槌を打つとみんな沈黙、俺は茶化したよ。

「爺なんか『経営統合』という言葉を聞いた時には、かつての大本営発表を思い出したな。負け戦の『撤退』を『転進』などと言って誑かして、大敗戦だ」

「大本営??」

松原お嬢が首を傾げ、

「まあ、会社に例えるなら、トップに直属した製造、販売、総合企画、総務、広報、秘書室等々を併せた部署かなぁ」

「なんかとっても凄そうですね～」

飲もうとしていたワインを口元でフリーズ、それを見た遠藤女史が言ったよ。

「松原さん、飲むのか飲まないのかはっきりしてね」

「爺は元々会社発表には懐疑的だったし、社員の目を欺こうとしているんじゃないかと疑っていたよ。

そもそも風岡さんは合併検討委員会のトップ就任を辞退して難局を前に逃げた人だ。そんな人を心から信用できないからな。社長になった時は正直我が社が情けなくなったよ……」

「他に誰かいなかったんですかねぇ……」

「残念ながら……。ただ販売店からの反発をかわすために、大和の大岡社長にはＴＯＢ以外の統合を要求したようだね。ＴＯＢでは系列をまとめきれなかったんだろうな。

そこで大岡さんは『対等の精神で新しい文化を創りましょう』とＴＯＢを撤回したらしいけど、これにはいろいろな意味が込められていたと思うよ。

風岡さんはこれで対等の交渉になると思ったのかもしれないけど……。

大岡さんも創業家を考えると、合併ではなく統合という表現の方が好都合だった筈だし、株を握るまでは便利な表現だよ。彼等は対等の精神で経営統合、なんて玉虫色の表現で交渉を進めようとしたんじゃないかな」

「風岡さんはどうしてそこまでして統合を進めたのかしら……」

女史が尋ねたよ。

「ブリティッシュや大和の意向に従っただけで彼の保身だよ。確信犯さ」

「初めから対等合併などあり得ないことを承知していたのね。それでも東洋ユーロの社長なのかしら」

姐さんはそう言い、一気にグラスを空けたけど、沢田君は冷静だったな。

「大和に株を売るために社長にされたわけですからねぇ」

「彼はそれを手柄に統合後のポストを手に入れたのね……」

女史が呆れると、姐さんが間髪を容れずに言ったよ。

「もっと真面目な人はいなかったの？　うちには」

「そうだな〜。いたとは思うけど、社長を引き継げるくらいのポストには居なかったな。何しろ大黒ワンマン時代にそんな連中は追放されてしまったからな。

生き残った権藤会長も実権を握って日が浅く、高井、風岡を引き上げたけど間もなく失脚してしまったからね。うちは経営の体をなしていなかったよ」

「そうでしたね……。統合前の五、六年は経営陣がコロコロ代わりましたからねぇ。でも風岡さんは支社長や営業担当常務時代にはいつも笑顔で販売店にソフトな印象を与えていましたけど腹の中はどうだったんでしょうか……」

沢田君が呟くと、女史が話題を変え、

「社内では大和以外の選択肢も模索されていたらしいですね……」

「極東燃料との統合問題は最後まで揉めたようだね。取締役の中には極東統合派がいた筈だからね。そこで風岡社長は極東の江藤社長に東洋ユーロとの統合案を出すよう頼んだと言うんだ。まあ、かませ犬だろうけど、その時提案された買い取り単価が１２５０円だった」

「本当ですか！」

「ああ、本当らしいよ」

「どうして実現しなかったんですか？」

「結論から言えば、その後に大和が１３５０円を提示したからだよ。

社長は極東提案を利用して極東統合派を黙らせたのさ。これでブリティッシュは予定通り大和に株式売却を決め、当初のシナリオで収まった。でも１００円差は偶然にしては出来過ぎだな。大和に情報が筒抜けになっていたのかも……」

「正式発表された大和の株式購入単価は１３５０円でしたね。勘繰りたくなりますよね」

斎藤君が改めて数字を繰り返した。

「そうだねぇ。ブリティッシュの意向に沿って進めていた風岡さんは、大和との統合を実現させるため手段を選ばなかった。大岡社長とは一蓮托生だったしね」

「一芝居打ったわけですね！　統合劇の前座で」

沢田君が苦笑し、女史は、

「極東さんの本心はどうだったのかしら？」

「彼等は当時高度化法の設備削減期限を守れなくなり、当局から厳しい指摘を受けていたみたいだな。どうも極東側の法律解釈に齟齬があったらしいよ……。

前提となる二次装置の稼働がうまくいってなかったみたいで、二次装置を拡張した責任者だった江藤社長はその解決を最優先したかったんじゃないかな。

もともと彼はゼネラルエネルギー出身で当局寄りと言われていたからね。東洋ユーロとの統合には積極的では無かったようだ。社内も当て馬にされるだけだという冷めた評価だったらしい」

「当て馬ですか〜」

お嬢が言うとすかさず姐さんが、

「まあ、引き立て役、といったところね。爺そうよね」

「うん。その通り。で、当局もこの高度化法を盾にとってプレッシャーをかければ、余剰設備を多く抱えている大日本との統合に向かうと読んでいた筈さ。彼等に抜かりはないよ」

すると女史が、

「極東統合派を抑え込むために一芝居打ったわけで、きっと誰かの入れ知恵よ」

と推測、今度は沢田君が話の角度を変え、

「大和はそんなうちの動きを知っていたのでしょうか……」

「大岡社長はそれを察知していたようで、その頃ブリティッシュやサウジ石油公社の幹部に立て続けに会って支持を取り付けていた、と言うね。その際ブリティッシュに提示した単価が1350円だった。

風岡さんは株を大和に売却するために社長にしてもらったわけだから、大岡さんに情報を流していても不思議じゃないし、大岡さんだって引くわけにはいかないよ」

すると眠そうにしていたお嬢が欠伸を噛み殺しながら、

「まだあるんですか〜」

「まあ。寝ているのかと思ったら、起きていたのね！」

女史が笑うと、

「寝てなんかいません！　飽きただけで～す」

「う～ん。もう少しだからね。グラスも空だよ～。

権藤さんの後を受けて始めた交渉だけど、風岡社長は夏を迎えてもなかなか決断できずにいた。痺れをきらしたブリティッシュは、7月30日、日本時間午後5時にロンドンでプールドCEOが株式売却を発表する、と伝えてきたと言うね。

それで大和の大岡さんと話したところ、彼は一人でも夕方記者会見で株式購入を発表する、と返事をしたらしい。これで逃げられなくなった風岡社長は決断せざるを得なくなった……。爺はその日の午後3時頃には経済新聞デジタルニュースでこの会見があることを知っていたよ。

でも社内の管理職には知らされずにいたので、夕方急遽集められ社長から伝えられたのだから情けなかったよ。

結局風岡社長は大岡社長と一緒に記者会見することになり、当初予定から1時間も遅れて発表。対等の精神で交渉、当面東洋ユーロブランドの維持で合意、記者会見でもほぼその通りの話だった」

「まさにドタバタ劇だったんですね」

沢田君が苦笑、斎藤君は、

「基本合意で『対等の精神』で『統合』し、当面は『ブランド維持』の条件を発表し風岡さんも何とか面子を保ったわけですが、直後に販売店が文書を出して婉曲に反対した……」

「風岡さんの枕詞だった『対等の精神』は、販売店からも信用されなかったのね。もともと大和の大岡さんから出たフレーズだった言葉だし……。

大岡さんもTOBを取り下げ、対等の精神と言ったり、１３５０円を提示したりで必死に統合を進めていたのね」

女史が思い出すように言い、姐さんは、

「基本合意書が結ばれ、統合方式も『合併』と決まったのに、創業家が大反対したのはどうしてかしら……」

「7月の基本合意と11月の基本合意書と何が違ったの～。どっちも対等の精神なのに～」

とお嬢も首を傾げたので、

「創業家は『対等の精神』という表現に反発したと言われていたけど、本当は統合方式が『合併』となったからだよ」

「え～。どうしてですか～」

お嬢は依然として空のワイングラスを片手に持っていたな……。

「合併すれば、筆頭株主としての支配力を失うからね。それを正面切って言うわけにいかないので、『対等の精神』という表現を捕まえて『創業理念の希薄化』を表の理由にしたのさ。その他の理由はこじつけだ」

「でも～。爺はどうしてそんなことが分かるの～」

お嬢は首を傾げ、俺は冷たい白ワインを注いであげ、

「創業家は、この基本合意書締結の翌月に統合反対の『意見書』を出して、企業文化の大きな違いやイランとサウジの国交断絶問題を指摘し、その最後に『この際』創業家からも取締役を参加させたい、とあったそうだ。これが本音だよ。

でも相手にされず、その後も組合の存在や韓国Sオイルの事例まで持ち出して反対を続けた……」

「取締役？」

沢田君が訊き返し、

「うん。ある記事によると、次男の社長を要求したらしい……」

すると姐さんが目を丸くしたよ。

「え～！　だって何か問題があって、管理職にもなれなかったらしいわよ」

「次男の話はうちの会社でもけっこう知られていたわね。優秀なら創業家以外でも何人も社長になっていたんじゃないかしら」

女史が指摘、

「そうだね。それに相応しい人なら社長になっている。ただ次男は話にならなかった……。

創業家は合併反対に乗じて無茶な要求をしたわけで、筆頭株主の立場を濫用したんだよ。合併すれば創業家は拒否権を失い影響力は大幅に低下し、永久に息子を経営陣に送り込めなくなる。自分の目の黒いうちに後を継がせたいと血迷ったのさ。何しろ名誉会長夫婦には時間が無いからねぇ……、じっとしていられなくなったんだろうな。老い先短い爺には分かる気がするよ」

するとと沢田君が、

「そこから紆余曲折の果てに、村山裁定で合意に辿り着いたわけですね。非常勤と社外とはいえ創業家側から二名の取締役を推薦できるのですからある程度の主張は通したということですかね」

「次男の社長要求は暴走としか思えないけど、取締役二名はかなりの成果じゃないかな……」

「次男の社長なんてどこから出てきたんですかねぇ」

「筆頭株主だからといって何をしてもいいわけじゃないですよね」

「そうよ。それで反って拗れたんじゃないの。代理人の弁護士は条件の問題ではない、なんて言っていたのに……」

「どんなことにも表と裏があるからねぇ。特にこの弁護士は大蔵官僚から国会議員を経て弁護士になった大狸だからねぇ。腹に何があったかわからんよ。何しろこの弁護士を紹介したのは極東の中山元社長らしいからねぇ……。

彼は弁護士を介して創業家に徹底的に反対をさせただけでなく、安倍総理のブレーンの立場で官製統合をすすめる当局の人事にまで介入したと言われていたからねぇ。大変な執念だよ……」

「でもその弁護士も1年くらいで突然辞任しちゃった……」

「妥協案として常務取締役でどうか、と創業家に内々に持ちかけたら、次男達の逆鱗に触れて解雇されたみたいだ」

「まあ、次男ってそんなに力をもっていたの？」

「大和名誉会長は高齢で、拗れ切った関係に疲れ交渉の主導権を夫人や次男に握られていた、なんて言われていたからねぇ。家族会議にも出なくなっていたらしい。それに夫人は大和のイメルダと言われていたらしいし……」

「そこまで対立したのに最後には長男が非常勤取締役に入ったりして、この会社は本当に大丈夫なのかしら……」

「まあ、会社側も曲者弁護士が辞めて次男を排除したので、妥協として長男を受け入れたんだろうね。

あの弁護士事務所は相当経営が苦しかったようだし、実際彼がこの数年後に亡くなった途端破産したよ……。

創業家は会社から大きな譲歩を勝ち取ったし、長い間対立してきた大岡さんが、統合1年で顧問に退くことで溜飲を下げたんじゃないかな。関口副社長も早々に退任していたしね」

「ところで、創業家の推薦する二名の取締役って何時までいるのかしら」

「う～む。創業家の出資比率が大きく変動しない限り、と大和のホームページにも掲載されていたな。まあ、半永久的に続くんじゃない……」

「それじぁ今の会社は統合前の大和とどう違うの？」

「創業家は拒否権を失ったけど、依然として筆頭株主だし、非常勤と社外で取締役を二名推薦する権利を得、株主への還元を大幅に増やすことも約束された、なんかごね得した感じだねぇ。大和鳴動役員二名、先祖返りの一席、お後は変わりませんようで……、といったところかねぇ」

「そういえば大和は自社株買いもすることになっていましたね」

「そうだったね。まず東洋ユーロ株に割り当てる株の一部はそれで賄ったからね。その後も利益の半分は配当や自社株買いで株主に還元する約束だし随分と譲歩したよ。水面下で何かあったんじゃないかな……。

自社株買いは創業家の比率を30％まで戻すための裏約束じゃないか、なんて言われたからねぇ。創業家との約束は最優先ということだ……。

実際統合後の初決算では、利益が上がらなかったのに増配したからね。この約束が経営の重荷になっていないか心配だね」

「結局創業家は大した損をしてないのね。会社だってうちの財務や効率的な製油所とスタンド網、それに私達みたいな優秀な人材を手に入れ文句ないわよね」

「まあ、そうだな……」

「それじゃぁ誰が損したのかしら～」

「……」

「……」

一瞬気まずい沈黙になり、沢田君がすぐ話題を変え、

「それにしてもよく増資という強硬手段に踏み切りましたよね」

「そうだったねぇ。あれは大きな問題を提起したな」

「確か２０１７年7月、総会直後でしたね」

斎藤君が正確な時期をフォロー、

「うん総会の直後だったね。ついに伝家の宝刀を抜いたわけだ。２年も平行線でいる間に大日本の極東統合があり大岡社長も危機感を持ったんだろうな……。もっともうちは黙って観ているしかなかったけどね」

「うちはどうして簡単に系列化を受け入れてしまったんですか？」

斎藤君が訝ったよ。

「大和がうちの株を取得した時に、うちも20％程度大和株を買い相互に株を持ち合う資本業務

提携が検討されたんだね。これなら総会マターじゃないし、対等の精神を資本面で担保できる。経済新聞によると、大和が取得した株のうち8%程度を信託銀行に預け、東洋ユーロの議決権を維持し、うちも大和株をマーケットで購入、或は増資を引き受ける、そんな内容だったよ。ただ、この時の増資はどうも第三者割当を考えていたようだ。

ところが、統合前に多額のキャッシュアウトは避けるべきとか、増資は創業家から訴えられたら負けるかもしれないとかで実現しなかった。

一方的に31%の株を握られてからは単に大和の系列会社、正確に言うと持ち分法適用会社になってしまい、対等の立場を失った痛恨事だったよ。以降『対等』は単なるお題目に過ぎなくなって絵に描いた餅だ」

「そういえば、その頃の統合説明会で社長は、資金面や係争のリスクの他にも統合に大反対する創業家が大株主として残れば、スムーズな経営ができない、なんて説明もしていましたね」

「この時資本提携することが対等合併を実現する唯一の方法で、うちは資金面でも充分対応できた筈だし、増資も公募であれば問題なかった。風岡社長がそれを知りながらやり過ごしたなら保身のために会社を売ったのも同然だし、知らなかったのなら社長失格だ。

そんな失態を恥じることも無くその後も対等の精神という旗印を下ろさなかった。下ろせば責任を問われるからな。それでただの業務提携で誤魔化したのさ。

大和は東洋ユーロを傘下に収め、後は創業家をどう押し切るかに集中でき、一応総会の社長信任率を確認した上で公募増資に踏み切ったのさ。

元々大岡社長は統合の無期延期を発表した際に、『だからといって3年も4年も先送りするわけではない。1年程度を目途と考えている』と言っていたよね。この時から彼の頭には既に公募増資があったんじゃないのかな……。でも資本提携の検討では第三者割当と言って風岡さんを誑かした……」

「騙されたのね！」

「というより大和のシナリオに乗って保身を図ったんじゃないの……」

「いずれにしろ公募増資で株式持ち合いを実現すればこんなことにはならなかった」

「ところで創業家は公募増資に何故応じなかったのですか？」

「いい質問だね。大和は主要金融機関に対して創業家に資金提供しないよう根回しをしていたからで、周到に準備していたのさ。

でも裁判では、東洋ユーロ株購入資金の返済という主目的が認められたけどその他の理由は否認されたし、増資には創業家の影響力を薄める目的もあった、と厳しい指摘も受けた。見え見えの増資だったからな。株価は一気に4％程度下がって年初来の最安値を付けたよ。経営陣はどう思っていたのかね。

株主の利益に反する上に、借金返済を主目的にすればいつでも増資で創業家を追い落とせる前例を作った。しかも総会直後の不意打ちだったからな。手段を選ばない経営者の本性が現れたな……。

統合無期延期の発表の時には、粘り強く説得するなんて綺麗ごとを並べていたけど、本心はその反対で、初めから袈裟の下に鎧を纏《まと》っていたのさ。そんな連中を見抜けなかったうちのトップはやっぱり落第だよ」

じっと聴いていた沢田君が、

「要するに、創業家の反対を押し切るための公募増資だったわけで、主目的ルールを悪用した！　こんなことが本当に許されたんですねぇ……」

「う〜ん。専門家によると『善管注意義務違反』に問われる可能性も無いとは言えない、そうだけどね。

中長期的には企業価値が上がり株価も回復する、それで正当化できるんだろうな……。でも騙し討ち増資ではあったよ」

静かに聴いていた斎藤君が正確にフォロー、

「発行済株式の30％に当たる４８００万株を新規発行した結果、創業家の比率は26％台に落ちました」

「ところでその時うちの株価はどうだったんですかね？」

姐さんが興味深そうに尋ね、

「市場は、増資で統合が前進すると評価、20％近く上がって2年振りの高値を付けたよ」

「ひぃえ〜。買っとけばよかった！」

柄にもなく儲け損なったと言わんばかりに言い、

「自社株買い！」

ワインでいい気分になったのか、お嬢が叫んだ。

「その後も創業家はあくまで反対の意思表示として年末までに株式を買い増して28％程度まで比率を上げた。その資金200億の手当に大和株1100万株を担保にしたというからその執念には驚かされたね。

ただ、大和が手を回していた主要銀行は融資に応じなかったから、この時資金調達の一部を旧村山ファンドの村山に依存したと言われているよ。この時から創業家と繋がりができたらしい」

すると、斎藤君が、

「へー。彼はとっくに隠居した筈じゃなかったんですか？」

「寝た振りをしていても鼻だけは利かしていたのさ。ハゲタカだからな。

だから2017年末頃には創業家と関係はできていて、翌年初めに個人で1％弱、グループも含めると2％程度の株を購入した、と言われていたよ」

「ハゲタカが獲物の臭いを嗅ぎつけて動き始めたわけですね」

と沢田君が加わり、遠藤女史も、

「それじゃ彼はどんな狙いで株を持ったのかしら？」

「まあ綺麗事しか表には出なかったけど、一番は金儲けに決まっているさ。ただこの1～2％は大きな意味を持っていたんじゃないかな。

当時香港の投資ファンドも４％程度の株を所有していて、進まない統合に業を煮やし、大和にＴＯＢをするよう強硬に主張していたからね。

村山が彼等やあるいは創業家と連携することになればとても厄介だ。間接的な圧力になったと思うよ。

大岡社長もこれ以上対立を続ければ、社内のＴＯＢ推進派を抑えられなくなるリスクもあり大幅な譲歩で収束を急いだ……」

「村山氏はそこに付け込んで有利な妥協条件を引き出し自分も大儲け……」

沢田君が呟き、斎藤君は、

「創業家だって妥協しないでＴＯＢになれば影響力を決定的に失いますからね」

「村山は両者に恩を売りながら妥協させて、その裏で大儲けしたわけだ。特に『今後5年間利益の50％は株主に配当や自社株買いで還元する』という約束をさせたことは大きかったんじゃないかな」

「そういうことだったんですね。会社に恩を売り、破格の条件を引き出して創業家を説得した。条件闘争そのものでしたね」

稲田姐さんが呆れながら空いたグラスにワインを注いだ。

「まあ、あんなお粗末な交渉をしていれば、村山が一儲けしたくなっても不思議は無いよ。何といっても当局時代の古証文で仲裁したんだからねぇ」

「古証文？」

女史が首を傾げ、

「彼はかつて当局で石油業界を担当していた時に、二社体制でいい、なんて言っていたんだ」

「つまり、一儲けするための口実にそれを利用したんだよ」

「もの言う株主なんて言われているけど、ものを言われる隙を天下に晒していたんですからねぇ」

「それを見逃さずに集《たか》るからハゲタカなんて言われるのね」

「集る方が悪いのか、集られる方が悪いのか……」

「集られる方が悪いに決まっているよ。そんな隙を見せたわけだから」

「うちはそんな会社に買収されてしまったんですね〜」

最後にお嬢が天然の一言、みんな言葉を失い、女史が気を取り直し、

「ところで大日本の極東統合が大きな影響を与えましたよね」

「そうだったわねぇ。交渉が暗礁に乗り上げていた最中に突風が吹いた感じだったわ」

姐さんが言うと、斎藤君は記憶の確かなところを見せ、

「大日本は2016年8月末に、翌年4月に極東と統合すると発表、一方、9月には大和販売店から『具申書』が出され、経営陣と創業家が話し合いをして統合を実現して欲しい、と要請しましたね」

「そうだったねぇ。大家族主義の親が子供に諭され情けなかったけど、販売店の危機感が正常で、所詮家族主義なんて利害が対立すれば空念仏に過ぎなかった。皮肉な話だけどこの危機感がフォローの風になったよね。

最大のライバル大日本がガソリンシェア50%を超えることが確実になったのに、大和は総会で社長が60%余りの信任を得たなんて言っていたわけだからねぇ、完全に一周遅れにされてしまったよ。

いつまでも対立を続けていては勝負にならなくなる、経営陣の危機感も一気に高まり、増資を強行したんだろうな……。

でもこれで対立は決定的になり、皮肉にもさらに統合が遅れた挙句、最後にまとめてそのツケを払わされた……」

「爺、少しクールダウンしないと危ないわよ」

姐さんが冷たいワインを注いでくれ、お嬢は、

「爺はしゃべり続けで疲れますよ〜」

静かに聴いていた沢田君は、

「当局とブリティッシュの連携に大和が加わり完全に包囲されていたんですね。極東との協業を始めた頃には水面下で潮目が変わっていた。協業も徒花だった……」

「うちも極東も外資の下《もと》で長年合理化を進めていたし、合理主義的企業文化も親和性が高く、製油所の配置や装置構成で相互補完関係もあり、ガソリン販売力も強かった、大きな相乗効果が期待されたんじゃないかな……」

「ところが大和との統合へ急ハンドルが切られて、極東推進派は梯子を外されてしまったのね」

女史が後を引き継ぎ、

「そうだね。何といってもうちはブリティッシュの意向に反して進むことはできないからね。極東だってうちの動きがおかしいと感じたんじゃないかな……。

協業が始まった途端赤井社長が外れてしまったんだから。これでは統合なんてできないよ」

「自社株買いも極東との統合も初めから目は無かったのねぇ」

「多分。ブリティッシュは当局の意向を確認した後は、それに沿って話を進める体制を整えていたからね。選択肢は無かった……」

「2013~2014年に赤井社長が外され、その1年後には権藤会長が外れ、風岡さんが社長に……。会社はどうなるのかと思っていたら大和に買収されてしまった」

「彼がトップになったのは大和に株を売却するためだったからね」

「当局はあくまで極東との協業化は認めなかったわけですねぇ」

「その動きは潰そうと思っていた筈だよ。ところが大和との交渉を始めた権藤さんは駆け引きで時間を喰い、ブリティッシュはしびれを切らした……。

そこへ経済新聞のスクープや怪文書で揺さぶられたわけだけど、特に怪文書は権藤さんを狙い撃ちだ。東洋ユーロに情報提供者がいたとしか思えない。権藤さんもこれではダメだ」

「社内の情報が漏れていた……」

「結局権藤会長はブリティッシュに責任を問われたんだろうけど、スクープや怪文書は誰が仕掛けたのですかね……」

「ブリティッシュは人事権を握っているからそんな必要は無いですよね……」

「残るのは当局だな」

「撤退するブリティッシュユーロ石油も官製再編を進める当局も東洋ユーロのことなど考えないわね。結局私達のことは誰も考えない、風岡社長もね……」

「でも販売店の離反を抑えなければ進めない」

「彼が唯一気にかけていた点かな……」

「ブリティッシュは大和に株を売却すればいい。風岡社長は無事にそれを実現しなければ外される」

「だから保身のために、『大和との統合が最善の選択』、『対等の精神』、『統合の方針は微動だにしない』なんて言い続けたんですかねぇ」

「まあ、本音を口にするトップなんて居ないからね。でも社員もバカじゃないからな。虫のいいことばかり言っていると思ったよ。

最初のスクープから4年半もかけて漸く統合に漕ぎ着けたら、そこは大和の植民地だった……。その後は一方的に人事権を握られ急速に大和支配が進んだ……。

1年間代表取締役に居座った風岡さんは何の功績だったのかね。大和にとっては貢献度大だけど、社員にとってはその逆だ……」

「買収されて雇用が維持されただけでは本当に嫌になりますよね」

それまで黙って聴いていた斎藤君がうんざりしたように言ったよ……。

「う～ん、残念だったね。交渉する前から選択肢はなかったけど、せめて対等の担保だけは確保して欲しかったよ」

「大和は最大の弱点だった財務体質を改善、それだけでも大きな成果でしたね」

女史が指摘、姐さんは、

「結局私達を欺いたのね……」

と独り言、お嬢は、

「創業家の人達はどっちかしら～」

「ある意味彼等も騙されたと言えるかもしれないな。TOBで東洋ユーロを買収すると思っていたのが、あれよあれよというちに『対等の精神で合併』という形で合意してしまったんだからな。だから大反対したのさ。筆頭株主としての影響力を失うからね。ところが経営陣は取り合わなかった、創業家が騙されたと思い込んだとしても不思議じゃないよ」

「でもあの対立には当局もさすがに苦言を呈したみたいだね。筆頭株主の創業家と充分調整できないなんて当局でなくても呆れたよ」

するとと斎藤君が、

「ところで当局は、極東をどう見ていたのでしょうか」

「業転の放出元だよね。だから大日本に吸収させれば、業転と事後調整の同時解消になると思った。業界の体質改善は進んだけど、合理化の進んだ元外資系企業が残らず、遅れていた企業がその恩恵に浴して強化され生き残る、理不尽だね。

公平公正であるべき当局がこんな介入をしたのは偏狭なナショナリズムで、独善だよ。彼等の体質改善こそ急務だな」

「お役人なんていつも勝手なものよ！　綺麗事ばかり並べているけど自分達の出世第一なんだから。私達民草のことは二の次、三の次なのよ」

「あんなに長い間揉めていたのにうちの社長はどう思っていたんですか～」

「何度も言ったでしょ！　微動だにしなかったって」

「まぁ、実際は身動きが取れなくなってしまったのさ。資本提携のチャンスを逃したからな。彼はブリティッシュが筆頭株主の間はブリティッシュに、大和がその株を持てば大和に、所詮風見鶏だよ。全くポリシーが無かった。後付けの説明以外には何も残さなかったよ。風に逆らわずに保身を図った、風岡だけのことはあったよな」

「棚ボタトップですから〜」

「大和はアジアの大型投資で成長拡大を狙ったのに、未だにいい話が伝わってこないですねぇ。本当にこれでいけるのか不安ですよ。万年2位で海外投資も軌道に乗らないのでは……」

沢田君がそう言うと、女史が今度は創業家をバッサリ。

「総会で海外投資の失敗と言って経営陣を厳しく追及したのに、実際はどうでもよかったのね。自分達の利権さえ守れれば。だから大きな譲歩を引き出した後は知らん顔」

すると斎藤君が冷静に言ったよ。

「脱炭素の動きがこれからアジア諸国にも急速に広がっていくことが予想されますから石油需要も当初想定していた程伸びない可能性が出ていますし、果たして中長期的にペイするか疑問が残りますね……。こんな大和にうちの株を斡旋して当局は勝手なものですねぇ」

「外資系は長年当局の意向に協力的じゃ無かったからその意趣返しさ。

どんな業界再編でも当局と大手が水面下で根回しするのはしょうがないけど、旧外資系を民族系大手に統合させるような官製再編を強制したのは彼等の驕りだよ。

もともと外資は独禁法遵守には厳しかったし、当局との関係も積極的には築けないよ。でもメジャーの傘下にいる間は通用した……。ところがその傘が外れれば話は別さ。対応を変えないとね」

「メジャーの後ろ盾が無くなれば当局は何とでもできると思っていたのよ。大日本はどう思ったのかしらね……」

「大和との統合が発表された2015年7月30日は、大日本が全国販売店会を開いていて、メディアからこの情報をもたらされた杉林社長は、『業界が動くときはチャンスだ！　絶対にトップの座は譲りません！』と言ったそうですね。

この発言を聞けば次の動きも予測できたんじゃないですか。業界首位の座を守るために何度も統合を繰り返してきた会社ですから。

うちは極東の目が無くなった時点で、逆に大和ともっと前向きに交渉するべきだったんじゃないですか。ブリティッシュが撤退してもサウジという大産油国と結びついた民族系石油会社として当局と積極的に話はできなかったのでしょうか……。彼らを敵にしては勝ち目がないですよ。最低でも資本提携をしておけば対等の統合はできたのに……」

斎藤君はとても残念そうだったな……。

「大日本って合併していたんですか～」

「大日本はね、1999年の四菱石油を統合して業界トップの座を死守してからも、2008

年に九州精製、10年にジャパンエネルギー鉱業を統合したね。

既に極東統合前にマーケットシェアの3分の1を押さえていたから、業界再編も自信満々だったと思うよ。だから杉林さんはその地位を脅かされれば黙っていない、と宣言したのさ」

「大日本統合史と杉林さんの発言を考えれば次の動きは容易に想定できましたね。大和の大岡さんも統合合意の記者会見で、『これが最終形ではないだろう』と言っていましたし……。つまり第二弾がある、と取れます。大日本だって、極東統合のシナリオなら文句は無いですよ。タイミングを見ていただけじゃないですか。

大和は創業家との対立で暗礁に乗り上げ、うちは系列化されて身動きが取れない。大日本の統合を観ているしかなかった……」

「でもシャイニングエネルギーアライアンスで相乗効果の先取りをしたり、人事交流や融和キャンプで社風の相互理解を深めたりはしていましたよ」

女史が指摘し、

「SEA、あれはその前に検討していた資本業務提携の骨抜きバージョンだよ。提携メリットの大半はショートポジションの大和が享受したんじゃないかな。

人事交流や融和キャンプも大和が東洋ユーロの人材を受け入れるための地ならし、爺にはそう見えたよ。統合すれば彼等が人事を握るわけだからな」

「全ては大和の買収をカモフラージュするためだったのかしらね、今から思えば。実際私たちにはメリットを感じなかったわ」

　女史も振り返った。

「特にＳＥＡはそんな感じが強かったな。資本提携できずに系列化されたことを業務提携で誤魔化したのさ。

　両社は創業家にメリットをアピールするなんて言っていたけど、創業家は自分達の利権を守るため反対していたんだから、統合そのものを認めないのにお門違いだよ。

　ある記事に、創業家は大和が統合せずに進んで業績が厳しくなったら、無配にすればいい、社員のボーナスを10％カットすればいいと言った、と書いてあったぞ。会社の将来展望なんて考えていないよ」

「……」

「……」

　沈黙を振り払うように沢田君が話題を変えたな。

「まあ釣った魚に餌をやる必要は無いので、大和はうちを系列化した後はどう創業家と決着するかに集中できますよね。

　うちも系列化されればトップは大和にますます忖度、迎合しますよ。風岡さんも社員のために体を張る気など無かったでしょうから……。それでも大和の内輪揉めで４年も社長でいたんだから社員のためにもっと貢献して欲しかったですねぇ」

「そうだね。でも彼は御身大切にいけば、統合後には業界大手石油会社代表取締役のポストが待っていたからな。棒に振るようなリスクは取らないよ。大和だって統合しなければ海外事業も新規事業も支えていけない。ところでＳＥＡはその後レビューされたの？」

斎藤君が記憶を確かめるように、

「レビューはされなかったですね。その代わりというか、中期経営計画が策定されましたからそれに代えたということじゃないでしょうか。結果としてアライアンスの話は統合合意で消滅した感じでした」

「あれは資本提携できなかった風岡さんの保身術でもあったのよ」

「営業は、最後まで大和と競争する立場でメリットなんてぜんぜん感じなかったもの」

「うちよりショートポジだった大和にメリットが大きいことは自明だわ」

「出向していたので私はよくわかりませ〜ん」

お嬢の一言で議論は途切れ、

「爺には全てが買収に向けた布石に思えたな……。

ところで当局は当初大日本がうちを統合するという案も出したらしいよ」

「本当ですか？」

皆驚いたように俺を見たね。

「ああ。今度会った時ゆっくり話してやるよ」

すると斎藤君が、

「大和が筆頭株主になってからは明らかに両社の関係が変わったじゃないですか。当然の権利とはいえ、取締役を二名送り込んできて、うちのボードを直接コントロールしていた感じでした」

「持ち分法適用会社になったわけだから仕方ないけどな。問題は取締役会で彼等と『対等の精神』で議論したかどうかだよ。統合説明会の話を聴くとどうもお寒い感じだったけどね」

「やはり資本の論理ってやつですかね」

姐さんが言葉を挟み、

「まあそういうことかな。その後いろいろとあったけど、それが端的に現れたのが統合前に発表された人事だな。

風岡さんは対等な人事を強調していたけど、蓋を開けたら会長も社長も大和だし、非常勤と社外で創業家推薦の二人の取締役が加わったんだからね。どこが対等なのかねぇ。

社外取締役には大和を評価する著作で知られる学者先生が居たし、向こうの言うままだったんじゃないの。その上東洋ユーロの関知しないところで執行役員を何人も増やしたしね。皆《みんな》呆れていたよ。もっとも最終合意書からは対等の精神という文言も消滅していたから仕方がないか……。

今や大和一色になりつつあるのも無理はないな。1年で代表取締役は全員大和になったし、精製子会社も関連会社のトップも全て大和になったね。

人事権を100%握られてはどうにもならないな。元々うちは長い物には巻かれる社風だから、表立って文句は言わないかもしれないが、かなりの忍耐を強いられているんだろうね。もっともそれが嫌な連中はとっくに辞めた……。若手が多かったのは残念だったよね」

「紆余曲折はあったけど結局大和が大きくなっただけ……。うちは跡形も無く消滅。これが『対等の精神』の行き着いた先ね」

女史も諦め顔なので、俺は、

「ところで沢田君、社名もブランドも無くなっちまったけど、仕事もアチラ流になっちゃったの？」

「そうですねぇ、対等の精神は初めから眉唾だとは思っていましたけど、アチラさんの理念もかなりいい加減ですねぇ。なかなか馴染めませんよ。

年始には君が代斉唱したり、幹部は九州の神社にお参りするし、妙な習慣だけは残っている感じです。

家族主義だとか言われていたけどそんな温もりは感じませんね。組合員数も相変わらずで組織率は全然上がっていない……」

「そうか、そうなんだ……。あの統合からそろそろ5年近く経つけど、大和は変わっていないんだねぇ。まあ、企業文化はそう簡単に変わらないということかな。

女性陣はどう？」

「東京支社長は3年前からアチラさんに代わりましたけど忙しさは同じですね」

と女史。

「私が出向しているJ－LPGでは、商権を大和系列ガス会社に移そうとしているみたい。そうなればそちらに異動であまり気乗りしませんね。序列社会でジェンダーの強い組織みたいだし……」

姐さんが心配そうに言い、

「私のところはもう組織が一緒になりましたけどぉ、向こうの子会社に吸収されただけ～」

お嬢もいつのまにか真顔になってそう言ったよ。

「そうか、本丸は既に征圧したので、いよいよ出城の整理に入っているわけだ。全てのポストを召し上げるつもりかなぁ。でもそれじゃ折角新しい血が注入されても何も変わらない……。皆さんは実力もあるしまだ若いから悲観的になることはないよ。遠慮しないで積極的にやって欲しいね。絶対負けないよ！」

「大山さん、僕はもうそんなに若くないですし、多勢に無勢ということもありますので……」

沢田君が苦笑いしながら言い、最近支社の担当課長になったと聞いていたので、

「大丈夫、負けないですよ。担当課長！」

とエールを送ったら、

「組合員減らしですよ……」

と醒めた答えが返ってきたよ。

「社内の雰囲気はどう？」

「私の部門は相変わらずで、とっくに諦めています。でも今の上司は私好みのイケメンですので我慢できます」

女史がニッコリ、ワインで大分解《ほぐ》れてきたな……。

「若いお二人はどう思う？」

「私は大丈夫で～す。うちの課、女性は私一人だから～」

お嬢が最後まで天然振りを発揮、こちらもワインで加速だ。

冷酒を楽しんでいた斎藤君は、

「今日のメンバーの中では一番若いかもしれませんが、結論から言うとそんなことはあまり気にしませんね、僕は。関係ないですよ。

今まで通りにやっているし、これからもそうするだけです。出身がどっちだとか上司が誰だとか関係無いですよ」

ときっぱり言い切りました。

そう……かもしれない。これからの長いサラリーマン人生を前にしてそう言い切れるのは若さの特権だな、そう思いながら暫く若い頃の自分の姿を重ねていたら……。

「豪爺、寝ているの？　いつまでも空っぽのグラス持ったままで！　お代わりは？」

姐さんの声にハッとして我に返り、

「……そうだなぁ、う～ん、それじゃもう一杯だけもらおうか」

「ああよかった！　爺、起きていたのね。何にも言わなくなっちゃったので心配していたのよ！」

笑いながらグラスに白ワインを注いでくれたけど、その頃になると会話も途切れ始め、久し振りの飲み屋談義もそろそろお開きかなと思ったら沢田君が、

「ちょうどいい時間になりましたね。まだまだ話は尽きませんがそろそろお開きにしませんか？」

と声を掛け、小さく一本締め。普段は翌日の予定がないメンバーは二次会に行くけど、この日は週末の予定を口にし、

「今日はお疲れ様でした」

「お気をつけて」

「じゃあまた」

「今度は皆《みんな》でやりましょう」

「是非」

というとで解散したよ。ところがその1カ月後に、

「上司がどっちだなんて関係ないですよ」

と言い切った斎藤君が社を去ることになった。誰一人想像しなかったけどねぇ。

伯父は感慨深げに語ってくれましたが、実はその伯父にとってもこれが最後の居酒屋談義になってしまったのです。

人生は本当に分からないものです……。

16　回顧談、二人きりの同期会

伯父の親友で同期入社の桜田さんからお聞きした話では、亡くなる3週間程前に神田の寿司屋で一緒に飲んだということでした。いつにも増して話に花が咲きなかなか切り上げられなかったそうで、今となっては虫の知らせだったのかもしれない、そんなふうに呟かれたのが心に残りました。

同期会はいつものように二人で、こんなに長く続くのは縁があったという他ないとのことで、かつては3カ月に1回のペースだったということですが、コロナ禍を機に年2回くらいになってしまったそうです。

桜田さんは技術屋一筋で、余計なことは言わないタイプのようでしたが、聞き上手らしく、長年営業で客相手に話す仕事をしてきた伯父とは丁度良い組み合わせだったのかもしれません。

必ずしも意見が一致するわけでもないのに馬が合い長い付き合いになって、会えば近況から始まり盃を傾けていくうちに40年余りを過ごした会社の話に辿り着くそうです。そして大和との統合はいつも話題になり、その日もこんなやり取りから話が始まったといいます……。

「おう」

神田駅西口改札の外でいつものように桜田さんが右手を挙げ、

「待った？」

伯父も訊きますが、約束の時間前でも桜田さんが先に着いているので自然とそうなるそうです。

「いや、俺も今来たところだ」

これも決まり文句で、

「元気？」

「ああ、お蔭様で、そっちは？」

「うん、俺も元気だ」

駅から寿司屋までの数分の間歩きながら挨拶を交わし、寿司屋に着くと伯父が暖簾を少し持ち上げ、

「二人だけど？」

「大丈夫ですよ。カウンターの右奥にちょうど二つ席が空いていますのでそちらへどうぞ。いつもありがとうございます」

入り口に立っている支配人風の男が愛想よく応えます。

「へい、いらっしゃい、今日は何にします？」

カウンターの中から威勢の良い声が掛かりましたが、これもまた聞き慣れた大将の台詞で、

「とりあえず生二つ」

「生は中でよろしいですか？」

「うん、中で」

「ありがとうございます！　カウンター様生中リャン」

「何かつまみます？」

「俺は光り物がいいな。アジ、コハダ、シメサバ……、桜田は？」

「う～ん、貝をもらおうか、アカガイ、アオヤギ、黒アワビ」

「アカ、アオ、クロだな！」

と言って伯父が笑うと、

「おう、偶然だけどな……」

それを聞いた大将もニヤリとし、

「アジ、コハダ、シメサバ、貝はアカ、アオ、クロ……といきたいところだけど、アオヤギは時期じゃねぇんで、白とり貝でどうですか？

ホワイト、レッド、ブラック。それからコハダはシンコでいいですか？」

「おう、任せた！」

「へい、ありがとうございます！」

そして間髪を容れずに、

「へい！　お待ち、生中」

おしぼりの並んだカウンターにジョッキが二つとお通しがほぼ同時に出されました。

「乾杯！」

ジョッキを合わせると、一気に半分ほど空け、フーと息を吐いてから伯父が早速気になっていたことを尋ねたそうです。

「桜田、この間の経済新聞読んだ？」

「ああ、また業界が動くかもね」

「あの統合から4年余りか……。脱炭素の時代に油屋同士が統合だの提携だの言ったって大した話じゃ無いけど、いよいよ二グループに集約されるのかな。ブランドはどうなるのかなぁ、もうどうでもいいか……。

俺達にとってはあの統合で全てが終わった。もっともあれは買収だったけどな」

伯父は、スクープ記事を目にした時から買収されると直感したそうですが、今でも業界の記事を目にすると気になるらしく、開口一番そんな話を持ち出したようです。

「まあ今度の動きは大勢に影響はないと思うけど、あの統合は業界構造を変えた大きな動きだったね」

「あれで民族系3社体制が確立したからな。大和も6300カ所のマークを全て統一、1カ所200万円としてザックリ126億か……。安くはないけどブリティッシュにブランド料を払わなくて済むようになれば1年足らずでペイしたな」

「確かにそうだけど、統合会社のシンボルならもう少し新しいイメージでもよかったんじゃないの」

「まあ、気持ちはわかるけど。あちらさんだって統合については創業家のこともあったからねぇ。大和興産の名前とブランドの維持は当初からの最低条件だったんじゃない……」

伯父はビールを飲み干し、

「桜田、酒にするけどどうする?」

「そうだな、俺も酒にするよ。熱燗でよかったよな、大山も」

「おう、それからつまみを追加しよう」

カウンターの上が寂しくなってきたので促すと、桜田さんは、

「タイとヒラメ」

「おっ、今度はお目出度い組み合わせだな! 俺はマグロとイカ、それから熱燗は二合で」

「そっちも紅白で目出度いな……」

桜田さんもそう言って笑ったそうです。

「カウンターさん、熱燗二合とタイ、ヒラメ、マグロ、イカ、お目出度いもの揃えて頂きましたぁ」

大将の横で握っていた若い衆が、二人の会話を聴いていたようで、調子よく注文を繰り返し

たそうです。

「ところで桜田は製油所長の立場からあの再編劇をどう観ていたの？」

「俺は極東と一緒になると思っていたよ。製油所のロケーションや装置の補完関係がハッキリしていたからな」

「過剰設備問題は？」

「両社の業務提携を進めていく中で解決できたと思うよ」

「そうか、やはりそういうことだったのか……。減少していた需要にも対応できたわけだ。

俺の記憶では、特石法が廃止された95年度は燃料油全体で2億4500万kℓ、高度化法対応期限の2014年度には1億8300万kℓ、つまり20年間で25％も減少した。その後も3500万kℓくらいは減少した。コロナ禍の需要喪失もあったからな」

それを聴いていた若い板前が、

「あの〜、2億キロって想像もつかないんですが、旦那」

「そうだな……。大型タンカー1隻でザックリ30万キロくらいかな。だから年間約700隻、月50〜60隻というところかな」

「ひえ〜。びっくり！　日本はそんなに石油を使っていたんですか！」

「ああ、漁船の燃料もそうだね」

「そうですぁねぇ。漁師さんに頑張ってもらうには旦那たちに支えて頂かないと、俺たちの商売も困っちまいますからねぇ。旦那宜しく頼みますぜ！」

「ああ、といっても俺達はとっくにリタイアしているけどな。それに勤めていた会社も消滅してしまったよ……」

「リタイア！　消滅？」

「油屋が廃れば寿司屋が困る、か……」

カウンターを挟んで一頻《ひとしき》り珍問答をしてから桜田さんは、

「コロナ以降は生活様式そのものが変わってしまったし、電気自動車の普及や脱炭素の動きも予想以上に速くなってきたからねぇ」

石油会社の置かれた厳しい現状に触れ、伯父も、

「何といってもＣＯ^{2}、環境問題がエネルギー消費の大きな課題になっているから、石油会社にはアゲンストの風ばかりだなぁ」

「新生大和の前途は多難だね」

「ところであの合併の利害はともかくとして、やはりうちは統合しなければ生き残れなかったのかなぁ。ユニバーサルは今でも生き残っているし。桜田はその辺りはどう考えていた？」

「そうだなぁ。需要減少はかなり前から想定できていたし、うちの製油所はとっくに対応済みだったからね。

96年に完成した重油分解センターが力を発揮したから大きな問題は無かったね」

「鶴田さんのレガシーか……。業界でも一番進んでいたわけだ。でも特石法が廃止されてガソリンの乱売戦に拍車がかかったからなぁ。製造部門で儲かるガソリンを増産しても利益は想定通り上がらなかった……」

「う〜ん、まあ、そうなんだけど……」

「過当競争は過剰設備がある限りそう簡単には収まらなかったよ。製造部門がいくらコストを下げ、付加価値を上げても乱売戦で利益が圧縮されてしまった、そういうことか……。でもなぁ、販売部門の過当競争と過剰設備問題は表裏一体だよ。ガソリン増産分を売ろうにもスタンド投資は制約されて販売は苦労していたんだ。

それにあの頃はまだ前年を下回るような販売計画を立てることなんて許されなかったし……、まあ他社も同様だろうけど。

販売部門は長年シェアを指標に勝敗を確認していたし、販売規模の維持拡大は装置の稼働率にも貢献すると考えていたからな。

もちろん利益優先だけど、同じ製品を一社だけ高く売れるわけはないし、販売数量を落とせば『売り負け』なんて言われたし、その頃は俺も販売の一線で酷い目に遭っていたよ。

燃料油は既に需要が減少に転じていたけど、収益源のガソリンはその後も10年くらいは伸びていたからな……。ガソリン増産が進んだ分他社より収益性は良かったとは思うけどな。

ただ、為替の大損以後ロンドンから厳しい投資基準でスタンド投資を抑えられ、とても大変だったよ。だから商社経由でノンブランド等の系列外にも売らざるを得ず商社依存を強めた。1650億円は販売部門にも大きな後遺症を残したな。

製造設備の優位性を販売で充分に活かしきれなかったのはそんなこともあったのさ。結局製造と販売はバランス良く強化しないとどちらかに無理がくるのさ」

桜田さんはそれを聴きながら黙って手酌で飲んでいたので、

「過剰設備問題は、稼働率や製販ギャップ、業転商売まで絡んでいたから、各社の利害も複雑でそう簡単には解決できないから、乱売戦は各社我慢比べだったよ。一社だけ降りれば確実にその分他社を利するだけだからな。それに一社で設備廃棄するのはリスクが大きくて踏み切れないよ……。

それでも大和はあの経営危機で古い製油所を閉鎖し、代わりに大日本と製品引き取り契約をしたようだけど必ずしも思い通りの製品を引き取れず苦労したらしいよ。逆に大日本は稼働率を上げられメリットが大きかったんじゃないかな。

だから大和はショートポジション解消の為にいずれ抜本的に動かざるを得ず、それが東洋ユーロの買収だったのさ。

ところが統合4年で山口精製を生産停止したのは予想外だったなぁ。需要減少のしわ寄せをされた感じだな。桜田はどう思った?

いずれにしても製油所を閉鎖したエリアの製品供給をどう確保するかは大きな問題だ。バーター契約なんて当てにはできないからね。統合前数年うちは大日本に締め出されて苦労したかなぁ。

結局、過剰設備の削減・製販ギャップ解消等を同時一体で進めるためには合併・統合しかなかったのかな……。『大和東洋ユーロ』も『大日本極東』もその産物で、減少する需要に適応する生産体制を構築したわけだ」

桜田さんは伯父の長い話も黙って聴いてから、

「確かに西部は意外だったよ。もっとも統合の遥か前にうちは川崎製油所を閉鎖したからな……。どちらも経済性以外の要因が働いたのかもしれんな……。

最近は東亜精製をどうするかも不透明になってきた感じがするしねぇ。大日本知多から石化装置を譲り受けた代償として東亜の分解装置を差し出すんだろうな。

旧東洋ユーロの製油所ばかりで、逆に旧大和の製油所は強化している、いい気持ちはしないね。

もともとうちの川崎は東亜精製の重油分解装置をフル稼働させるためにわざわざ一体化したのに、それを廃止して四日市精製から重油留分を転送するのはどうだったのかね……」

「四日市から阪神地区に加えて京浜地区にも海上転送するようになって桟橋繰りが厳しかったな。直売にいた時は俺も重油の出荷で苦労させられたよ。

権藤さんも風岡さんも製造部門の重要性を殆ど理解していない人だったからねぇ。旧ユーロ系の連中は装置産業の根幹を知らない、だから単独で収益性を維持するより極東と統合して収益性を上げる方がエコノミクスでは優っていることを理解していなかったのかね。

理解していれば、TOBレベルでの自社株買いもジャスティファイできたんじゃないの。社内の権力争いでそんなことを考えなかったとしたら情けないいな。

ブリティッシュユーロ石油にそんな提案をしていれば選択肢は増えたんじゃないかな……。当時1兆円の借入金を抱えていた会社とわざわざ統合しなければならなくなったなんて……、こんな会社と好んで一緒になるところなんて無いよ」

伯父は吐き捨てるように言って、熱燗を二人の猪口に注ぐと、

「うちと大和の統合話がスクープされた時から、急にそのメリットを強調し始めて本当に滑稽だったよ。

その頃俺がいた燃料直売部の全体会議でもそんな説明があったから、俺はストレートに質問したよ。

『両社の統合が大きなメリットを生むという説明ですが、資料では財務面に触れられていないのはどうしてでしょうか？』

大和が大きな借入金を抱えていることはよく知られていたからな。

『私は会社からそのような資料を頂いておりません。今正式にお伝えできるのはこのご説明分が全てです』

『資料など無くても、大和のバランスシートをみれば一目瞭然じゃないですか！』

『私は会社の正式資料に基づき皆さんにご説明するのが役目で、それ以外については何も申し上げられません……』

そんな嚙み合わないやり取りで会議室の空気も白け、これ以上何を訊いても無駄だと思ったよ。このやり取りを聴いていた連中は何も言わないんだ。

上の言うことは全て仰せの通り、という我が社のカルチャーだったな。分かっていても不都合な真実には触れないのさ。

うちは大事な問題をいつもそうやってスルーしてきた、長い物には巻かれろ、だ。

鶴田さんの時代ならもう少し違っていたんじゃないのかな。どうかな、桜田」

そう言って桜田さんの顔を見たそうです。

「うちの上層部は後付けで都合のいい説明ばかりして押し通そうとした感じだったねぇ。少し考えればおかしい所だらけだと思うけど。

下は下で既に上が決めたことに逆らっても始まらない、という習性が染み付いていた……。逆らわないのが一番。サラリーマンは気楽な稼業ということかな」

と桜田さんが応えると、

「会社の一大事にそんな態度でいられるんだから、サラリーマンは図々しい生き物なのかもしれないよ」

「そうかもね……。そろそろ販売の話も聞きたいね……」

「一番儲かるのがガソリンだよな。もっとも予想以上に電気自動車の普及が速いからこれから先は分からんけど。

そういえばテスラは四、五年前に時価総額でトヨタを上回ったよな。もう投資家は内燃機関よりモーターに大きな期待をしているよ。

実際ヨーロッパや中国は電気自動車で覇権争いをする準備を進めているし、急速に状況が変わってきている。統合当時はまだガソリン販売が収益力のバロメーターだったことは確かだけど、うちは大和をだいぶ上回っていた。ガソリンの販売構成比率、一スタンド当たりのガソリン販売量、どちらをとってもね。

そんな大和とどうして販売が統合を進めなければならないのか……、資本の論理とはいえがっかりしたよ。せめて対等の統合だけでも実現して欲しかったよ」

「販売部門もそうだったのかぁ。そうすると、製造、販売、財務等どの部門をとっても負けないのに買収されたということだ」

「ああ、社員の合理化度合いだって圧倒的にうちが進んでいたぜ。なんせあちらは大家族主義だからな」

「家族主義と言うと聞こえはいいけど、理念が合理化を遅らせ、経営危機に陥る過剰投資を招いたんじゃないのかね。理念では会社を制御できなかった証しだよ。そんな創業家が合併反対で理念を強調したのはご都合主義だったね」

「もっともうちだって偉そうなことを言えた義理じゃないけどな。発足以来都合の悪いことはダンマリで誤魔化してきた会社だからな。さすがに1650億の時はそうはいかなかったけど……。その前にも相当額の為替予約損があったという噂を聞いたよ……。

その後も就任数年で出社拒否し辞表を郵送した社長、14年間もワンマン体制で君臨した会長、週刊誌スキャンダルで辞めた社長、その後の傀儡社長、その社長を追い出した二代目ワンマン会長、最後はその失脚でお鉢が回っただけの社長、どう考えたってまともな会社じゃない。

中でも週刊誌スキャンダルは酷かった。記事が出る半年も前に突然社長が辞任、記事が出たら、『一部週刊誌における報道について』という短いコメントで、我が社は無関係と言いながら、職制を通じて口頭の緘口令を出した。こっちが本音さ。

ところが翌月の総会で、大黒会長と営業担当、人事総務担当取締役がいっぺんに退任、常勤取締役が半減。これで経営陣は全く薄っぺらになった……」

「そうだったねぇ。俺達はそれで問題の深刻さを感じたけどね。いずれにしても信頼できるトップは少なかったね……」

二人の話は結局トップマネジメントに恵まれなかった、という点では一致したようです。

「大和に吸収されても代表取締役副会長になり、代表取締役が二人ずつだから対等と強弁した人なんか自分の事しか考えていない典型だね。社員がポストや昇給昇格で苦労させられるのに……」

「まあ、アチラさんのトップは紆余曲折あったけど東洋ユーロを買収し、目的を果たしたわけだからな。それでも創業家と大揉めしたので1年で身を引いてけじめを付けたよな。

うちのトップはまるでお約束みたいな顔で副会長、せめて統合と同時に対等の精神と嘯《うそぶ》いた責任をとって欲しかったな」

「大山、当時うちにそんな人材は居たのかねぇ。俺は思いつかないけど。まあ、社員は白けたね。職を失わなかっただけで、何も得るものは無かった……。

失望したり見限ったりで、結構辞めた社員がいたし、若手が多かった」

「住宅ローンや教育費を考えると我慢するしかなかった中高年層は喜んでいる奴なんて居ないよ。だから統合と同時にリタイアした俺は、『ラッキー』なんて言われたんだよ。笑えない話だけどな」

「彼等も厳しい現実が待ち受けていることくらい分かっていたからね……。

でも大っぴらに不満を言うわけにもいかないしねぇ」

「対等の精神で統合すると言い続けて買収され、彼に対する不信感は相当だったよ。一将功成りて万骨枯る、社員は被害者だ」

「合併して2年で製造関連ポストは子会社社長に至るまで全て取られちまって、どこが対等の精神だったのかね……」

二人の会話が途切れたのを見計らうように大将が、

「旦那、そろそろ何か握りましょうか？　熱燗の方はどうします？」

と声を掛け、カウンターに目をやるとつまみも無くお銚子も空、二人はただ猪口を見つめていただけだったそうです。

「そうだな、そろそろ握ってもらうか。大山」

「ああ、それから熱燗もう一本、今度は一合で、それから特上一人前、足りなければ後から追加するよ」

伯父が思い出したように注文、桜田さんは、

「爺さん二人で一人前がちょうどいいな。好みもいい具合に分かれているし。ヒラメとマグロ、タラバとアマエビ、アカガイとホタテ、ウニとイクラ、エンガワとトロ……」

そう言って笑ったそうです。

程無く握りがカウンターに並び始めしばし舌鼓を打つと、

「95年頃から需要が減少してきたのに過剰設備の抜本的対応は20年近く先送りされてきた。あの過剰設備削減も当局の介入で実現したわけで、役人の手を借りなければ業界の課題を解決できない、情けない経営者揃いだったな……。

その業界体質強化の最後の仕上げが大和との統合だ。平成元禄田舎芝居だったよ」

そう伯父が嘆いたそうですが、桜田さんは冷静だったようで、

「元々当局は戦後石炭から石油に転換を進めた時から民族系企業を保護してきたわけで、脱炭素を控えてもう先送りできないので外資撤退を機に仕掛けたんだろうね」

「そうだな。介入の最後のチャンスだったろうからな。彼等はいつもの決まり文句、石油産業の構造改革を通じてエネルギー安全保障を強化する、そう自分達を正当化していたのさ。うちも極東も外資が撤退すれば民族系だよ……。

当局は外資系には長年苦い思いをしてきたんだろうな。あのシナリオでは大日本を主役に大和を準主役、旧外資系は仇役だな」

「まあ、そんなところだったのかな。元々彼等は長い間業界に介入してきたからね。あの時もエネルギー供給の安全保障を名目にして正義の味方のつもりだったんじゃないのかね。実際は民族系の保護で自由競争を歪めてきたのに……」

「当局の介入が長年業界の合理化を遅らせたのさ。偏狭なナショナリズムだよ。

うちのトップはその辺りを理解していたのかね。社内の争いばかりで後れをとったわけで、もっと早くブリティッシュに働きかけなかったから当局に付け込まれたんだよ」

「そうかもしれない……」

「当局は水面下で株の斡旋までしておいて、自分達のシナリオが無謬性に立脚しているかのような顔をしていたんだからな。アホらしい」

「そこへいくと大日本は一歩先んじていたね」

「大日本の大村会長は極東を統合する前年、石連会長として総合資源エネルギー調査会の席上で『再編は個々の企業の判断に任せるべき』と敢えて言って、当局にあまり出過ぎたことはするなと牽制した。東洋ユーロ株を大和に斡旋したのを知っていたのかねぇ……。

彼等は規制緩和で長い間競争を煽って、それでも業界の構造改善が進まないと見るや、手のひらを返して高度化法による規制で介入、その上株の斡旋までした、目に余ったのかな……。

大日本はその一方で渡辺名誉会長が特石法制定を逆手にとって、当局に対して各社の設備削減率を定めることを要請、有利になるように裏工作していたらしいぞ。

渡辺さんは安倍総理と一緒にゴルフをする程親しかったし、経団連副会長の立場もあって影響力があったんじゃないかな。大日本に棲みついた『妖怪』だけのことはあったな」

「裏で渡辺さんが工作し、表では大村さんが牽制する、当局の体質をよく知った大日本の面目躍如だね。もっともその妖怪も統合再編を見届けるようにして鬼籍へ去ったね」

「うちの連中は井の中しか見ていなかったから大海の動きに疎かった……」

「ところで、協業化を進めていた極東の本心はどうだったのかなぁ」

「江藤社長はゼネラルエネルギー出身だったし、当局に近いと言われていたからねぇ。官製再編に反対する極東創業家の中山元社長とは立場が違ったんだろうな。

いずれにしろ、銀行借り入れで３００億の自社株買いをして、財務的には余裕は無かったと思うけどね。借入金返済のために優良子会社の株を売却したらしいからな。自社株買いでフリーハンドを手にして、うちとの協業化を選択したんじゃないのかな……」

「ふぅ～ん、ブリティッシュが撤退した暁にはうちと統合することを考えていた連中がいたとしても不思議ではないね……。

ところが協業化を始めて間もなく赤井社長が外れてしまい、見切りをつけて四井石油を買収した。社長が突然外されるような会社じゃ信用できないからね。極東が離れれば当局の狙い通りになる……」

「何しろ２０１３年にブリティッシュは当局を訪れて株の売り先を単刀直入に確認したらしいな。燃料部長はすかさず『大和』と応えたそうだからな。

想像だけど、その条件がＴＯＢに応じることだったんじゃないかな……。

そこで彼等はその翌年赤井さんが外れるとウッズ副社長に代表権を与えボードの多数を押さえた……。これで大和への売却は確実になったのさ。

そしてこの時から当局、ブリティッシュそして大和の出来レースが成立、うちは袋のネズミさ。再編の流れも一気に早まり後は大和がうちをいかに統合するかだけだった……」

「ブリティッシュがうちの株売却先のお伺いを立てたというより、当局から働きかけられたんだろうな。どう考えても権限を逸脱しているよね」

「彼奴等《あいつら》は『ノートリアスＭＥＴＩ』だからな。何といっても自分達の出世がかかっていたんだろうし……。

大日本は極東を統合すれば文句はないよ。極東側で反発したのは元社長の中山さんくらいじゃなかったのかな。当局はうちを大日本に吸収させようという案も考えていたらしいけど、反対されたようだな」

「ほ〜う、どうしてだい？」

「大日本の渡辺さんがノー、で流れたらしいよ」

「また渡辺さんか！　……で、どうしてノーだったの？」

「彼は、うちが大黒、権藤と長い間業界協調には非協力的だったので、強い不信感を持っていたらしいよ」

「ふ〜ん。確かに大日本の思うようには動かなかったね。大日本を出し抜いても自分の利益を優先したからね。それに比べて極東のトップは御しやすいということだったのかね……」

「まあ、そういうことだろうな。それに江藤社長は当局に協調的だと言われていたし、大日本と統合しても製造部門で主導権を握れると思ったのかもしれないな。でも全く存在感の無い３年を過ごして精製子会社へ外されたな」

「当局は、大日本に極東燃料、大和に東洋ユーロを統合させる、というシナリオで再編を完成させるつもりだった……」

「そういうことだ。当局もこんなチャンスは二度と無いと思っただろうからな」

「ブリティッシュユーロも狡猾だったね」

「そうだな。アメリカンは随分乱暴に撤退したけど、ブリティッシュは当局の意向に応える形で撤退を進めたからな……。

彼等は権藤会長に株式売却を指示する一方、金融機関を通じて大和に話を伝えたというんだから影の主役だ。満を持して株式売却に動いた。

彼等は当局が隠然たる影響力を持っていることを熟知していたからな。ある意味うちの経営陣なんかよりしっかり認識していたよ。

何といっても大和のTOBに応じれば市場価格より2割は高く株を売れるし、日本は将来LNGの有望なマーケットだから不満の無い取り引きだな。

ところが権藤さんはこの期に及んでもアメリカの投資銀行から株の相対取引や単純合併のアドバイスを受けていたらしい……。

自社株買いなら、1200億か1300億だろう、うちが手当できない額ではなかったけど……。M銀行に非公式に打診したようだな……」

「ブリティッシュが許す筈は無いのに……。大和との交渉が拗れるだけだったんじゃないのかね」

「俺の想像だけど、大和に主導権を握られたまま統合になれば権藤さんはワンマン体制どころか実権を失うかもしれないからな。でも結局顧問に外され全てを失った。保身の駆け引きが過ぎたんじゃないかな……。

だからその後にはブリティッシュの意思を忠実に実行する風岡さんが社長になったのさ……」

「つまり風岡さんは大和に株売却を実現するために社長にされた……」

「そこで社内の反大和派を抑え込むため、協業化を止めた筈の極東に統合案を出させたというから相当な心臓だよ。その買い取り価格は1250円だったというね。

当時の市場価格より20％程高い価格でそれなりのレベルだったけど、その直後に大和が提示した単価は1350円、これで勝負あった。反大和派は敗北、風岡社長が主導権を握った。彼は極東を当て馬に利用して大和との統合を決定付けた。

その一方で社内外の動揺を抑えるため、『対等の精神』を強調したんだよ」

「ところが資本提携を逸して系列化され、当初合意書で決めた合併は消滅、これで統合の実態は買収に変わった」

「これでうちの運命が決まった……。元々大和にとってTOBでは資金負担が大き過ぎたからな。これで系列化できるなら損は無い」

「でも俺が聞いていた話だと、赤井社長が極東燃料と契約書に捺印する寸前までいっていた、ということだったからなぁ。大和の話が進みだしたときにはかなり違和感があったね」

「多分それも事実だろうな。でもその頃急ハンドルが切られて、大和との話を急いで進めることになった……。ある意味赤井社長は梯子を外されたと言えるのかな。

もっとも権藤会長もスクープで交渉が頓挫、外されてしまったしな……。風岡さんじゃあ大和に太刀打ちできないよ。うちの経営陣は一番大切な時に相応しい人材が枯渇していた……。これは致命的だったな」

「そうだな。ところで権藤さんと一蓮托生で外された高井は俺もよく知っていたけど、彼奴とは全く意見が合わなかったんだ。彼は川崎製油所の閉鎖やソーラーパネル事業の大投資にも賛成したというからな……。もっともそれで権藤会長に引き上げられてナンバーツーにまで出世して大事な交渉窓口を任されたんだろうねぇ」

「彼は技術屋でも合理性よりそっちを選択した！」

「極東との提携は、製造の相互補完性が高かったし、元外資系同士で経済合理性優先の価値観は親和性があったと思うけどね。一緒になればさらに競争力を高められたよ」

桜田さんは技術面で極東の装置評価などもしていたと言い、その辺りは確信を持っていたようです。

一方伯父はこう言ったそうです。

「桜田。何といっても筆頭株主の意向には逆らえないということだ。それも当局と握っていたんだからな。うちは当局とブリティッシュの挟み撃ちで、経営陣の動きもちぐはぐ、まともな交渉ができる筈はないよ。勝ち組になれる実力は無かったのさ」

「権藤さんは日頃から当局を軽く見ていた節があったからね。ブリティッシュの傘の下にいた時はそれでもよかったんだろうけど……。

それが外れる時に慌てて当局と接触しても相手にされないよね。彼等の狙いをもっと深刻に受け止めるべきだったんだ……」

「まあ、ワンマンだったからな。いざ鎌倉という時の感度が鈍かったのさ。大和に対してうちに最初の社長ポストをよこせ、その後一年交代でどうだ、などと高井さんに提案させたらしいからな。もっともこれは怪文書の話だけど……。

本当なら勘違いも甚だしいよ。ＴＯＢや買収をどう免れるか、その上でうちの利益をどう守るか、それが彼の役目だよ。

怪文書には他にも、ブリティッシュがうちの販売子会社の大赤字に激怒したとか、ユーロパワーガソリン導入の遅れを責められ、ムッとした権藤さんが会社のＩＤストラップをユーロパワーから東洋ユーロ石油に代えさせた、なんていうエピソードまで暴露されていて、身内からのリークがあったことは間違いないな」

「社内には反権藤もいたんだろうからねぇ……。

大山、喋ってばかりいるからすっかり酒が温《ぬる》くなっちゃったぞ」

そう言って桜田さんがお銚子を伯父の前に突き出して揺らすと、

「おう、すまん、すまん、大将、熱燗もう一本！」

と言って、温くなった酒を一気に口の中へ放り込み、カウンターに並んだ握りを立て続けに

口に運び、

「大将！　やっぱり熱燗2本にして」

そう言ってニヤッと笑ったそうです。

「大山、うちは本当に統合で活路を見出すしかなかったのかなぁ。業界トップクラスの収益性だったし、単独で勝ち残ることもできたと思うんだけど……。実際ユニバーサルは今生き残っている」

「う〜ん、単独でいた方が収益力は高かっただろうなぁ。ユニバーサルは大日本と業務提携しているから関係が切れなければ生きられるよ。

うちは当局やブリティッシュに包囲されて統合は避けられなかったよ。

それに商社経由で系列外にも積極的にガソリンを販売していたからなぁ。系列販売店が減販していても会社全体ではシェアを伸ばす、売るためなら手段を選ばない、そう見られていたんだよ。販売店と共にある、なんて言っておいて平然と二枚舌を使うトップだったからな。

極東の業転ビジネスと同様業界の体質改善を阻害している、そんな悪役になっていたのさ。当局も極東の業転とうちの商社向け販売を止めることが早道と考えていた……。だからブリティッシュに働きかけたのさ。

うちは単独で生き残ろうとしても恐らくバーター相手が見つからない。官製シナリオで統合を進める大日本や大和は応じないからな。そうなれば全国販売はコストがかかり過ぎる。

当局が水面下で動く前でなければ、ブリティッシュとの交渉余地もないよ。もちろん彼等がすんなり応じるか分からんけど……」

「ところがうちはトップの迷走でそれどころでは無かった」

「結局彼等は会社の将来より保身に目が眩んでいたのさ。残念だけど社員のことなど本気で考えていなかった。

２００１年末に石油業法が廃止されて以降当局の姿勢もいろいろ変わったからな。恐らく次の一手を考えていたんだよ。それが２００９年にエネルギー供給高度化法となった……。

この間他社は統合を進めたり、上場して企業基盤を強化していたのに、うちは外国人社長を呼んだり、裏金工作をしたりと全くお門違いだ……。

その上週刊誌スキャンダルで社長を辞めさせ、大黒ワンマンが院政を進めていた。

社内は権力の二重構造で迷走続き……。

全て大黒ワンマンの保身と野心に繋がっていた……、俺にはそう見えたよ。

この時期他社は石連会長をたらいまわしにしながら再編に向け水面下で動いていたのさ。中でも大日本は渡辺さんが石連会長から経団連副会長になって政治的に動いたからな。

ところがうちの経営陣はころころ代わって最悪の状況だ。再編統合に臨める体制じゃなかった……」

「大山、随分と並べ立てたな。あまりエキサイトすると体に悪いぞ。

統合の負け組になるは必然だったんだね。残念だけど……。風岡社長は本気で社員を守る気概は無かった気がしたしね……。トップ失格だ……」

「株式の相互持合いを見送りその代替策も講じない、大罪人だよ。それでも最後まで対等の精神などと嘯いていたのは、保身のためだったんだよ。上手く立ち回った方が得と思っていたのさ」

「ところで権藤さんはその辺りはどう考えていたんだろう」

「権藤さんは大和と首尾よく交渉して自分が統合会社のトップになりたいという腹だったんじゃないの……。その野心に足元を掬《すく》われた。社内のワンマン体制など全く通用しないからな」

「権藤さんは赤井さんを四日市精製にまで島流しだ。そこまでする必要があったのかね。大山はどう思った？」

「苟《いやしく》も一部上場企業の社長がずるずると精製子会社に外されたのは驚きだよ。大黒さんが亡くなったこととか、極東との協業を進めたことが関係していたんだろうな……。でも入れ替わるようにウッズ副社長が代表権を持ち、ブリティッシュにボードの主導権を握られてしまったからな。権藤さんは大和に株を売却するしかなかったのさ」

「赤井さんも、権藤さんもブリティッシュの意に沿わず外された」

「いずれにしても、実権を握っていたのはブリティッシュだよ」

「彼等は早く高く株を売りたかった。風岡さんはそれで棚ボタ社長になれたわけだ。うちは金元、鶴田、大黒、先山、町山、赤井、権藤、風岡と全員棚ボタだ、しかも鶴田さん以外は失脚同然だね」

「みんな保身や功名心に取り憑かれていたのさ。何しろ実績も無くトップに就いちまったんだから……。意見が合わない者を排除したのはそのためさ」

「まあ、再編絡みでは、赤井、権藤、風岡と全く存在感が無かったね。棚ボタの限界か……」

「こんな話は止めようや、桜田。酒が不味くなる」

伯父はこう言ってから話題を変えたそうです。

「あの怪文書が密かに関係方面に出回っていたのは２０１５年初め頃だけど、権藤さんの足を引っ張るためとしか思えなかったよ。

あれをくれたＭ物のＯＢの話では、著作権は霞が関辺りにあるらしい、と言って笑っていたよ。彼奴らの常套手段だからな……。

シナリオを早く実現し、それを手柄に出世したい連中だ。実際この統合が発表された後の霞が関人事でそれが証明されたよ」

「彼等はシナリオ通りに業界再編で出世を実現、一石二鳥だ」

「そういうことだな。残念ながらうちにはこの大きな動きに対応できるトップはいなかった。長く続いた大黒ワンマン人事の致命傷だ……。社員も上には逆らわない、そんな社風にすっかり染まっていたし。だから社員が失ったものは多いけど仕方ない面もあったんだよ……」

「雇用が維持されるだけでは若い人は将来に希望が持てないよね。それと引き換えが業界万年2位の座だ。こうなったらいっそあの村山にもう一度相談するのはどうかな。ユニバーサルの筆頭株主になったようだし……」

桜田さんはこんな皮肉を言ったところ、

「トップの判断がいつも合理性に基づいているとは限らないからな。寧ろ保身や野心、功名心を裏側に隠していることが多い。業界再編で多方面の利害や思惑が交錯する時には特に危険だ。大義名分の裏にはそれらが潜んでいるからな。

もっとも当局、ブリティッシュ、大和の包囲網でうちは袋の鼠だったからそんな余地は無かったのかな」

伯父が醒めた言葉を吐くと、

「大将！　熱燗1本」

「ヘイ、熱燗1本カウンター様、ありがとうございます」

「うちは発足した当初永田会長が当局と太いパイプを維持していたけど、為替予約の大損で吹っ飛んでしまった。その損失を短期間で解消した鶴田社長もすぐに相談役に退いてしまったし……。

後は大黒さんがあの手この手でブリティッシュに取り入りワンマン体制を固め、その後は躍起で猟官運動、当局や業界との関係は二の次だったよ。ワンマン維持と猟官運動優先で、四菱石油やジャパンエネルギー鉱業との統合チャンスも大日本に攫《さら》われてしまった……。当局や競合他社からは全く信用されず、そんな会社だから当局が頭越しにブリティッシュに接近したんだよ。

大黒ワンマンは長年ブリティッシュに貢いできたけど、業界再編では簡単に見捨てられた……。彼等も儲けるためには手段を選ばなかったのさ。

当局にその辺りを見透かされて、長年の不義理を倍返しされた……」

「うちのトップ達はそんな日が来ることを想像もしていなかったんだろうね」

「権藤会長は、業界紙恒例の『エネ庁長官を囲む新年展望』に風岡石油事業本部長を出席させていたくらいだからな。他社は全て代表取締役会長か社長だったよ。

権藤さんが燃料部長主催の五社社長会に初めて出席したのは２０１４年春らしいけど、既にその前年に当局はブリティッシュと話を付けていたわけで、間の抜けた話だ。

結局彼は過信したんだ。ブリティッシュの後ろ盾を失うことにもっと強い危機感を持って欲しかったよな。所詮うちはブリティッシュの威を借るキツネなんだから……」

伯父は酔いも手伝ってかなり乱暴な意見を連発し、桜田さんはクールダウンさせようとこう言ったそうです。

「まあ、サラリーマンの世界、上司は選べないし、ましてやトップとなるとなぁ」

「ああ、全くその通りだ。会社はトップ次第だし、俺達は上司次第だ。だけど社員にもそれなりの責任はあったと思うぞ。長いものに巻かれて事なかれ主義に浸りきっていたから、あんな統合を甘受しなければならなくなったんだ。

俺はそんな上司と対立ばかりで、残念ながら課長もクビになったし免責して欲しいけどな……」

「俺だって精製子会社の所長に過ぎなかったよ……」

合理性が基本の製造技術部門で長年仕事をしていた桜田さんは、当時の社風をそこまで悲観していなかったそうです。

「サラリーマンはそんな社風のツケをいつかは払わされる。ある意味因果応報だ、言い過ぎか、桜田」

「そんな社風にする最大の原因は、やっぱりトップにあるよ。社員の責任は小さいんじゃない……」

「社員の小さな無責任が集積する組織風土が独裁経営の温床だよ。所詮うちの経営陣も社員も統合劇の大道具、小道具に過ぎなかったのさ」

伯父は相変わらず投げやりな言葉を吐き、またもや桜田さんは話を変え、

「ところで、大和はうちを買収して本当に業界トップになれると思っていたのかね。俺にはそう思えないんだ……」

「大日本が黙っている筈がないことくらい誰でも分かるからな。まあ、それを承知の上で統合するつもりだったんじゃないか。何といっても当局のシナリオに乗っかって動いたわけだから。大和が他社から声を掛けられることなどあり得ないから、このチャンスを逃すと永久に下位企業に没落だからな。危機感が強かったんじゃないか……」

「大和はアジアのコンビナート投資を軌道に乗せるためにも国内市場の収益性改善が不可欠で、シナリオに乗ってチャンスをものにした」

「国内で無理してトップを狙うより、統合して強力な体質を手に入れ、大日本と二強でマーケットを安定させることを選んだ」

「でもアジアでは未だに苦しそうだね」

「アジア市場の成長も鈍っていくし、脱炭素が急速に進むからなぁ……。大和は脱炭素に向けた取り組みで大日本に後れをとっているし、うちを買収して本業を強化したのに活かしきれない……」

「本業は相当改善した筈だけどね」

「いずれにしても今後の対応次第だ。思い切った選択と集中を決断しないと後れをとるな」

「そうだねぇ。ところが東亜のＴＯＢ失敗を見ると相変わらず彼等のお手並みはお寒い限りだね。大日本に重油分解装置を上手いこと持っていかれないといいけど……」

「そうだなぁ、大日本知多から石化装置を手に入れた以上その代償なんだろうけど、その前段で躓くようじゃ相変わらず経営陣の脇は甘いな。それ以上に気になるのは旧東洋ユーロ系精製子会社ばかり整理していることだよ」

伯父は大和の動きに先祖返りを感じたようです。そこで桜井さんはまたしても話を変え、

「ところで大山、経済新聞はなぜあのタイミングでスクープしたのかね。何か特別な狙いがあったのかなぁ。あの時期に記事が出れば一番困ったのは権藤会長だ。社員や販売店筋にとっては寝耳に水だったからねぇ。慌てて、『そのような話は事実ではありません』なんて妙なコメントをしていたよね。とても歯切れが悪かった」

「そりゃそうだよ。権藤さんはスクープの半年以上前から水面下で統合交渉を進めていたんだから。あのタイミングで表に出るとは思っていなかっただろう。

何も知らない社員や販売店筋は、大和に買収されるなんて受け入れ難いし、そんな交渉をしていたと思われれば信用失墜で、離反だって起きかねない。権藤さんは慌てて鎮静化を図ったけど、交渉は頓挫したようだな。

当局は見切り発車でオーケーしたわけじゃなく、あのタイミングでスクープさせることで権藤さんを揺さぶったんじゃないか……。

彼はこれでいっぺんに苦しい立場に追い込まれて、年明けの販売店新年総会では『こんな事実無根の記事が出て大変迷惑している』なんて言い訳をしていたな。

いずれにしろ販売店の動揺は大きく交渉の進展は望めない状況になり、ブリティッシュとの約束を果たせず、怪文書が出なくてもアウトだった……。万一有力販売店の離反でも起きたら全てがパーになり兼ねないからな。

スクープも怪文書も矛先は権藤さん追い落としに向けられていた……。怪文書は首縊りの足引きだ……」

「想定外の表面化で交渉は頓挫、その責任を取らされた……。スクープは狙い定めた一撃だった。そして棚ボタで社長になった風岡さんは、まず販売店の動揺を鎮めるため、ＴＯＢから両社の『統合』という形に変えたんだね」

「多分。もちろん大和もこんな早い時点でＴＯＢが表面化するとは思っていなかっただろうけど、その準備はできていたんじゃないのかな。

ところがスクープされてしまい、ＴＯＢを強行して話をぶち壊すわけにはいかないし、創業家のこともあって『統合』交渉ということにしたんだろう。

でも飽くまでも大和の狙いは買収、子会社化だった。だからこのタイミングでは創業家も反対しなかったよね。両社にとって統合交渉という表現は玉虫色で、どんな中身にするかでどうにでもなる妥協の産物だよ」

「大和はこのスクープ記事に対して、いろいろと検討しているけど決定した事実はない、とコメントし、ＴＯＢを含めていろいろと検討していることを否定しなかったね。

スクープは、水面下の接触を白日の下に晒すことで既成事実化を狙った、というのは半面の事実で、権藤追い落としを狙っていたとすると、誰があのタイミングを決めたのかね……」

桜田さんも当局リーク説と見ていたそうですが、そこに隠された狙いがあったかもしれない、ということまでは考えなかったそうです。

「業界再編のシナリオライターは当局だからな……」

「あの時点で創業家が何も言わなかったということは、大和は買収を諦めたわけでは無かったし、当局も早く統合を進めるために権藤さんを揺さぶった……」

「あの知恵者揃いの当局が既成事実化のためだけでリークをしたとは思えないんだよ。あのタイミングのスクープはそんな狙いも秘めていた、と観る方がしっくりするんだ。

権藤さんが失脚すれば一気に統合を前進させられる、そう当局が考えても不思議じゃないよ。彼等にとって権藤さんは協力的ではなかったからね。狙い通り権藤さんはスクープの3カ月後に外された」

「確かに」

「当局はブリティッシュと大和の間を仲介したくらいだし一刻も早く実現したかったんだろうな……」

「あの頃彼が進めていた交渉は当局に筒抜けになっていたのかもしれないねぇ。怪文書だってそうだよね」

「権藤さんも保身を考えて駆け引きをしたんだろうけど……」

「風岡さんが社長になってからは大和との統合ありきで進むことになったよね」

「権藤さんは年末スクープがあった年の春にはロンドンへ行っているから株式売却を示唆されたのかもしれないな。

だから高井さんを非公式に大和の後藤常務に接触させ腹を探らせ、統合検討委員会トップに据えたのさ。同時に極東との協業化を進めた赤井さんを外した。

一方、ブリティッシュはウッズ副社長に代表権を与えてボードを制し、権藤さんが選択肢を失ったところに株式売却を指示、同時に大和にも伝えた。

9月にも権藤さんがシンガポールに呼ばれていたな。株式売却を早く決めるよう言い渡されたんじゃないかな……。

そして、年末のスクープ。彼は追い込まれて、翌春あっけなく外された。

ところで一蓮托生で外れた高井は技術系だし、極東と統合するメリットの方が大きいことは分かっていたんじゃないの……。でも権藤ワンマンに従う方が将来有望と思ったのかね」

「まあ、高井はそれで交渉事務局トップまで上り詰めたわけだから間違ってはいなかった……。でもスクープで権藤さんが失脚することまでは予測できなかった」

「そうだったのか……。砂上のナンバー2だった……」

「そういう意味では検討委員会トップを辞退した風岡さんの方がある意味正解だったのかもし

れないね。風見鶏だけのことはあった」

「ところで赤井さんが外れた後も社外取締役に極東統合派がいたよな」

「増岡さんかな？」

「うん」

「だから統合で残れなかった」

「彼が四菱商事時代に大和とＬＰＧ統合をしたことを想うと不思議な巡り合わせだな……」

「大山、妙なことを知っているんだな……。あの頃確かに経営陣も一枚岩じゃなかったよ。統合を巡って赤井、権藤と失脚、いったいどうなるのかと思っていたら、風岡さんが社長だ。統合検討委員会トップ辞退はまさに逃げ恥だったんだねぇ。結局うちは最後まで棚ボタでトップが決まった……」

「そうだなぁ。鶴田さんだけだ、社長に相応しい実績を上げたのは。それ以降は大黒長期政権で会社がすっかりおかしくなっちまった……。

彼がロンドンから社長を迎えている間に裏金工作が始まって、その張本人の町山さんがあっという間に社長なった。

ところが、それが会社にばれて2年で辞任、その後には5億円付け回しスキャンダルが週刊誌に暴露された。それでも大黒さんは赤井常務を社長に抜擢しておいて退任し、名誉会長として院政を始めた。

どうして退任したのか……。そうせざるを得ない事情があったんだろうな。でも2年余りで鬼籍入りし院政は崩壊……。時まさに高度化法対応と業界再編を睨んで各社が蠢いていた……。うちは会長に昇格した権藤さんが赤井社長を追い出してワンマン体制を確立。ところが彼も統合交渉で頓挫しブリティッシュに更迭されトップは二転三転。ブリティッシュは株を売却するまでのワンポイントとして風岡さんを社長にし、2016年12月公取の審査完了で漸く売却が実現、撤退を完了。

風岡さんは、大和側が創業家の反対で統合に進めず4年も居座ることになっただけで、業績と言えばうちを大和の買収に誘導したことだけ、ハーメルンの笛吹き男だよ……。彼は、ブリティッシュから大和にパワーシフトされる間隙を上手く立ち回って保身したのさ」

「うちの経営陣は壊滅状態で大和との統合交渉に臨んだ……」

「彼は、子会社にされ吸収されてもなお対等の精神が実現したような顔をして新生大和の代表取締役に就任したんだからな」

伯父はそう言うと、

「熱燗1本！」

「でもあの風岡さんでよく対応できたね。ブリティッシュ、大和、社内、販売店に囲まれて……」

「大和に株が譲渡される迄はブリティッシュに従い、社内や販売店には対等の精神で統合交渉と嘯いていただけさ。大した風見鶏だったよ。まさに名は体を表すだったな」

「彼は耳障《みみざわ》りのいいことだけ言って、対等の統合を実現するための手を打つことも無くひたすら玉虫色の呪文『対等の精神』を繰り返して『微動だにせず』風向きを観ていた……。保身以外の何ものでもないね」

「極東提案を噛ませ犬に使ったことが功を奏したのかな。あれで反対派を抑えて大和にTOB以外の統合を受け入れさせた。後は『対等の精神』というイメージ作戦で押し通した……。理念もポリシーも無かった」

「異を唱える者は居なかったのかね、中林くんのような……」

「う〜ん、彼はトゥーレイトだったし、小説のタイトルじゃないけど『たった独人の反乱』だったからな。信念に殉じたある意味覚悟のレジスタンスだったんだろうけど、諫死《かんし》するにも相手をよく見極めないと犬死にだよ。

東洋ユーロは発足時の永田会長、大西社長体制の後は全て棚ボタトップばかりだったからな。まさに事実は小説より奇なりだ」

「そういえば、統合話が出てから風岡さんはいつも酷い作り笑いをしていたね。本人は必死だったんだろうけど、顔が歪んでいたね」

「風見鶏のニコポンだったけど、さすがに事の成り行きにポーカーフェースでは居られなかったのさ。

そもそも『対等の精神』という言葉は大和の大岡さんが、対等の精神で新しい文化を創りましょうと言っただけで、それを風岡さんが対等の精神で交渉すると翻訳して玉虫色にしたのさ……。

大岡さんの真意は分からないけど、それで交渉が前進するなら損はない、と思ったんじゃないかな……。ひょっとするとこの機会に脱創業家まで一気に進めようという腹だったのかもしれないし……」

「つまり、大和は株を取得するまでは敢えて風岡さんの言葉を利用した。系列化してしまえば何とでもできるからね。創業家問題も抱えていたし我慢していた。筆頭株主になってからは全て向こうのペースになったね。

風岡さんはアゲンストには向かわないよね、風見鶏だから。資本提携を強硬に主張しなかったのはその証拠かな」

「あの時株式相互持合いで対等の立場を担保しなければ絶対いけなかったんだ。うちが創業家に忖度する必要など無いし、それこそ大岡さんの仕事だよ」

「創業家は合併で支配力が薄れることを一番心配していた筈で、株式相互持合いもある意味同じだ。創業家は拒否権を持つ資本力を維持するのが狙いだから統合反対に決まっているね。この時決断していれば、後から公募増資で押し切る必要は無くなった。

うちが資本を持てば統合は遅れたかもしれないけど、対等の精神が担保されて、全く違った絵姿になったんだろうね。初めにこの統合方式を『合併』と明記した時点で大和側も当然覚悟していたんじゃないのかね。

つまり本音は合併で創業家の影響力を希薄化したいと思っていた……。だからこそ対等の精神で新しい文化を創りましょう、なんて言ったんだろうね」

「そのくらいの気持ちはあっただろうな、初めは。でも総会で首の皮一枚で命拾いした大岡さんが変節した……。その後も創業家に揺さぶりをかけられたので、まずうちを押さえることにしたんだよ。その上で創業家を説得しようとしたけど反発が予想以上に強くて立ち往生した。

それにしてもあの泥仕合は虚しく時間を浪費したよ。悲劇なのか喜劇なのかわからなかったけど、平成元禄田舎芝居ではあったたな」

「確かに世間の目を賑わしたね。うちはつまらぬ芝居を長々と見せられた挙句、高い席料を払わされた」

「まあ、創業家との問題は大和経営陣の詰めが甘かったので、その意味でも大岡さんはトップとして問題だったよ」

「確かに上場企業の経営者としてはお粗末だったね。何といってもアチラさんは上場してからまだ日も浅いことだし、経営陣も創業家も上場の意味をよく理解していなかったのかな……。それとも会社の一部だけ上場ということかね」

「あははは、桜田、旨いこと言うねぇ。株式上場の意味を教えてやりたかったねぇ。要は半パブリックカンパニーだったのさ。

だから筆頭株主とはいえ、息子を社長にしたい、などと無茶な話を持ち出したのさ……。目の黒いうちになんとかしたいと思ったんだろうけど、公私混同も甚だしいよ」

「出来の悪い子供ほど親は可愛いと言うからねぇ。でも経営陣はそうはいかんよね。実力があればこれまでだって創業家以外から社長になっていたからね」

「そうだったな。老い先短い老夫婦が形振り構わず出来の悪い息子を社長にさせようとした。どこがパブリックカンパニーなんだ……。

それにあの弁護士先生はこの機に乗じて大和に食い込もうとしたんじゃないのかな。経営陣は警戒していたと思うよ。

先生から焚きつけられて、創業家はあそこでやらなければ永久に大和から締め出されてしまうと考えた。まだ自分の会社だと思っていたんだろうし……。

そういえば、会社宛てに出した『意見書』でもいろいろと綺麗事を並べてはいたようだけど、最後に『この際』もっとよく意思疎通を図るため、『創業家から取締役を出すこと』を提案する。なんて付言されていたというからな。本音をカモフラージュする言い回しだ」

「要は創業家から社長を出したいという本音をそんなふうに表現して交渉に持ち込もうとしたのさ」

「会社は相手にしなかったので、弁護士先生が妥協案として『常務』ではどうか、と創業家に持ち掛けたらしいな。ところが夫人や次男の逆鱗に触れて即刻解雇されたという話だ。弁護士先生も本当に拗れては、会社に増資という伝家の宝刀を抜かせてしまい元も子もなくなることを承知していたのさ。ところが夫人も次男も所詮は女子供に過ぎなかった……。そもそも普通のサラリーマンが務まらなかった息子だぜ」

「そうだよねぇ。パブリックカンパニーとは思えないね」

「まあ、『一部』だけだ……。元々90年代の無謀な投資で、上場しなければ資金手当ができないところまで追い込まれたわけだからねぇ。あの危機だって大和会長のガバナンスがなっていなかったのが最大の原因さ。放漫経営だよ。

当時は特石法の廃止を睨んで一段と競争が激しくなっていたけど、大和の攻勢は突出していて、大日本石油を抜き一時的に業界トップに躍り出たからな。

世間はバブル崩壊で不況に喘いでいて、とりわけ金融機関はBIS規制への対応との板挟みで苦しんでいた時期にお構いなしで拡大投資を続けていたんだから行き詰まるのも当たり前だ。彼の罪は重いよ」

「上場を機に創業家は経営から身を引いたんじゃないの？」

「一応そういうことだけど……。どうもそこには裏の事情もあったみたいだな。

つまり創業家が株主総会の拒否権を維持できる株式保有を条件に上場を受け入れ、それをカモフラージュするためにいくつかの組織に分散して所有させた、という噂を聞いたぞ」

「ふ〜ん。そんな絡繰りがあったのか。それじゃ創業家だってその権利を行使するよね」

「まあ、言ってみれば上場後も実態は半パブリック企業だった、ということだな。だから統合を進めることで完全なパブリックカンパニー化を目指したとしても不思議じゃないよ。創業家もそんな気配を感じたんじゃないか……」

「それが本当なら必死に抵抗するよね」

「ところがそんな内輪揉めをしている間に大日本が極東統合を発表した……」

「あれで一気に統合が必然という風向きになって、頑迷固陋《ころう》の創業家は完全にヒールになったね。まあ自業自得とも言えるけど。後は経営陣がいつ創業家を説得できるかの問題になった」

「でもその後も創業家は徹底抗戦した。お蔭で俺達は統合と同時にリタイアできたので幸せ者だったんだぜ……。今頃こんなことを言っていられるんだから……。所詮ジジイのノスタルジーだ」

「確かにそう言えなくも無いね……」

伯父は、桜田さんに同意を求めてから、また酒を追加したそうです。

「大将、悪いね、もう1本頼むわ」

「へい、熱燗1本、カウンターさん追加！」

大将も暫く注文が無く手持無沙汰になっていたのか、一段と威勢のいい声が響いたと言いますが、伯父の悪い癖『もう1本』が出てきたのを見て言ったそうです。

「大山、これで最後にしようや」

「おお、そうしよう……」

桜田さんは伯父が腹から全てを吐き出したのを見届けて、

「大山、そろそろ勘定にするよ」

「おっと、もうそんな時間かい。少し声がデカかったかなぁ？」

「他の客はとっくに帰ってしまったよ……」

笑いながら言い、勘定を済ますと店を出て神田駅で別れたと言います。これが最後の同期会になってしまった、そう静かに言われました。

無謬性に立脚しているという当局のシナリオは書き変えられることは無く、変えられたのはそれに合わない現実の方だったのです。

17　転進、大和モンロー主義

これは葬儀の前に偶然聞くことになった話です。

会場に早めに着いて誰も居ない受付でぼんやり座っていると、伯父と同じ年恰好の上品な紳士が近づいてきて、

「豪太郎さんのご子息様ですか？」

と声を掛けられたのです。

「いえ、私は甥の竜太郎と申します」

「甥御さんですか……。面影がよく似ていたもので失礼しました。

私は浅野と申しまして、豪太郎さんとは同業で長い間いろいろお付き合いをさせて頂いておりました。先月も新橋でご一緒したばかりで、とてもお元気そうで訃報に接した時は大変驚きました。

それでその時の事を少しお伝えできたらと思い早めに参りました。奥様やご子息様はそれどころではないでしょうから、宜しければ話をお聞き頂けますか？」

とおっしゃられ、

「是非お願い致します」

そう応じると、その時を思い出すように話を始められました……。

「やあ、大山さんお久し振り。相変わらずバイクに乗っていますか？」

「お久し振り。先月はツーリングで信州、来月はサーキット走行会で袖ヶ浦ですよ。浅野さんも相変わらずスキーを楽しんでいますか」

趣味の話を挨拶代わりに新橋駅を背にして歩き始めたそうです。

「浅野さんとは4年振りかな……」

「大山さんがリタイアして以来だからもう少し経っているんじゃないかな」

「でもこうして会うと若い頃を想い出すね」

「もう40年も前になりますねぇ。初めて出会ったのは。石油需要検討委員会でしたね」

「そうだねぇ。ＭＩＴＩから委嘱されたとはいえ、メンバーは皆競合相手の社員だったからねぇ。共同作業をするなんてどうなることかと心配したよ。

自己紹介したら同じワーキンググループに偶然同じ年齢《とし》の浅野さんが居たんで何となく親近感を覚えたよ」

「共同作業の2カ月間は毎日のように顔を合わせていましたね。当時どんな議論をしたのかもう忘れましたが、外資系企業の大山さんと初めて酒を飲んだ時のことは印象に残っていますよ。あれも確か新橋でしたね。でも飲んで話せば大して違わない、そう思いましたよ」

「浅野さんは当時から飲んでも全然乱れませんでしたね。何軒梯子しても変わらない……。俺の酒とはずいぶん違ったな」

「そうでしたかねぇ。私もそれなりに酔っぱらっていましたよ……」

「俺は5時から男だったからね。作業中はしばしば手を抜いて夜まで体力を温存し、終わってから飲みに行くのを楽しみにしていたんだ」

「そうでしたか……。そういえば大山さんは何枚もタクシーチケット持って来てはグループのメンバーに配っていましたね。

そうするとメンバーの誰かが、一軒目はうちが持つよ！　なんて言うので、私は、じゃあ二軒目はうちが持ちます！　と慌てて言ったりしましたよ」

「そうだったねぇ。それが金曜日だったりすると、最後に割り勘でもう一軒、なんてこともあったよね」

「そんなこともありましたね。実は私はそんなに強い方ではなかったんですよ。だから翌日は一日ダウンしていましたね」

「本当ですか！　全然乱れないので大酒豪だと思っていたんだ」

「途中から水割りを水のストレートにしていたんです……」

「そうか！　道理で乱れなかったわけだ」

こんな出会いから親しくなって、検討委員会を離れてからも時折会っては飲んで話をする間柄になりました。

その後お互いに販売の一線に異動してなかなか会えない時期もあったようですが、会えばその頃に戻って楽しいひと時を過ごしていたそうです。

そんなある日、大山さんが久し振りに東京の本社に戻ってこられたので早速私から電話をしたところ、

「酒の誘いじゃ無かったの……」

なんて言って笑いながら気さくに応対してくれました。

「お久し振りです。大山さん」

「お久し振り。浅野さん、お元気でしたか」

お決まりの挨拶をして私は簡単に自分の立場を紹介、

「僕は昨年神戸支店長を最後に、産業燃料販売子会社の社長を仰せつかっています」

「子会社とはいえ、大和１００％の社長が乗り込んでくるとは穏やかではありませんねぇ」

なんて笑いながら言われ、翌日さっそく訪問させていただきました。

「大山さんだから単刀直入に言うけど……。実はうちの会社と取り引きをして欲しいんだ。是非口座を開いて頂きたい」

「浅野さんのところは大和の１００％子会社でしたよね……」

「そうです。でも大和が１００％供給してくれるわけではないんです」

「ほ～う。そうなんですか……」

「ご承知のように大和はショートポジションで、販売量を自社生産だけでは賄えない。一部は商社経由で購入や輸入をしています。

１００％子会社でも必要量の80％程度しか供給されないので、残りは自力で手当していますがまだ足りません……。ですから是非大山さんのところに口座を持ちたいのです。そして先ず重油を少し分けて頂きたい。それから徐々に取り引きを増やしてもらえたらありがたい……」

私は向こう見ずにもライバル会社に一人で乗り込み、自分の会社の実情まで説明して取り引きをお願いしました。

「う～ん。浅野さん。そこまで話して頂きありがたいんだけど、この話を単純に上にあげたらさすがに通らないよ。それこそ敵に塩を送るつもりか、なんて言われるのが関の山だ」

「そうでしょうね。だから大山さんに知恵を絞って何とかして欲しいんです。今日は無理を承知でお願いに来ました。よろしくご検討下さい」

そう言って頭を下げました。

「少し時間を頂けますか？　考えてみます……」

「よろしくお願いします」

私は東洋ユーロ石油の応接室を後にし大山さんに全てをお任せしましたところ、数日後に電話がありました。

「この話は自分の一存で進めることにするよ。上にあげても反対されるに決まっているからね……」

そう言われたのです。彼は一計を案じ、当時重油取引の減少に苦しんでいた中堅商社に話を持ち掛け商社向け販売量を少し増やしてその中にまぜてもらい、間接的に商売を繋いでくれたのです。

私も商社の課長とは以前から懇意にしており、3社の話はすぐまとまり、商売を実現することができたのです。それから徐々に取引量を増やして安定的な商売まで漕ぎ着け、二人で祝杯をあげたりしました。

ところが間もなく経済新聞のスクープがあり、最終的には大和興産と東洋ユーロ石油の合併が正式に決まり、この取引も晴れて日の目を見ることになりました。

本当に不思議なご縁でしたが、これも大山さんとの長い付き合いがもたらしてくれた僥倖だと思わずにはいられませんでした……。

そんな大山さんと先月は久し振りに再会し楽しくお話をさせて頂いたのです。

「大山さん。いつものウドンすきだけどいいかな」

「もちろん。大好きだし、氷結酒と熱いウドンすきはよく合うからなぁ」

10分程も歩いたでしょうか、行きつけの店に着くと仲居さんの案内で個室に通されました。

「乾杯。お久し振りです。大山さん」

「乾杯！　浅野さんもお元気そうで」

暫く懐かしい話に花を咲かせていましたが、酒も入って気持ちもほぐれてきた頃を見計らっていたかのように大山さんが切り出されました。

「あの合併、浅野さんの立場からはどんなふうに思われました？」

「そうですねぇ。まあ必然と言えば必然でしたかね。やはりあれだけ需要が落ちれば過剰設備廃棄と業界再編は避けて通れなかったですよ。

事実今の業界をみていると、あの時設備廃棄と再編をしていなかったらもたなかった、そう思います」

「俺は、統合の実態は大和の東洋ユーロ買収で、おまけに水面下で当局と連携していた……。大和は昔からずっと一匹狼だったし、大和モンロー主義なんて言われ、独立独歩で成長してきた会社だったのにね。

理念にもそんなものがありませんでしたか……。よりによって当局と連携してブリティッシュから株を買うなんて大和さんらしくないですよ。モンロー主義を放棄した、そう思ったよ」

「そうでしたか……。そんなふうに思われていたんですね……。でも両社が一緒にならなければ大日本に対抗できませんでしたからね。業界を彼等の言いなりにさせてはだめですよ。

統合までは紆余曲折在りましたが、統合されたことで業界の構造もよくなったと思います。

新会社で新しい文化を創造するのはこれからですよ。今はその過渡期です」

「そうですかねぇ。人事権を大和が完全に握って主要ポストは全て独占していますよ。新しい文化なんか育ちますかね……。統合前の大和に戻ってしまったようにさえ見えるけどね。戦前の大和さんは大日本の販売店に過ぎなかったところから、大陸でメジャー製品に打ち勝つ潤滑油で満鉄に食い込み、洋上で漁船向け燃料油を補給・販売する等、まさに既成のビジネスに風穴を開けて拡大しましたよね。

あの軍国主義の時代にも大陸で商売を拡大した程のバイタリティーを発揮した。そして敗戦で全てを失っても誰一人クビにしなかった。徳山燃料廠の廃油回収は今でも語り草でしょう。戦後民主化を推進していたGHQを上手く利用し石油元売りの一角を占める地位を確立、以来一貫して外資と一線を画して業界の雄にのし上がり、一匹狼の名に恥じない独自性を発揮してきた。

その心意気は一体どこに忘れてきたのかな……。あの統合を巡る大和さんの経営陣にはそんな気概を感じられなかったね。剛三翁の理念は都合よく解釈されただけなのかな……」

「いや～。大山さんはお詳しいですね。どっちが大和のOBかわかりませんねぇ。それに大変お厳しい……。でも100%の同意はさすがにできませんよ。

統合に際して経営陣は、業界構造の改善について先陣を切る覚悟で臨んでいましたし、ニュー大和を創造することを真剣に考えていましたよ。その中で残す理念、変えなければならない理念などについても議論されました。

実はあの経営陣は殆ど私の同世代の仲間です。私も時折そのメンバーの何人かとは議論をしていました。新しい大和の文化をどう創りだすか、理念はどう受け継いでいくのか、創業家との関係は……等々いろいろと話しました。

ただ業界再編は企業にとってはある意味食うか食われるかの正念場でもありますから、必勝の作戦を立てるのは当然のことじゃないでしょうか。

主導権を握って統合を実現することが中長期的に勝ち残る道と考え、失敗すれば生き残れない、という危機感さえありました。

彼等はかつて大和が破綻しかけた頃の苦しみを中間管理職として味わっていましたから、理念やイズムのような抽象的なものでは統合や合併が実現できないことをよく承知していましたよ。

ただ、手段を選ばず的なところが全く無かったか、と問われれば、そうではなかったかもしれません……。彼等も創業家との交渉で苦しみましたからね。その点では脇の甘いところがあったかもしれませんが……。

いずれにしろ統合できなければこの業界は大日本の一人勝ちでしたよ」

「それはそうですが、今の経営陣には一匹狼時代の気迫が全く感じられないですね」

「大山さん。相変わらず手厳しい！

確かに社主は、相手がGHQだろうがアングロイラニアンであろうが、正しいと思ったことはやり抜く信念の人でした。まさにカリスマでした。

あのアングロイラニアンの裏をかいての石油輸入は、国際法、国内法はもとより、中東の石油資源を巡るイギリスとアメリカのスタンスの違いまで見極め、政府とも密接に連携して初めて成し得たわけです。やはり桁外れの方でしたよ。そんな人と比べられては統合を進めた連中も形無しですね」

「私も剛三さんのような人は1世紀に一人か二人の方だと思っていますよ。だから統合をすすめた浅野さんの同世代の方々にはそこまでは求めません……」

「ふふふ。大和経営陣は大山さんの期待に沿えず面目ないね。彼等に代わって私からお詫びしますよ」

「あ、いや、少し言い過ぎました。浅野さんが相手だとつい遠慮なく言ってしまうんです。こちらこそ申し訳ない。あの結果を招いたのはうちの経営陣の力不足が一番の原因ですよ。

大和さんのように競合相手から当局まで向こうに回して渡り合ってきた百戦錬磨の経営陣と違って、ブリティッシュユーロ石油の傘の下でグループ内でしか通用しない価値観で行動していましたからね。傘が外れればあの体たらくだったわけです」

「大山さんは身内にも厳しいですねぇ。これを飲んでクールダウンして下さい」

私が苦笑しながら凍結酒をお注ぎしましたら、そのデキャンタを取り上げ、私のグラスになみなみと注がれてしまいましたよ。

「ソ連から石油を輸入したり、生産調整に反対して石連を脱退したりと大和の歴史を振り返るとその一匹狼振りは際立っていましたねぇ」

「大和の歴史は後発の歴史で、そのハンデとの闘いと言ってもいいですからね。石油販売業界に参入したのも遅ければ、石油精製業に参入したのも実質最後でした。おとなしくしていたら潰されてしまいます。会社を守るには戦うしかありませんでしたから……」

「まあ、その辺りはとても守るなんて感じじゃなかったけどねぇ。他社にやられたら倍返し、三倍返しだった。飢えた狼みたいだ。

我々だって対抗するし、競争はますます激化して市況は低下、消費者が得をする。

大和が暴れると消費者が得をする、風が吹けば桶屋が儲かる、の石油版だな」

「飢えた狼は少し酷いですねぇ。皆で寄って集って叩こうとしていたこともあったんじゃないですか……。私達も倍返しくらいしないとまた喧嘩を吹っ掛けられますから……」

ここまで言うと、大山さんは苦笑しながら、

「へ〜。倍返し、三倍返しはそのためだったの？

でも特石法廃止前の大投資を見るとそんなことを突き抜けていたんじゃないの。あの頃は大日本を上回ったりしたよね。でもあれで大和の危機は深刻化したんじゃない。

大和の営業マン達は販売店に『もはやあなた方は家族ではない。ビジネスパートナーだ』な

んて言っていたらしいよ……。外資系の俺達が言うなら分かるけど、どちらが外資系だか分からんね！　大家族主義も崩壊寸前だったんじゃない？」

「95年頃でしたかね。特石法が廃止されて業界のタガが外れた時期で、うちも一気呵成に首位の座を目指していましたからね。ところがその一方で旧態依然で事後調整を当てにしているような販売店もいたんですよ……。

大山さん、凍結酒が溶けてきちゃいましたよ。さあ、もう少し飲んで下さい」

「旨い！　溶けかかった凍結酒の喉越しもまた乙なものだね……。

まあ販売店だっていろいろだ。当時はうちだって似たようなものさ。でも大和が『一匹狼』でいた理由は理念やモンロー主義だけではなかったと思うよ。

追いつき追い越せで急成長したのはいいけど、そのアキレス腱が財務体質だったんじゃないですか。借入金で投資して拡大成長を続けてきたわけだから極端な借金依存体質になっていた。

あの頃周囲は大和を『2兆円クラブ』のメンバーだなんて陰口を囁いていたよ！

これは翁の理念による過小資本金が原因だったと思うけど、やっぱりやり過ぎだったんじゃない？　特石法廃止前後からの大投資が危機を招いた、違う？」

「……。あの頃はグループ全体で借入金は2兆5000億円くらいあったんです。バブル崩壊後の金融事情などを考えると無理があったのかもしれないですね。

それまでうちは規制で抑えつけられることが多かったですから……。その反動というか、それもあったのかもしれません。

銀行はバブル崩壊とＢＩＳ規制に挟まれて苦しんでいたので、貸し出しよりも貸し剥がしに熱心になっていましたからねぇ。そこへＭＤＳ社の勝手格付けが追い打ちをかけたんです」

「Ｂ２でしたね。投機的、という奴ですな」

「さすが大山さん。よくご存じですね。でも他人《ひと》様の会社を好きなように格付けして公表するなんてＭＤＳ社こそ勝手なものだと思いましたよ……」

「上場はしてなかったけど、大和は世界的に見ても大企業だったし、過小資本経営は注目されていたんですよ。なにしろ彼奴らの辞書には載っていなかったでしょうからね。ＭＤＳ社も内心それ見たことか、くらいに思って発表したんじゃないですか……」

「まあ、あの時代の金融情勢もあったとは思いますが、勝手なことをされたものですよ」

「確かに大きなインパクトだったんだろうな」

「はい。あれですっかり銀行筋は後ろ向きになってしまいましたからね」

「まあ銀行屋だってバブルが弾けて不良債権の山を抱え、さらにＢＩＳ規制をクリアしないといけない、形振り構わず貸し剥がしに走ったんだろうなぁ」

「そうですね。だからうちはあの時代本当に厳しいところに追い込まれていましたね……」

「あの頃でしょ。浅野さん達の給料が10％カットされたのは」

「……」

「まあそれにしてもよく自力で再建したよ。２兆円クラブの他のメンバーは破綻したり、外資の軍門に下ったりしたわけだからね。ある意味大したものだよ。その辺りを分析した専門書も出ていたよねぇ」

「大山さん、本当にお詳しい。それにお褒めを頂くなんて光栄ですねぇ」

「その当時大和の危機意識も凄かったんだろうな。とにかく上場しなければ資金手当の目途が立たなかったんだろうから……」

「そうですが、同時に経営陣は大和を創業家の個人商店から脱皮させることも考えていたと思いますね。当時の私達もそれを望んでいたというのが偽らざる気持ちでした。そのためなら多少の事は我慢できましたよ」

「あの時もかなり揉めたらしいですね」

「そうでした。でも上場以外には会社を再建させる選択肢は無かったですから」

「それにしてもよく創業家を押し切れましたね」

「あの時は大和一族でも意見が割れた程で、私達と危機感を共有した方もいらっしゃったんですよ。そしてそれを支える有能な経営陣も」

「弊社を対等の精神で誑かした連中とは出来が違う、ということだ……」

「ふふふ。自分で言うのも何ですが、あの当時は立派な経営陣がいましたよ」

「うん。わかる気がするよ。うちだってその頃は為替予約の大損から何とか会社を立て直していたんだから。危機が訪れたら不思議に立派な社長が現れて2年程で再建の目途をつけ、同時に10年先を見越した製油所の大投資をしたんだ。ところがその後を継いだトップの連中はそれを食い潰していたようなものだからなぁ」

「大山さんは身内にも厳しいですねぇ」

「大和さんだって上場したから生き残ったんだよね。でもあれで個人企業的体質は変えられたの？　創業家は名誉会長に退いたとはいえ、筆頭株主だし、いざとなれば拒否権だって発動できる立場だったわけだから……。

大和の脆弱な財務体質が、理念の裏側に潜んでいたわけで、この過小資本構造と個人商店的体質は一体だったと考えていたけどね」

「一気に変わるとは思っていませんでしたが、大きく変わっていったとは思いましたね」

「その後は経営陣もサラリーマン化したということですかね」

「ふふふ。……上から下まですべてが変わったわけではないですが、いい方向に進んで行ったと思いましたよ」

「あの頑張りを支えたのは大和イズムなのかね？　それとも脱創業家への執念だったのかな？」

「……その両方でしたね」

「そうですか……。ではここからは俺の勝手な仮説を聴いてくれるかい？」

「仮説？　ほ〜う。お聞きしましょう」

「業界の事後調整や市況是正活動が大和の資金繰りを大いに助けていた、そう思っていたんだ。つまり過当競争に明け暮れていた石油会社は、一旦建値なり通知価格で商品代を取り切っておいて、自分達の懐に金を取り込んで利益を確保した。まあ、過当競争の付け回しを販売店に押し付けていたわけだ。

その上で、販売店の損益状況や市況動向等を勘案、何カ月もしてから販売店に戻す金額を決めて事後調整をしていた。

言ってみれば、石油会社の一方的な時間差決済で、その期間も金額も会社側の裁量さ。販売店から短期の融資を受けていた、とも言えるよ。

まあ、販売店は我々を勝手なものだと思っていただろうけど、事後調整が無いと彼等も赤字になりかねないので我慢して顔色を窺っていたんだろうな……。

市況が極端に下落した時は『市況是正』などと称して石油会社が一斉値上げをしたよ。これなんか言わば石油会社の逆調整みたいなものだ。

こんな時だけ各社は一時休戦して、安値スタンドに看板を下ろすように働きかけたりした。よく独禁法に引っかからなかったと思うけど……。

要は、こんな業界の商慣習というか、販売店を市況変動のバッファーに利用していたことが、大和の厳しい資金繰りを相当助けたんじゃないか、ということさ。どうだろうか？」

「それは各社大同小異でしょう……」

「そうかもしれないけど、それ次第で資金ショートするほど追い込まれていた会社は他にはなかったんじゃない？」

「それは考え過ぎですよ。大山さん」

「そうかなぁ。当時販売の最前線にいた俺なんかは、今回は大和救済値上げだ、なんて仲間内で囁き合っていたけどな……」

「それは他社さんが勝手に面白おかしく言っていただけですよ……。

どうしてあんな激しい競争をしていた業界が大和を救うためにそんなことをするんですか？」

「お上が裏で動いたんじゃないか？　それは大和を潰せない事情があったから……」

「ほ～う。どんな事情でしょうか？」

「大和は当時グループで多額の借入金を抱えていたからね。バブル崩壊で金融機関も青息吐息で、万一大和への融資が焦げ付いたら大変なことになったからじゃないかな。日本は、大和発の金融危機が起きかねなかった……」

「大山さん。仮説もそこまでいくと想像ですよ」

「そうかね……。その金融機関の中に旧政府系中央金庫なんかも入っていたんじゃないですか？」

「当時はもうありませんでしたよ。それが仮説の根拠だとしたら、あまりにも薄弱過ぎではないですか」

「そうですか……。それは大変失礼致しました。全て私の想像に過ぎませんから……」

「まあ、そんな噂がたつ程に大和が追い詰められていたことは残念ながら事実ですよ」

「浅野さん、まあ一杯どうぞ」

「あっ。いや……ありがとうございます」

「まあ、うちだって為替予約の大損のお蔭でその後長い間販売部門は前向きの投資さえ思うようにできなかったですからね。

折角製油所に大投資してガソリンを増産できる体制ができても、多くは商社や第二ブランド等に流さなければならなかった……、あまり大きなことは言えませんがね」

「東洋ユーロさんはそこらあたり巧くやられましたよね。失礼ですが系列内では捌ききれない分を商社に流していたんですよね。ある意味業転と同じでしたよ。強《したた》かでしたね」

「まあ、うちも儲けるためなら何でも有りだったからねぇ。二枚舌でも三枚舌でも使っていたよ。

そんなうちが言うのも何なんだけど、うちを含めて他社の立場から言えば、いくら上場して危機を乗り越えたとはいえ、大和さんと積極的に統合するインセンティブはなかったよ。

だから大和さんは長い間一匹狼で居なければならなかった、そうじゃないかな？

ところが、需要が急速に減少していく中でそうもいかなくなった、ということかな……」

「マーケットの縮小に直面して、過剰設備問題を解決しなければ海外との競争に太刀打ちできなくなりますからね。手をこまねいていてはじり貧ですよ……」

「確かに。でもそれでお上が介入するための絶好の口実を与えたわけだ。まあ、その隙を見せた業界が自律性を欠いていた、ということだな」

「役人なんて勝手ですからね。ある意味あんな無責任な連中はいませんよ。いろいろと大義名分は掲げていますが、所詮は出世第一のご都合主義者達ですよ」

「ほ～う。手厳しいですねぇ。浅野さんも……」

「うちは一番苛められたからね、彼等に。長い間出る杭は打たれる、でしたよ」

「そうでしたかねぇ。大和さんは連中とも戦って今日を勝ち取ったんだしね……。彼奴《あいつ》らは法律を盾にしているから質《たち》が悪いよ。錦の御旗の陰に隠れて出世や保身をしている輩だ。気を付けないとやられちゃうのさ。うちみたいに。

　その点大和さんはなんだかんだあったけど、最後には連中と上手くやって再編を乗り切ったんだから、そう文句を言えた義理じゃないんじゃない」

「究極の選択です。長い先を見据えればこんなこともあると思いますよ」

「まあ、終わりよければ全てよし、なんて言うけどねぇ……。でもそう欲張ったらいけませんよ。それこそ対等の精神で新しい企業文化を創造して欲しいからね。そうでなければ、あの官製再編で呑み込まれたうちはバカを見ただけだよ」

「統合手練れの大日本ほど巧みではなかったですが、とにかく統合まで漕ぎ着けたわけで、業界の安定性は各段に高くなりましたよね。そういう意味では業界全体もそのメリットを受けたと思っていますよ」

「まあ、そのメリットの配分が気に入らないけどね……。

いずれにしても業界は3社に再編されて過当競争は減少したようだから、再投資や新規分野への投資でエネルギー大競争時代を勝ち抜かないとねぇ。本当の評価はこれからだ。

業界再編なんて冷静に考えてみれば、戦後いくらでもあったよ。そしていつだって当局と大手企業が水面下で連携していたんだろうから、ある意味ありふれた話で、合併・統合も結局はマーケットの優勝劣敗の延長線上に収束するんだろうな。

かつて対等で合併した東洋とユーロはその後社内で権力争いが起きたからね。

結局、別々の企業としてマーケットで競争するか、統合後に社内で権力争いをするかの違いだったのかねぇ。

経営者なんて言うと、いかにも立派なビジネスマンのように思われるけど、彼奴らほど野心や功名心に取り憑かれた人種も居ないからね。権力志向の権化だよ。ワンマン体制なんてことも結構あるしね。

多少の争いがあっても権力が分散されていて、経営陣が切磋琢磨し牽制し合う方がいいのかもしれないね。独裁というかワンマンというのが最悪だな」

「そういえば、東洋ユーロは大黒さんが随分長い間トップにいましたよね」

「社長が皆短期で代わったからね、事情はどうあれ……。だから大黒会長が圧倒的に長くなった。でもあの時代何度かあった他社との統合チャンスを全て大日本に持っていかれたからねぇ。まあ、過去はともかくとして、両社が統合したからには今後のエネルギー大変革に勝ち残らないとね。なにしろ脱炭素という重い十字架を背負っているから……。

　俺達はそれを見届けるまで生きていられないけどね」

「そうかもしれませんね。僕たちが生きている間には決着しないでしょうね。でもそんな大競争に勝ち残るためには国内市場の安定化と企業規模の拡大は絶対条件だったんじゃないですか。

　これまでとは比べものにならない不確実性の高い世界が待ち受けていますからね」

「そうだなぁ。今はそれに備えて足元をしっかり固める必要があるね。海外の投資を早急に軌道に乗せることや石炭事業の再評価も重要な課題だ。石油化学部門のグリップ強化も必要じゃないかな。それから超小型電気自動車のパートナー会社の再評価、課題は山積だよ。

　太陽光パネル事業の早期撤退の決断は評価するよ。統合前から疑問のあった投資だ。ブリティッシュでさえ見限った分野だよ。

　ただ、西部を止め、知多を強化し、東亜精製の重油分解装置を大日本に提供する等製造部門の大和回帰が強まっているのが気掛かりだな。まあ、真価を問われるのはこれからだけど……」

「そうですね。これからは事業の大胆な選択と集中が必要になってくるでしょうね。そのためにももっと安定した収益があげられるようになることが必要ですよ。他の製造業の利益率と比べればまだまだですからね」

「まあ、油屋の売り上げには多額の揮発油税が含まれているけど……」

「それを差し引いても低いですから、まだまだ利益が足りないですね」

「そうだねぇ……。これから勝ち残らなければ統合した意味がないよな。石油部落の安定はゴールじゃなくてスタートだ。新分野での競争はますます厳しくなっていくし……。出身の別なく社内の英知を結集して欲しいね……。

でも経営者という人種は自分の考えを押し通したがるからねぇ。難局になるとそれはリスキーだよ。組合も力を持っていない……。

いずれにしろ俺は株の値上がりを楽しみにしてのんびり拝見させてもらうよ」

「大山さんも大和の株主なんですか？」

「少しだけど持っているよ。だからOBで株主さ。多少は会社に苦言を呈してもいいだろう……」

大山さんは笑いながらそう言うので、

「そうでしたか。実は私もOBで株主です。だからこれからも二人でどんどん言っていきましょうよ。こんど総会にご一緒しませんか？」

「株主総会。一度くらい出席してみますか……」

「あれっ。もうこんな時間。今日はとても楽しくてあっという間に時間が過ぎてしまいました。そろそろお開きにしますか。是非またお会いしましょう」

「浅野さん、こちらこそ今日は楽しかったですよ。それにご馳走になってしまって反って済まなかったねぇ。今度は僕がもちますから付き合って下さい。それじゃあ、また逢う日まで……。今日はありがとうございました」

私達は新橋駅前で別れましたが、残念ながらこれが大山さんの最後の姿になってしまいました……。浅野さんはそう言ってから暫く目を閉じて、

「竜太郎さん、きょうはお話を聞いて頂きありがとうございました。何か胸のつかえが下りた気がします……。

今日は大変残念ですが、私はお焼香だけで失礼しなければなりません。どうか奥様や息子さんにはくれぐれも宜しくお伝え下さい」

そう言って葬儀会場へ移られました。

私は早めに来たことでこんな話を聞くことができましたが、伯父が巡り会わせてくれた、そんな気がしています……。

ふと気付くと既にロビーに人影は無く、葬儀が始まる時刻になっていて、私は感傷に耽《ふけ》る間もなく会場へ移ることにしました。

18　覇者、大日本統合史夜話

東京営業所に転勤してから1年程が過ぎ、私は先輩に代わって初めて福岡本社出張を命ぜられた帰路、空港でのんびり羽田便を待っていると伯父のメールが着信、

「今夜飯でも食わないか」

「羽田5時半着です」

「神田7時でどうだ？」

「駅前の寿司屋ですね」

「おう」

「承知しました」

こんなやり取りで、その晩落ち合うことになりました。

元々どこかで夕食を取るつもりでしたので、神田は三ノ輪のアパートまで30分程で渡りに船でした。私は少し早めに着きましたが、伯父は既にカウンター席で熱燗を飲んでいて、

「久し振りの博多はどうだった？　1年くらいじゃ大して変わらんか……。生ビールでいいな」

「はい、日帰りでしたので事務所以外はどこにも行けませんでした……。

今日はお誘いありがとうございます」

「な〜に……、久しぶりに顔を見たくなったんだ……」

学生時代とあまり変わらぬやり取りの後、盃とジョッキで目を合わせて乾杯、つまみを見繕っていると、伯父は酒を口に放り込み話し始めました。

何でも若い頃職場で大変世話になった先輩と会って久し振りに共通の話題で楽しんだそうで、誰かに話したくなったのでしょうか……。

ただ、その先輩も既に傘寿ということで、これが最後になるかもしれない、そんな想いでいたそうです……。

「もしもし。大山チャン？」

「はい、大山です」

「明和商事の田上です」

「田上さん！　これはお珍しい……。大店の偉いさんが何の御用でしょうか？」

「おいおい。いきなり皮肉を言うなよ。近いうちに軽くやらないか？　企画会のことなんだ」

「企画会？　まだあったんですか……」

実は電話を受けた時ピンときたと言います。

かつて東洋石油とユーロ石油が合併する際、両社の事務局を務めた企画部門のＯＢ達が１年に一度集まる親睦会で、あれから40年近く過ぎ、コロナ禍以降休会が続いていたそうです。

その間高齢のＯＢが相次いで鬼籍入りし、今では何人存命しているのかハッキリしないということでした。

合併当時若手だった伯父が古希を迎えたのですから無理もない話で、大半が80代後半になっている筈です。

伯父は長年営業部門で全国を転々としていたこともあって、この会には二度程出席しただけの幽霊会員でしたが、会では相変わらず若手ではありました。

「私は暇ですからいつでもお手伝いしますよ。幕引きでも何でも……。ご指示いただければ馳せ参じます。大先輩」

「大先輩はよせよ！　大山ちゃん。まあ、田上さんで頼むよ。なんなら田上爺さんでもいいよ。ジジイになったことは間違い無いからな……。

早速だけど、来週の金曜は空いている？」

「はい。空いております。万難を排して参上致します」

「忙しいところ済まないけど……。それじゃ新橋6時でいいかな？」

「はい、承知しました……。田上さん」

そんなわけで一献傾けることになったそうです……。

「おう。待った？」

田上さんは時間通りに駅前の機関車広場に現れました。

「いえいえ、私も今来たところです」

「コロナの頃は暫く閑散としていたけど、もうそれも昔物語だな……。

大山ちゃんはこの辺りは庭も同然だからどこかいい店を知っているだろう？」

「実は私もサラリーマンのリタイアとコロナ禍が続いて、めっきり外飲みが減って新橋も本当に久し振りです。でも今日はいいところが空いていました。七、八分歩きますが宜しいですか？」

「ああ、全然かまわないよ。ちょうどいいくらいだ」

二人はお互いの近況を話しながら店に向かいましたが、田上さんも傘寿になるのを機に販売店の相談役を退いたとのことだったので、

「まだまだやれるんじゃないですか……、人生百年の時代ですよ！」

と伯父が言うと、

「石油屋稼業を半世紀以上やったんだし、脱炭素の時代を迎えて丁度いいタイミングだよ」

そんな返事が返ってきたそうです。

田上さんは東洋ユーロ石油近畿支社長で勇退した後、大手販売店に迎えられ、長年営業担当役員として重責を担ってきましたが、３年程前に相談役になり第一線を退いていました。そのため時間に余裕ができたのでしょうか、気に掛けていた企画会の幕を引こうと伯父に声を掛け

たそうです。

カウンター席についた二人が乾杯を済ませると料理が並び始めました。

「大山ちゃん。今日はどんなものが出るの？」

「実は私も知らないんです。ここは酒を別にして５０００円のお任せコース一つですから……」

「へ〜。珍しいね」

「はい。でも以前何回か来て、とても美味しかったので安心してお薦めできます。基本は魚を中心にした和食ですので私達ジジイにはピッタリです」

「そうか、それはいいね。でも大山ちゃんはまだジジイと言うには早いんじゃない？　いくつになったの？　企画部で初めて会った頃はまだ20代だったかな」

「はい。もう古希ですからジジイと言って憚らないですね。お国も高齢者と認めてくれています……。そういう田上先輩も当時はまだ30代でしたね」

「おい、おい。先輩はやめてくれよ！」

「それでは田上さん、でいいですか？」

「もちろんだよ」

こうして二人は世間話など交えながら、この半世紀近い石油屋稼業の話で一時を過ごしたそうですが、やはり話題は大和との統合に行き着いてしまったといいます。

「残念ながら東洋ユーロはいいようにやられたと思っていますが、田上さんはどう思われましたか？」

「う〜ん、そ〜だな。うちはやっぱり極東と統合するのが一番よかったんだろうなぁ……。経済性はもちろん、社風や文化の面でもね」

「やはりそう思いますか……。私もそう思っていて、大和に買収されたことは今でも癪に障りますよ」

「まあ、ブリティッシュの撤退はかなり前から予想されていたんだろうからなぁ……。うちのマネジメントはもう少し早目に動けなかったのかねぇ」

「そうですよね。少し高くてもいいから自社株を買っちまえばよかったんですよ」

「まあ、そう簡単でもなかったんだろうけどな。ブリティッシュの意向もあっただろうしね。それに大日本なんかと統合になったら完全に飲み込まれてしまうからねぇ」

「結局選択肢はなかったということですかね」

「う〜ん。でも極東とはチャンスはあったんじゃないのかい？」

「そうですね。製造部門にいた同期の話だと、実務の詰めは終わっていて、後はハンコを押すだけ、みたいなとこまでいったようです」

「ふ〜ん。俺はその頃はもう販売店に移っていたから外野席からしか見えなかったけど、そうだったの」

「はい。でもその直前に急ハンドルが切られたみたいです」

「大和に……」

「はい。田上さん、どうぞ熱いうちに」

「ありがとう。大山ちゃん。お互い手酌でいこうよ。はい」

「ありがとうございます。……お銚子1本追加！」

「今頃何を言ってもしょうがないけど、極東があんなふうに大日本に飲み込まれてあっという間に消滅してしまったのを見ると、大和でまだましだったのかもしれんよ。大山ちゃん」

「確かに飲み込んだ後の大日本のやり方は、いつもながら手慣れたものでしたね。あっという間にポストもブランドも大日本になってしまいましたからね」

「大日本は、業界を背負ってきた、みたいなプライドの高い連中だからねぇ。プライドの高さと図体の大きさは業界一だけど、合理化の遅い体質は相変わらずなのかな……。でもこの数年で次々と製油所の閉鎖を進めてきたようだね。

少し前にはあの和歌山工場もついに閉鎖したしね。それに再生可能エネルギーやＥＶ充電施設の大型買収を続けている」

「田上先輩！　さすがにお詳しいですねぇ。でも数年前に親分が大不祥事で辞めましたからねぇ……。あんなトップが長年君臨していたんですから社風も品格も無いですよ……。

まあ、それはともかくとして、和歌山はあの辺りの顔役が中央でポストを外れましたからね。

そこを見透かしたかのようでしたね。

脱炭素も動き出したみたいですけど、あの図体ですからまだまだですよ。

ところで、あそこはプライド以外にも高いものがあります」

「何かな？」

「コスト！」

「さすが大山ちゃん！　いいとこ突くねぇ。

彼らは合併、といっても実際は他社を吸収して大きくなったわけだけど、その後は人事とブランドを優先してきたみたいだな。業務の抜本的な合理化は後回しになっていた感じだね」

「そうですね。99年の四菱から始まり、九州精製、ジャパンエネルギー鉱業、そして極東燃料と全て丸呑みして巨大化してきたけど、その間製油所やスタンドの統廃合などはあまり急がなかったように見えましたね」

「四菱の時は本体もさることながら、その先の財閥系優良需要家の取り込みも魅力だったのかもしれんな。いずれにしてもそうやって業界トップの座を守ってきたわけだ」

「まあ、ある意味この業界ではスケールメリットを得るもっとも手っ取り早い方法だし、あながち間違っていたわけではないですよね。

でも四菱の話、あれは最初うちにきた、と言われていましたよ……。田上さんはその辺りの経緯はご存じでしたか？　その頃はもう営業に出られていたんでしたっけ？」

「ああ、もう関東支社に異動していたね。確かにその頃そんな噂を聞いた記憶はあるね」

「やっぱり……」

「俺が聞いた話だと、四菱石油の筆頭株主だった四菱商事が最終的に判断したというね。東洋ユーロは外資系でドライなので、四菱のいい所だけ取り込もうとしている、と警戒されたみたいだ。いいとこ取りされても困るだろうからな」

「そうですね。私もそれは聞いたのですが、もう一つ尾ひれがついていましたね」

「ほ～う、どんな？」

「当時の大黒会長を信用できなかった」

「アハハハハ。大山ちゃんは四菱商事の社長と話でもしたのかい？」

田上さんは笑って否定も肯定もしなかったそうです。

「……まあ噂にオヒレやハヒレはつきものですけどね。ところでやはり大日本が四菱を飲み込んだメリットは大きかったですよね」

「スケール拡大によるコストダウンと多くの優良需要家獲得の一石二鳥じゃなかったのかな」

「そうですね。彼等は四菱を飲み込む前には一時的に大和にトップの座を奪われていましたからね」

「そういえばそんなこともあったねぇ。あの頃は規制緩和で各社競って拡大戦略を採っていたからね。特に大和は相当強引だったみたいだね。首位の座を奪うことに執念を燃やしていたんだろうな。

もっともそれで破綻しかけたんだから、過ぎたるは猶及ばざる……、だったわけだ」

「あの頃の大和は本当にイケイケドンドンだったですよ！　でも三日天下に終わりましたよね。ガバナンスの甘い組織だからあんな無茶がやれたんで、よく破綻しなかったですよ。そっちの方が不思議です」

「破綻させられなかったんじゃないかな。当時は確か2兆円を超える銀行借り入れをしていた筈だからね。もし大和が破綻したら、バブル崩壊で傷んでいた金融界にも大きな影響が出ただろうし……」

「まあその頃はうちもガバナンスなんて言えた義理じゃなかったですよね。例の為替予約の大損から漸く立ち直ろうとしていたんですから……」

「90年代前半の業界は、うちの為替予約の大損失、大和の過剰投資の経営危機、それに極東の多角化投資の失敗等、大日本のライバルたちは自分から躓いていたわけだ。無理して合理化なんかしないよな……」

田上さんはそう言って、伯父を見てから苦笑し、手酌で猪口を口に運びました。

「そんなライバル会社の失策を眺めていたら、大日本は周り中バカだらけに見えたでしょうねぇ。

そのバカ同士が20年後に業界再編で一緒にやろうということになったんだから、内心苦笑していたでしょう。しかも自分はさっさとジャパンエネルギー鉱業を統合して有利な立場を築いていたし……。

大和なんか創業家問題が拗れ切って何年も暗礁に乗り上げたんだから、笑いが止まらなかったんじゃないですか。

そんな連中を見下しながら悠然と極東を統合したわけで、まさに再編の覇者ここに有り、というところですよ」

「まあ、笑ったかどうかは知らんけど……、これで業界を平定したくらいの気持ちにはなったかもしれんな」

「やっぱり笑いましたよ！　何しろ30年以上続いた戦国乱世の業界を半分余り平らげての大勝利ですからねぇ」

伯父がそう言って田上さんを見ると、猪口の酒を勢いよく口の中へ放り込んでから黙って伯父にお銚子を突き出したそうです……。

「大日本に吸収されてしまったけど、元々極東さんも名門企業でしたよね。精製部門に特化して先入れ先出し法で、市況変動リスクをヘッジ、ガソリンで儲けて内部留保を厚くした、業界を代表する高収益企業だったですよね」

「そうだね。財務体質強化とガソリン生産に集中して儲けていたからねぇ。

まあ、ガソリン独歩高をいいことに長年それで高収益を享受し内部留保を蓄えていた。だから株価も常に業界一だった。創業家の中山さんがやり手だった、ということかな……、彼も何年か前に亡くなられたねぇ」

「同じ創業家でも大違いですね。でも石油業界の先行きにいち早く見切りをつけたポートフォリオの組み換えで失敗しました」

「そうだねぇ。先が見えすぎるのも問題、ということかな」

「いずれにしても規制緩和の激動で、業界を代表する創業家が揃って躓いたわけだ……。でも大和は経営陣が土壇場で信じられないような譲歩をし、創業家は地位を相当程度維持しましたよ。眺めていた中山さんはどう思ったんでしょうかね」

「ビジネスの世界では必ずしも論理的な方が勝つわけでは無いからねぇ」

「中山さんは、毛並みの良さや華麗な経歴で、長年業界を代表する理論派だったし、日銀審議委員も務めアベノミクスの有力なブレーンでしたよ。あの人の目には、業界の将来はどう映ったのですかね。

　利益が上がっているうちに新規事業へと大胆なポートフォリオの組み換えを考えたんでしょうけど、これに内部留保をつぎ込み始めたんで、アメリカンスタンダードもそれは許さなかった。高額配当で内部留保を吸い上げようとしたのかな。

　この失敗は致命的だったようですね。配当政策を巡る対立で、実質的に社長を解任された……。

こんなところにも極東の社風が表れていた気がしますよ。論理が先行し過ぎた、というか……、大和の逆ですかねぇ……」

「フフフ、そうかもしれないね。極東さんもアメリカンの短期利益追求政策が大きなプレッシャーになっていたんじゃないかな。

彼らの高額配当要求は脅威だったかもしれないし、新規事業投資のために蓄積した内部留保を吸い上げられてしまう、と焦ったのかもしれないね。

いずれにしろ会社の内部留保を巡って相容れなくなった、ということか……」

「中山さんは特石法が廃止される直前の94年に社長を解任されました」

「ほ〜う。大山ちゃんはそんなことを覚えているの。大した記憶力だねぇ。まだまだジジイなんかになってないよ」

「えへへへ、昔の事はよく覚えているんですが……。

極東はその後再び石油に回帰したけど、アメリカンやスタンダードは縮小する日本市場での投資は厳しく抑制したみたいですね」

「特にアメリカで両社が統合されてからは、日本でもアメリカン主導でグループが再編されたことも大きな影響を与えたんじゃないかな？」

「スタンダードの経営は日本の事情にも一定の理解を示していたと言われましたけど、アメリカンはどこまでも効率を追求する利益優先経営でしたから……」

「確かにそう言われていたねぇ。日本市場でも一層の効率化を図るためにグループ会社を精製と販売の二社に整理したよね」

「ちなみにアメリカで両社が統合されたのは99年、日本で極東とゼネラルエネルギーの合併が2000年、極東ゼネラルとアメリカンスタンダードマーケティングが発足したのはその翌年です」

「いろいろ覚えているねぇ、昔の事は……。

それにしても大山ちゃん、全然酔ってないね。はい、それを空けて」

田上さんがお銚子を再び突き出し、伯父はまたもや一気に呑み干し、

「でも当時ゼネラルエネルギーとの統合は、極東の収益性に影響を与えるんじゃないか、なんて言われていましたけど……」

「その辺りはよく分からんけど、統合である程度は効率化を図れたんじゃないのかい」

「ある論文で、明らかに収益率が低下したことが指摘されていました……。

ところで、大和会長は極東創業家の中山さんが解任された時どう思ったんでしょうかね。経営が厳しくなっていたのは明らかに大和の方だったと思うんです」

「う〜ん。その頃の大和は創業家が8割くらいの筆頭株主だったらしいから、絶対的な権力を握っていたんだろうな。だから採算を度外視する大投資ができたんだよ」

「ポスト中山の極東は、完全にアメリカンの言うままに振り回されていた感じでしたねぇ。ア

メリカンは早くから日本撤退を視野に入れて強力に投資抑制とコスト削減をした。

特に潤滑油の供給体制を大きく変更した際は販売店の強い反発を受けていましたし、社有スタンドの入札売却をして販売店を疑心暗鬼に陥れましたよ。

極東が振り回されると、その下の販売店の振幅は遥かに大きくなって、各地で不満を持った販売店の離反が起きましたから。

業界再編を前にして極東系列は相当混乱していたと思いますよ。結局最後は自社株の高値買いに追い込まれた、そんな感じがしました。

それ以降も高度化法の設備削減の期限を守れないという大失態を演じたし、かなりガバナンスも緩んでいたように見えましたね」

「大山ちゃん。極東についても詳しいねぇ。こっちも社長と知り合いだったのかい……」

田上さんが笑いながら言い、

「実は学生時代から中山さんという経営者には興味を持っていたので、その著作も読んだりしました。確か『新石油経済論』とかいったなぁ」

「ほう。大山ちゃんの専攻はなんだったの？」

「恥ずかしながら経営学をちょっと……」

「道理で！　学生時代は勉強ばかりしていたんだ！」

「いえ、あまりまじめに大学へは行きませんでしたが、国際石油資本のグローバル展開なんかをテーマにしてゼミの勉強だけは結構頑張りました」

「それで東洋石油に入社したの？」

「紆余曲折はあったんですが、まあ、そんなところです」

「へ〜。大山ちゃんとは長い付き合いだけど、初めてそんな話を聞いたね。その東洋も、その後の東洋ユーロも今では、昔ありけりだねぇ」

「そういう意味で私達は二度も会社消滅に遭っているんですね」

二人は顔を見合わせて苦笑し、すぐに田上さんは、

「大日本がそんな極東を見逃すわけはないな」

と言ったそうです。

「そうですね。初めは石化原料の取引から接近したようです。そこから高度化法の設備削減問題等搦め手も含めて、表面上は統合で実際は吸収でしたね。極東は高度化法の削減率未達で当局からもプレッシャーを受けていたようですから」

「大日本は本当に合併巧者だったねぇ」

「極東の世間知らずと言うべきかも知れないですが、大日本の面目躍如たるものがありました。当局のシナリオ通りで一番上手くやった、本当に強《したた》かでした」

「業転玉の出し元極東を大日本が吸収することで業転放出を止め、市況の攪乱要因を解消した」

「そうですね。それで大日本も事後調整を廃止することができた。その上ガソリンで50％以上のシェアを獲得、圧倒的な立場で業界全体に睨みを利かせることになりましたよ。これで戦後長らく続いた業界の群雄割拠時代は終わり、ガリバー型寡占へ変わった。公取も申し訳程度の条件を付け承認……」

「まあ、官製再編だったからねぇ」

「極東は2年程でブランドが消滅したけど、精製専業で自分のブランドを持っていなかったから俺達程の感傷は無かったのかな……」

「でも旧極東幹部は次々と外され、社長も地方の精製子会社社長にされてしまったよね。サラリーマンとしてはこっちもショックだったんじゃないかな？　この先明るい希望は持てない……」

「まあ、東洋ユーロ社員も同じでしたよ」

「俺は統合のかなり前に販売店に移っていたから大山ちゃん程には大きな感傷は無かったけどでも販売店は東洋ユーロと一緒に消滅するわけにはいかないからな。とにかく新たな関係を……。それでも長年親しんできたブランドと培ってきた人脈を失ったわけだからねぇ。創り上げるのに苦労したよ。俺たち販売店が割を食うわけにはいかない」

「そうでしたね。田上さんは販売店サイドから業界再編を乗り切っていたんですね。まあ、大手さんはそう邪険にされることはないでしょうけどね」

「大山ちゃん、販売店もバカを見ないように必死だったよ。大変だったのは石油会社だけじゃなかったんだぞ」

「失礼しました！　私は退職前の数年をこの統合騒ぎの中で過ごしましたが、新会社が発足した月にリタイアしたので割を食うことは無かったんですが……。

でも後輩たちに訊くと、やっぱりいろいろあったみたいですねぇ。何といっても人事権を完全に握られてしまったし、創業家もそれなりの影響力を残しましたからね」

「外資系だった極東と東洋ユーロが割を食ったということか……。

大日本は、大消費地の製油所とガソリンスタンド網を一挙に手に入れたんだから大戦果だ。結果的に合理化も進んだ……」

「大日本はこれまで自力で為し得なかった合理化を統合で一気に実現し、うちは全てを失った……。天と地の違いですねぇ」

伯父もそこから先を口にするのは虚しい気がして暫く次の言葉が見当たらなかったそうです。そこで少し話題を変え、

「ところで、あの再編を田上さんはどう見ていましたか？」

「統合が速まると思ったな。大和も東洋ユーロも単独ではもはや対抗できないからね。

ただ、大和の経営陣は創業家に随分と譲歩したねぇ。やっぱり村山氏に介入されてあんなに譲る羽目になったんじゃないの……。何か裏取引でもしたのかな」

「そうですか。実は俺も何か裏があったんじゃないかと疑ったんですよ。1〜2%ですが株を持った村山が、もし香港ファンドや創業家と組めば厄介なことになりますからねぇ。何か水面下であったとみる方が自然じゃないですか。あの村山が無意味に株を持つ筈もないですからね。あんな綺麗事で両者が合意するとは思えませんよ。そんなことならもっと早く妥協することもできた筈ですよ」

「そうだねぇ。長い間一体何を対立していたのかね。会社側が譲歩してなんで村山氏に感謝したのかねぇ」

「まあ、水面下では、主導権や利害を巡って争っていたんでしょうからね。そこに経営者の野心や保身、功名心、創業家の利害も絡んだわけですから、氷山の下は何があったか分かりませんよ」

「そうかもしれない。いずれにしろ最終的に利害は勝者と敗者に仕訳されたよ」

「敗者には何も残らない。でもうちのトップはお零れに与りました。酷い話でしたね」

「大日本は論外だけど経営陣にモラールを期待する方が無理だよ……。彼等だって最後は自分の利益を優先するんだろうからね……」

「田上さんは相変わらずクールですねぇ。俺がウェットなのかなぁ」

顔を見合わせて笑うと、

「そうそう大山ちゃん。そろそろ本題だけど、あの企画会もいい加減に解散しないといけないんじゃないかと思ってているんだ。メンバーは皆高齢になってしまったから誰かが音頭を取らないと。まだ先輩達が居るうちに一回集まって決めたらどうだろうか？」

「了解しました。メンバーがこれ以上消滅したらシャレになりませんからねぇ。私の手元に古い名簿がありますので主だった先輩に連絡してみます。何人かは年賀状のやり取りをしていますので、まだ生きている筈です……」

伯父がそう言って田上さんを見ると、

「バ〜カ」

声には出さなかったようですが、口がそう動いて、睨まれたそうです。

「それでは先ずは長老の鳥山さんにでも連絡してみますか。一昨年は大病したということですので早くしないと間に合わなくなりますからねぇ」

笑いながらそう言うと、

「実は俺もそんな話を小耳に挟んだよ」

田上さんはまじめな顔で言ってから、

「取り敢えず鳥山さんは長老の一人だし、了解だけは取っておいてよ、大学の大先輩だろう。上手く話してくれよな。

そしてわかる範囲で連絡をして、集まれる人だけでいいからそれで開こうよ。来られない人には白紙委任して頂けばいい。どうだろうか？」

「承知しました。早速来週からでも取り掛かります」

「悪いね。お手数をかけるけど頼むよ」

「畏まりました。大先輩！」

この後も暫く雑談を続けたそうですが、なぜか切り上げ難くて、結局閉店の時間まで居たそうです。

店を出ると、駅まで無言で歩き、改札口で、

「それじゃぁ、また」

同時に言って別れたと言います。

伯父の話はこんな具合でしたが、残念ながらこの企画会の案内が出されることはありませんでした……。

19　セレモニー、再会と和解

昨夜はよく眠れず、起きてからもスッキリしません。まだ気持ちが揺れているのでしょうか……。

先週祐さんから電話があり、披露宴の前に親父と会って欲しいと言われたのです。

彼は私と伯父が絶縁状態であることをずっと気に掛けていて、自分の門出に免じて和解して欲しい、そう言ってくれたのです。

少し唐突でしたが、８年の歳月が私を癒やしてくれたこともあり、そろそろ人生の区切りをつける時だと思い、事前に二人で会ってからにしたいと伝えたところ、快く了承してくれました。

私は九州から夕方上京し、披露宴の開かれるホテルに直行、最上階のラウンジバーで夜景をぼんやり眺めながら祐さんを待っていました。30分程して、

「竜さん、お久し振り」

背後から懐かしい声がし、振り返るとカジュアルな姿で微笑む祐さんが居ました。彼は私の前に座り、

「同じものを下さい、あっ、薄めにしてね」

水割りを注文、

「急な提案で済まなかったね、竜さん」

「いや、こちらこそ今夜は無理を言って申し訳ない。後先で恐縮だけど、祐さん、この度は本当におめでとう」

「ありがとう。ところで百合子叔母さんは……」

「うん、疲れたから食事をして先に寝る、と言っていたよ。今日のことを伝えたら全て任せるということだ」

「そう、それならいい。じゃあ早速本題だけど……。

実は親父もあれ以来ずっと悔やんでいる。どうしてあんなことを言ってしまったのかと今でも自分を責めているみたいだ。あまり笑わなくなった気がする」

「そう……。僕もあの頃は自分の思いだけで生きていたから、あれは僕が悪かったんだ。伯父さんのせいじゃないよ」

「竜さん、もう自分を責めるのは止めろよ。最近就職もしたんだろ。新しい人生を始めるには丁度いい区切りじゃないか……」

図らずも祐さんの口から私の気持ちが代弁されました。

当時私は演劇に青春の夢をかけていましたので大学卒業後もその道に進むつもりでしたが、

伯父から厳しい現実を突きつけられ動揺、あまりにも能天気だった自分自身に絶望してしまったのです。

以来伯父豪太郎との関係は途絶えましたが、今ではその原因は自分にあったと思うようになっています……。

あの日、私は卒業の報告だけはと、思い切って伯父に電話をしました。

「もしもし、伯父さん……。先程卒業式も終わり無事卒業しました。これまで大変お世話になり本当にありがとうございました」

「そうか……。ところで就職はどうした？」

感情を抑えた伯父の口調はとても硬いものでした。

「……申し訳ございません。もうしばらく演劇を続けたいと思っています」

「どうやって飯を食うつもりだ？」

「アルバイトで食い繋ぎたいと思います」

「アルバイトでいくら稼げると思っている……。家賃はどうする……、食費はどうするんだ」

「アルバイトを掛け持ちでやります。学生時代もやっていましたので大丈夫だと思います。それに九州は家賃も安いので……」

「アルバイトを掛け持ちでやって、残りの時間でどうやって演劇活動をするつもりだ……」

「これから博多に移るのでそこでなんとかやってみるつもりです」

「博多に何か伝手でもあるのか？」

「いいえ……、ありません」

「そんなことでうまくいくと思っているのか！」

「やってみなければわかりません。演劇を志す者はほとんどそうやって頑張っていますので……」

「他の者のことなどどうでもいい。お前は一人息子じゃないか。百合子だって女手一つで苦労してお前を育てたんだぞ……」

「母にも伯父さんにもとても感謝しています。それでも自分の夢を止める権利は無いと思っています」

「お前を東京の大学に4年間通わせるためにいくらかかったか分かっているのか！」

「自分もできるだけアルバイトで負担をかけないよう頑張りました……」

「アルバイトを掛け持ちしながら活動をするなら、町役場にでも就職して活動したって同じじゃないか……」

「いいえ、違います。いったん就職すればどうしても一定時間職場に拘束されますので演劇を優先した生活はできなくなります。いざというときに時間が作れなければチャンスは掴めません」

「お前が一人勝手なことをしている間、百合子は１０００万円の借金をしたんだぞ！　俺が保証人になっている……、知っているのか！

その金でお前の学費や家賃が賄われたんだぞ！」

「1000万円……」

「いつまでも甘ったれたことを言っているな！　もう少し現実をしっかり見つめろ」

「……」

「何とか言ってみろ！」

「それでも……演劇を続けたい……」

伯父が怒りを爆発させましたが、夢に賭ける思いは譲れませんでした。

伯父はついに冷静さを失い、

「バカヤロー、勝手にしやがれ！」

と怒鳴って電話を切り、二人の関係も切れました。

私は呆然《ぼうぜん》としてその場に立ち尽くし、やがて1000万の借金！　という重たい現実に押し潰されてしまいました。

何も知らずに演劇に夢中になっていた自分は、何という世間知らずなのか、演劇に熱中するだけの愚か者だったのです……。

母は一生をかけてその金を返済する覚悟で借りたに違いありません。私は暫く動くこともできませんでしたが、それでも何とかその日のうちに博多に帰り、母に尋ねました。

突然戻ってきて、思いつめた眼差しの私を見て、母も悟ったのでしょう……。

「それは本当のことだけど心配しなくてもいいのよ。25年ローンなので私が毎月少しずつ返済するから大丈夫。万一の時は生命保険もあるし、このマンションを処分してもいいわ。竜太郎は心配しなくていいのよ。本当に……」

そう応えました。

私は黙って部屋に戻り、流れる涙も拭わず深夜まで泣いていました……。

実はその数日前、最後まで共に演劇を続けてきた親友の悟が自殺していたのです。

彼は演劇を続けるか、田舎に帰って農家を継ぐか悩んでいましたが、私と行動を共にすると誓っていたのです。ところが、実家を継いだ長兄が不慮の事故で右腕に障害が残ってしまい、年老いた両親から兄の手助けをして欲しいと懇願されたのです。

卒業を間近に控え、悟と朝まで語り明かし、最後にこう声を掛けました。

「悟、これまで俺と4年間一緒に頑張ってくれてありがとう。お兄さんがあんなことになってしまい親父さんもお袋さんも大変だろう……。何も言わずに帰ってやれよ。俺のことは気にするな。な〜に、悟の分まで頑張るから……」

悟は暫く涙を流していましたが、黙って立ち上がると振り向くことなく去っていきました。

私はその後ろ姿を最後まで見送り、滲んで霞む路地を歩きましたが、最後の別れになってしまったのです……。

数日後、私は仲間達と飲んで最後の演劇論を戦わせていた時、ポケットで短い振動を感じましたが確認する前に切れてしまいました。

夜遅くアパートに戻って確認したところ悟で、すぐに連絡しましたが呼び出し音が虚しく繰り返されるだけで胸騒ぎを覚えました……。あの時なぜすぐに確かめなかったのかと後悔し、何度も連絡をしましたが無駄でした。

私は酔って疲れていたこともあり、携帯電話を握ったまま寝入ってしまいましたが、その眠りを破るように着信音が響き慌てて出たところ、クラブの後輩でした。

「もしもし大山先輩ですか……、悟先輩が自殺しました。昨日の夜のようです」

「……」

私はあまりのショックに返事もできず、あの時なぜ電話に出なかったのかと再び自分を責めましたが、目の前が真っ暗になり震えだしました。

「先輩、聞いていますか？」

「ああ、……聞いている……」

「それでどうされますか。実家に帰って間もない自殺で、家族だけで見送るということでした」

そう言うと私の返事を待っているようでした……。私は震えながら、

「い、いずれ……改めて行くことに……し、しよう。今俺達が行っても反って迷惑かもしれな

い……」

そう言うのが精一杯でした。彼は続く言葉があると思ったのか、少し待っていましたが、間もなく電話は切れました。

私は真っ白になった頭で何かしなければと思いましたが、混乱するばかりでその日は一日中泣き暮れていました……。

そんな悲しみも癒えぬ時、父のように慕っていた伯父から突き放され、私はいっぺんに縋《すが》る縁《よすが》を失ってしまったのです。

伯父とは何度か衝突したこともありましたが、卒業の報告とお礼を言うことで新たな門出になる、そんな淡い期待を膨らませていたのです。しかし現実はその逆で、甘い夢が音を立てて崩れ、自分の愚かさだけが残りました。

自分自身に嫌気がさし、次第に空虚な気持ちになって生きる気力が失せたのです。そして全てを投げだしたくなりました……。もうダメだ……、そんな声が聞こえて思考は停止、奈落の底に落ちる姿が見えました。

私はその日の深夜、母が寝静まったのを確かめると、台所の隅にあった消毒液の瓶を一気に飲み干し、その苦しみに悶えながら意識を失い、気が付いた時は病院のベッドの上でした……。

その夜たまたま母がトイレに起きた時に台所でガタンと大きな音がし、何事かと思って恐る恐る覗くと私が倒れていて、その傍らに瓶が転がっていたそうです。

母は狂ったように私の名前を呼びながら頬を叩くと、かすかに呻き声をあげ、すぐに指を喉に突っ込み吐かせた、と言います。

それから大量の水を飲ませ、救急車を呼び、到着するまでの間に今度は牛乳を強引に口の中に流し込み、もう一度吐かせたそうです。救急車が着くと私は更に胃液を吐いたそうです。

いずれにしても発見が早かったことと母の必死の介護が功を奏して奇跡的に一命を取りとめたのです。自殺は未遂に終わり、私は生き延びました……。

母が伯父に電話をしたのはその翌日でした。

「あなたはあの子に何を言ったの！　竜太郎はあの夜自殺しようとしたのよ！　幸運にも発見が早かったから一命は取り止めたけど……」

悲鳴のような声で。

「……」

伯父はこの突然の電話にショックで声が出なかったと言います。

「聞いているの！」

母の声が耳を突き抜けて胸に刺さり、

「ああ……」

声を振り絞って応えたようですが、一瞬で唇が渇き、やっとの思いで、

「……バカヤロー、勝手にしやがれ……」

と怒鳴ってしまったことを伝えたのです。

「何ていうことを言ったの！　本当にそれだけ？　それだけなの？」

「それから１０００万円の借金のことも……」

「それは絶対に言わない約束だったじゃない！」

「すまん、カッとなって……言ってしまった……」

「今は意識が戻っているけど、竜太郎は何も話してくれない……。だからきっとあなたとの電話で何かあったに違いないと思ったわ。本当になんてことをしてくれたの！」

「……済まん……本当に済まなかった……」

伯父はそう繰り返すばかりで、母は一方的に電話を切りました。

「俺は何ということをしてしまったんだ！　掛け替えのない竜太郎……、失うところだった……」

伯父は暫くの間放心状態で動くこともできなかったようです。

この日を境に私達の関係は断絶しました。

それからというもの伯父は長い間苦しんで、何度か電話やメールをしたようですが、全て着信拒否で、もう二度と会えない……、大きな喪失感に打ちのめされ笑わなくなったそうです。

そんな父親を見た祐さんは何とかしたい、そう思ったそうですが、簡単にはいかないだろうと感じて時間の助けを借りることにしたということでした……。

２年の歳月が流れ、彼は大学病院に就職する報告を口実に電話をくれました。

「竜さん、俺あの病院に就職することになったよ。真っ先に知らせたくて……。元気になった？」

私も漸く生きる気力を取り戻していましたが、また演劇の世界に戻るか迷っていたのです……。

「おめでとう……。祐さんはいつも有言実行だね。僕はもう少し元気になったらまた戻ろうかと思っているよ……」

「そう。それならいい……。でも無理しないでね。じゃあ……」

短いやり取りでしたが、久し振りに心にぬくもりを感じることができました。

彼はそれから父親に就職の報告をして、最後に、

「竜太郎は思ったより元気そうだった」

と付け加えたそうです。

それを聞いて伯父は、言葉を詰まらせたといい、祐さんはこの時必ず和解させなければ、そう思ったそうです。

ただ、病院に勤めるようになると仕事に追われる日々が続き、その切っ掛けが掴めずにいたようですが、結婚披露宴がその機会だと確信、声を掛けたと言います。そしてあの電話から５年も経ってしまった、と苦笑しました。

公私に亘り一番多忙な時にもかかわらず和解の場を設けてくれた祐さん、その気持ちに私も応えたい、感謝する思いで上京したのです。

「祐さん、今日はありがとう、とても嬉しいよ。これまで自分でもどうしていいか分からなかったし、最後まで演劇の道を諦め切れなかったんだ……。

でも最近漸く吹っ切れて就職したよ。元々30くらいまでに芽が出なかったら諦めるつもりでいたから……。

今は地元の中小企業のサラリーマンだ。景気が上向いていたので僕のような者でも採用してくれたし、入社してから知ったんだけど、いくつか特許も持っていて、その製品が好調らしく近いうちに東京にも進出するそうだ。

僕は東京の大学を出ていたので、そんな点も良かったのかもしれない……。お袋も安心したのか随分と穏やかになったよ」

「そう、それは本当に良かった……。いつか竜さんが言っていたけど、夢の扉を開くのも、そして閉めるのも自分自身であるべき、ということを実践したんだね。

俺はこれまで一直線に走り続けていて、そういう意味では竜さんのように深く考えたり悩んだりしてこなかったよ……。

だから親父との間もいい加減だったんだ。でも結婚することになって漸く親父の有難さが分かってきたよ。おかしいだろう、竜さん。

そうしたら何だか無性に親父と竜さんのことが気になって、この機会に何としても和解して欲しいと思ったんだ。理屈では上手く説明できないけど……」

「うん。理屈で説明できないこともあるんだ、祐さん。僕はあの時も、そして今もそう思っている。人生理屈では解決できないことも結構ある、最近はそんなふうに思っているよ……」

「人生には理屈で説明できないことがある、俺も竜さんも辿り着いた結論は同じだったわけだ」

祐さんはそう言うと穏やかに笑い、私もつられるように笑い、

「祐さん、今日は本当にありがとう。スッキリしたよ。明日は忙しいからそろそろ切り上げないと」

「ありがとう竜さん……。それじゃこれで」

私達は立ち上がると固い握手をして別れました。

明日《あす》は長い間燻っていた蟠《わだかま》りを解消する、そう決意し部屋に戻りました。

一方伯父は、披露宴が近づくにつれ、言いようのない不安で胃が痛くなり始めたと言います……。

外は生憎《あいにく》の小雨でしたが伯父はブライダルホール手前でタクシーを降り、エントランスまでは傘をささずに歩いて扉の前で立ち止まったそうです。

そして大きく息を吸い込むと、これまで悩んできた思いと一緒に吐き出したと言います。8年間触れられずにいた和解の扉がこの中にあり、開けさえすれば新しい世界が広がる、そう自分に言い聞かせ一歩踏み出したのです……。

「いらっしゃいませ。どちら様のご披露宴でしょうか?」

入り口で係の女性がにこやかに応対。

「大山祐太郎です」

「大山様でございますね、でしたらそちらの廊下を真っ直ぐに入って頂き、奥から二番目のお部屋が控室になっております。どうぞそちらで今暫くお待ち下さいませ」

「ありがとう」

伯父は廊下の奥に向かって静かに歩み始めましたが、控室の前まではひどく長く感じたそうです。扉の前でもう一度大きく息を吸い込みノック、息を吐き出しながらゆっくり扉を開けると……。

披露宴の出席者名簿から視線を上げたその時でした。開いた扉から伯父の姿が目に入りました。私はゆっくり立ち上がり、

「竜太郎です。大変ご無沙汰しております」

と深めのお辞儀をしました。

「竜太郎……いや竜太郎君、元気だったか? ……、元気そうだね。そうか……それは本当に

た。

こみ上げるもので胸がいっぱいになったのでしょうか、伯父はそう言うと声を詰まらせまし
「母は今着付けで別室に行っております」

「そうか、百合子も元気か……」

「はい、元気にしております」

「そうか……」

「間もなく戻ってくる頃だと思います」

伯父は言葉を振り絞るように、

「あ……あの時は……本当に……本当に済まなかった……」

「伯父さん、僕はもう大丈夫です。それから母も。いろいろとご心配をお掛けしました」

伯父の感極まった姿を前にして私は不思議な程自然な気持ちでいましたが、暫く私を見つめていた伯父も我に返ったのか、ゆっくり腰を下ろしました。表情は穏やかになり、これまで抱えてきた苦しみから解放されたようで、最早多くを語る必要などありませんでした。

そしてあの日から心の奥に沈殿していた蟠《わだかま》りが消え去るのを感じ、絆が蘇ったと確信しました。今日からまた伯父と甥として生きていける、そう思った瞬間突然涙が溢れ、

「ありがとう。伯父さん、本当にありがとう」

感謝の言葉が口をついて出ました。

「竜太郎……」

伯父は私の手を取って強く握り、

「伯父さん……」

私もその手を握り返しました。

そこへ着付けを終えた母が戻り、私達を見るなり全てを理解し、

「お兄さん……、竜太郎……、そろそろ行きましょう」

そう言うと、並んで受付に続く廊下を進むと、もう若者達が和《にこ》やかに応対を始めていました。

「伯父さん、僕も受付を手伝うよう頼まれているから……」

私はそう言い受付に加わりましたが、二人は微笑みながらいつまでもこちらを見ていました。

「親父！」

振り向くとタキシードに身を整えた祐さんで、母に歩み寄ると、

「百合子叔母さん、今日は本当にありがとうございます。竜太郎君には受付をお願いしていま
す」

そう言うと、奥に控えていた新婦を手招きしました。

純白のウェディングドレス姿で心配そうに見ていた新婦の恵利奈さんもすぐに笑顔になって
新郎の許に歩み寄り、

「お父様、叔母様、今日は本当にありがとうございます。竜太郎さんには受付のお手伝いを引き受けて頂きとても感謝しています」

そう言うと軽く会釈をしましたが、その姿は新郎の両親に挨拶しているようにしか見えませんでした。それから二人は揃って来賓や友人・同僚達に挨拶をし、記念撮影にも応じていましたが、間もなくその場を外しました。

程無く披露宴会場の扉が開き、受付から溢れそうになっていた人達が次々と会場に入るとテーブルに着き、最後までそれを見守った私達も一番奥のテーブルに着席しました。するると伯父がもう涙を拭いていていて、その姿を微笑ましく見ている自分を素直に受け入れることができました。

暫くすると司会の言葉に導かれるように、新郎新婦が開け放たれた正面扉から腕を組んで入場してきましたが、伯父の目はもう赤くなっていて、スポットライトを浴びた二人の姿が滲んでいたに違いありません。

感極まっていた伯父は殆ど食事に手を付けず、次々と料理を私の前に移動させて二人から目を離しませんでした……。それでも挨拶だけは無事済ませましたが、新郎の父がこんなに涙を浮かべる姿は珍しい光景だったのではないでしょうか。

披露宴は司会のスムーズな進行に導かれ滞りなく進みましたが、随所に二人の趣向が盛り込まれ、私も祐さんと過ごした幼い頃を思い出して思わず微笑まずにはいられませんでした。

きっと何度も打ち合わせたのでしょう、幸せに包まれている二人を祝福するばかりでした……。

感動の時は素早く流れて、涙と微笑みが溢れる中披露宴は無事お開きとなり、会場出口でみんな揃ってお礼を済ませると、全てが終了しました。

伯父は来賓に改めてお礼をし、みんなに挨拶をすると一人会場を後にしたようです。

後に訊いたところ……、伯父は、エントランスの扉を入ってきた時と、出ていく時ではまるで別人になったようだったと言い、僅か数時間の時の流れが自分の人生に色彩を取り戻してくれた、そう感じたそうです。

ホールの大きな窓を通して見える雨上がりの風景が輝き、見上げる空は爽やかに晴れ、その奥には既に夕焼けが控えていて、これから訪れる未来からも祝福されているように感じたそうです。

日が暮れるまでにはまだ多少の時間があり、伯父は新橋まで歩くことにしたそうですが、着く頃には茜色の空は濃紺の帳にその座を譲り始めていました……。

行きつけのＢＡＲが開くまで少し間がありましたが、伯父は路地から地下へと階段を下り、見慣れた扉を開けると、

「申し訳ございません。開店時間までまだ少し……、あら、大山様じゃないですか、まだ時間前ですがどうぞお入りください」

恵美《めぐみ》さんが言いかけたセリフを途中で変え、カウンターのグラスを素早く片付け、

「どうされましたか？　こんな時間に……」

と少し首を傾げ、

「う〜ん、今日はちょっといいことがあってね。だからここで一杯飲みたくなったんだ」

「まあ、嬉しい。そんな時にこの店に来て頂けるなんて」

彼女は棚からウイスキーのボトルを取り出し、

「今日はどう致しましょうか？」

「う〜ん、ストレートで貰おうか」

「はい、畏まりました。お作り致しますので少々お待ち下さいね」

伯父はその間、新郎新婦の幸せそうな顔やそれを眩しそうに見つめていた私と母の姿を思い出していたそうですが、新婦の父親《おやじ》さんが泣いていた姿を思い出すと恥ずかしくなった、と言います。

それでも次々とスナップ写真のように脳裏に浮かぶ場面を思い返していたそうですが、私との再会シーンだけは映像が滲んだそうです。

「まあ、大山様、一人で微笑んで、何か素敵なことを思い出しているのかしら？」

そう言いながら彼女はストレートグラスをそっと差し出し、チェイサーを添えました。

「そう、わかる？」

「ええ、だって目を閉じたままずっと微笑んでいらっしゃったから……」

彼女はウイスキーを注ぐ間も観察していたようです。

「そうか……、実は今日息子の結婚披露宴があったんだ」

「まあ、それはおめでとうございます。それで大山様はいろいろと思い出していらっしゃったのね」

「さすがに恵美店長は客をよく観ているね」

そう言って苦笑すると、

「だって、まだ大山様お一人しかいらっしゃらないんですもの」

彼女も微笑みました。

「そうか、それじゃ恵美さんも一緒に祝ってくれるかい。何か好きなものを飲んでくれ」

「まあ、嬉しい、よろしいのですか？」

「うん、でも早くしないと気が変わるかもしれないぞ」

「それでは軽めのカクテルを頂きます。まだこれから開店ですので……」

そう言い、見事な手さばきでシェイカーを振って素早くカクテルを作り、

「乾杯」

「おめでとうございます。頂戴致します」

二人がグラスを空けるのを待っていたかのように、客が扉を開けて入ってきました。

「いらっしゃいませ」

恵美さんは店長の顔に戻って素早く自分のグラスをかたすとその客におしぼりを手渡しました。それを見届けると、

「それじゃぁ、今日はこれで失礼するよ。ありがとう」

「まあ、もうお帰りですか……」

「来た時に言っただろう……。一杯飲みたくなったと」

「そうでしたね。確かに一杯飲まれました。それでは今日はお引き止めしません。本当にありがとうございました。そしておめでとうございます」

恵美さんは店長の顔をしてカウンターから出てくると扉を開け、伯父の後ろ姿にいつものように声を掛けました。

「階段お気を付けて下さいね。またお越し下さることを楽しみにしています」

20　今際《いまわ》、その想い……

伯父は一言も無く旅立ちました。それでも私達の心に幾つもの忘れられない思い出が遺《のこ》りました。サラリーマン、家庭人共に決して順調だったとは言えませんが、きっと自分の思いを貫いたのではないでしょうか。

そんな伯父の今際に去来したのはどんな想いだったのでしょうか……。それが幸せであればもって瞑すべしなのです。

先週四十九日の法要も滞りなく済みましたが、集まったのは弘子さん、祐さん夫婦はじめ、幼馴染みと親戚の方数人、会社の後輩と伯母の恵子さん等《など》合わせて10人余りだったそうです。私は仕事の都合もあり出席は叶いませんでしたが、既に葬儀で今生の別れを果たしていましたので悔いはありません。祐さんの話では亡くなる前数カ月の行動に話が集中したそうで、伯父は最後まで活動的だったと言います。

「案外竜太郎や百合子叔母さんと和解できたことが一番の幸せだったんじゃないかな……」

祐さんが最後にそう呟いたらみんな怪訝そうだったと笑い、電話を切りました。もしそうであれば私も救われる気が致しますが少し心配もありました……。

伯父は乳飲み子だった祐さんを抱えて離婚、母に祐さんを預けたまま三日も四日も出張することもあり、いつもその頃の事を大変気に掛けていたからです。

そんな思いを抱いたままでなければ良いが……、そんなふうに思うのです。

私の思い出には、突然手土産をぶら下げて私達が遊ぶ公園に現れ一緒に遊んで嬉しそうだった姿が印象に残っております。一緒にいられないことが多かった埋め合わせだったのかもしれませんし束の間の癒やしを得ていたのでしょうか……。いずれにしても伯父が見せた穏やかな顔が忘れられません。

そういえば、お斎の席で当時の伯父を知る後輩の方がこう言ったそうです。

「あの頃の大山先輩の仕事ぶりは凄かったですよ。販売店と直売の二足の草鞋で業務をぐいぐい引っ張り、上司の出る幕がありませんでしたよ。何しろ忖度無しの真剣勝負で鬼気迫るものがありましたから……。

でも仕事が終われば豪快に飲んで、若い僕らもタジタジでした」

伯父の仕事振りがよく分かり、今はただ頭が下がるだけです。

そのお陰で私は大学へも進学でき息子同様に面倒を見てもらい、私も母も感謝して余りあります。ただ、演劇に深入りし過ぎることには反対で、これだけは相容れないと感じました。

そのため決裂は避けられず残念ながら不幸な結果を招きましたが、幸い私は生き延び、今こうして感謝できることを嬉しく思っております……。

伯父が亡くなる三、四カ月程前、偶然この問題で悩んだことを率直に話したところ、突然目に涙を浮かべ、

「あの頃は本当に済まなかったな。もっともっと考えてやるべきだった……」

そう言い私を驚かせました。

働き通しだった伯父は、息子やましてや甥の青春に寄り添う余裕などある筈が無かったにもかかわらず、決してそれを良しとはしていなかったのです。

青春の光と影は実に移ろい易く、本人さえ気付かない程素早く通り過ぎてしまうことに気付いていて、何もできなかったことを悔やんでいたのです……。

私は葬儀の後の赤提灯でそのことを祐さんに話してみました。

「伯父さんは学生時代僕の世話を一生懸命してくれたけど、僕はそれに報いることも無く、自殺未遂で何年も心配をかけ伯父さんを苦しめてしまった……。

そんな僕に済まなかったなんて言ったんだ……。謝らなければならなかったのは僕の方だ。

本当はもっと祐さんと過ごしたかったんじゃないかな。そんなことも伝える前に逝ってしまった気がするんだ」

「親父は竜さんを本当の息子のように思っていたんだよ……。だからあんなに世話を焼いたり、怒ったりした。迷惑だったかもしれないけどね……。でももうそんなことは気にしない方がいいよ。

俺はあの頃ひたすら目標に向かって前進することだけを考えていたから親父と一緒に過ごすことを無意識のうちに避けていたのかな。でもこんな不肖の息子を見守っていてくれた……。親父も寂しくなかった筈はないけどきっと分かってくれたよ……。目に見えない絆で繋がっていたんだ。

親父の人生は苦労の連続だったと思うけど、それでもきっと俺や竜さんがいたから頑張れたんだよ。だから最後まで俺達を気に掛けていたんだと思うよ。何も言わずに逝ってしまったけど、その分俺達が一生懸命生きればいいんだよ……」

「そうだね。伯父さんの生き様に応えないとね……」

「親父は信じるところに忠実に生きたんだからきっと悔いのない人生だよ」

祐さんはそう呟きましたが、その目には涙が滲んでいました。

「最後まで自分の想いを貫いたとしたら幸せだったに違いないね。今頃どこかで笑いながら僕達を観ているよ」

慰めにもならないことを口にしましたが、祐さんはそれ以上話すことはありませんでした……。

私達は惜しみない愛情を共有していることを確認して追憶の小宴をお開きにしました。

もとより私は人生について深く考えたことなどありませんでしたが、自殺未遂という大きな蹉跌を経て人生観が変わったと感じています。

今では全く不思議なのですが……、あの時私は生きる望みを失い、何も考えられなくなってしまい、死ぬことだけが頭に浮かび自殺を図りました。

薄れる意識の中で、母や祐さん、悟、そして……、伯父の顔が浮かんできたのです。私を支えてくれた大切な人の顔が……。

幸い自殺は未遂に終わり、私は再び生きる力を取り戻し、今では多くの絆に支えられていることを実感しています。生きることは、そんなささやかなことに気付くことなのかもしれません。自殺未遂の体験が私にこんなことを思わせるのでしょうか……。

私達はいつか必ず終着駅にたどり着きます。でもその前に人生の乗換駅にたどり着くのです。私はその乗り換えに手間取り躓きましたが、こうして今は何とか乗り換え暮らしています。

伯父も、きっと終着駅に着く瞬間に私達の顔を想い浮かべたのではないでしょうか。そこから私達が先へ進む姿を想い微笑んだとしたら、とても嬉しく思います。合掌。

21　旅立、或るサラリーマンが遺したもの

四十九日の法要に行かなかったせいか、この数日伯父のことがいろいろ思い出され、私は妙な思いで門前に佇んでいました。

「やあ、竜さん、しばらく。元気だった？」

後方で明るい声がし、振り向くと祐さんが右手を挙げ、その隣で奥さんが微笑みながら会釈をしました。

「元気です。今日は恵利奈さんもご一緒。祐太ちゃんはどうしたの？」

「うん、久し振りに恵利奈の両親が遊びに来たので預けてきた。今日は恵利奈がどうしてもお線香をあげたい、と言うから……」

「それなら安心だ。祐太ちゃんは祖母《おばあ》ちゃんによく懐《なつ》いていたからね。でも伯父さんも祐太ちゃんが来ないので少し寂しがっているかな……。目の中に入れても痛くない可愛がりようだったからね。３歳のお祝いが最後になってしまったのかな……」

「いや。先月フラッと顔を見に来たよ……。

ところで今日は一体何の用かなぁ。弘子さんから是非ご足労下さい、なんて言われたんだけ

ど……。竜さん、何か心当たりはない？」

「う〜ん、四十九日も済ませたばかりだしね。その時ではまずかったのかなぁ。わざわざ改めて呼び出すなんて何かあったのかな？」

私達は口々にそう言い首を傾げましたが、心当たりはありませんでした。

「今日は恵子伯母さんも呼ばれているらしい。遺産相続で何か揉めたのかなぁ」

祐さんは気乗りのしない様子でしたので、

「祐さん、大山家には揉める程の遺産は無いですよ」

と言うと、笑いながら、

「まさかその逆じゃないだろうなぁ。親父は財産も残さなかったけど、借金も無かった筈だから……。まあ、ここじゃ何だし、とにかく家に入ろう」

勝手知ったる門扉の鍵を開け玄関先につくと、弘子さんが出てきて、

「まあ、今日もお二人ご一緒。それに恵利奈ちゃんも。そういえば主人は恵利奈ちゃんを実の娘のようにかわいがっていたものね……」

そう言いスリッパを三組揃えてくれ、

「そうなんですよ。俺よりずぅ〜っと、でしたから」

祐さんは苦笑しながらスリッパを履き奥へと入っていきました。

「今日はお義父さんにお線香だけでもと思いついて参りました。それからこれご仏前に……」

恵利奈さんが風呂敷に包んであった菓子折りを手渡すと、

「まあ、ありがとう、早速お供えしないとね。きっと今日恵利奈ちゃんと会えて喜ぶと思うわ」

弘子さんは菓子折りを供えに奥の和室へ向かい、恵利奈さんが続きました。

最後まで残った私は、庭にあった2台のバイクが見当たらなかったので、もう処分したのかな、などと思い靴を脱ぐと、隅に目立たぬように置いてあるライディングブーツが目に入りました。ひっそり今でもご主人の帰りを待っているようで、少しばかり感傷を覚えましたが、祐さんの待つ応接室へ急ぎました。

扉を開けると、そこには初老の紳士と恵子伯母さんが祐さんと向かい合うように座っていて、少し戸惑いましたが、祐さんの左横に腰掛けました。

そこへ線香をあげてきた二人が入ってきて空いている席に腰掛け、どうやら全員揃ったようでした……。

「え〜、皆様お揃いのようですので始めさせて頂きます。

私は弁護士の塚田正則と申します。隣にいる恵子さんの中学校の同級生で、亡くなった豪太郎さんの3年程先輩に当たります。そのご縁もあって大山家とは何かと懇意にさせて頂いています。よろしくお願い致します」

落ち着いた声でゆっくり自己紹介をしました。

「大山祐太郎です。よろしくお願い致します。隣にいるのは妻の恵利奈です」

「甥の竜太郎です。よろしくお願い致します」

私達は取り敢えず自己紹介と挨拶をしましたが、恵利奈さんは同席していいものやら迷っている様子で、何度も祐さんの顔を見ましたが、何も言わないので一緒に居ることになりました。

「え〜、実は豪太郎さんがお亡くなりになられる4カ月程前に虎ノ門の事務所を訪ねて来られました。

そして遺言状を認《したた》めておきたい、と申されたのです。法律上の効力は二の次でいいなどとおっしゃられたので、私も弁護士ですし、折角ですから正式なものを作って公証役場に登記されては如何でしょうか、と申し上げましたところ、

『いや、取り急ぎ妻と息子、そして姉、それから甥の竜太郎に考えが伝わればそれでいい』とおっしゃられました。

奥様、ご子息、姉君は当然ですが、なぜ甥の竜太郎さんまで含まれるのでしょうか？　差し障り無ければ理由をお聞かせ頂けませんか？

それに随分と唐突なお話ですし、私は弁護士ですのでどんなご事情でもご心配なさらずにお話し下さいませんか？

そう申し上げましたところ、豪太郎さんは暫く考えておられましたが、意を決したように、私を真っ直ぐ見ておっしゃられました。

『実は、先月健康診断を受けたのです。持病の頻脈、正式には発作性上室性頻拍と言うらしいのですが、それが少し気になっていましたので。ただ最近はどうも様子が変でその後精密検査を受けました。

するとと持病の頻脈とは別に、狭心症の疑いがある、と医者が言うのです。

それで私は詳しく訊いたところ、放置すれば半年か1年後には心不全で倒れるかもしれない、と物騒なことを言われてしまったのです。

大変驚きましたが、もう古希ですしこれも仕方がないと思い準備をしておくことにしたのです。

医者は、まず薬で様子を見てからもう少し精密検査をし、多分手術をすることになると言うのです。それで万一に備えて遺言状を残しておきたいと思ったのです。

先生もご存じのように私には親族が争うほどの財産もありませんが、それでも弘子とは入籍するつもりですし、姉の恵子もだいぶ緑内障が悪化しており心配しています。

ですからこの機会に私の考えを遺言状に認めておきたいのです。基本は法律上の権利に準ずることでいいと思っています』

そう言い苦笑されました。

そこで私は相続権などについて簡単にご説明申し上げましたところ、大筋ではそれで結構とのことで話は比較的簡単に終わりましたが、大山様は、甥の竜太郎さんにも法律上の権利とは

別に遺産を相続させたい、と言われましたので、理由をお尋ねしましたところ、

『実は……、竜太郎は甥ではなく、私の息子です……』

こうおっしゃられたのです。

私も大山家とは豪太郎様のお母様の代からいろいろご相談に乗ってきましたので、ある程度ご家族については承知していたつもりでしたが、初めて聞くお話で大変驚きました」

そう言うと、彼は眼鏡をはずして額の汗を拭いましたが、応接間は一瞬時間が止まったようでした。

私は皆さんの視線を一身に受けながら、一体何が起きたのか自分でも理解できず、狐につままれたような気持ちになりました。

少しの沈黙後、塚田弁護士は皆《みんな》の顔をもう一度見回すと後を続け、

「そのようなお話はあまりに唐突で俄かには理解できませんのでもう少し詳しくご説明頂けませんでしょうか？　そう申し上げましたところ、

『実は、妹の百合子としてこれまで長年通してきましたが、百合子は別れた私の妻なのです』

とおっしゃられたのです。私も多少混乱しましたので、話を整理するためにこうお尋ねしたのです。

何かそれを証明するものはございますか？　と。すると大山様は、

『祐太郎と竜太郎は双子の兄弟です。二人が生まれて間もなく百合子と協議離婚をし、その公

正証書が新橋の公証役場に登記されています』

と言われ、その際調停に骨を折られたのは、百合子さんの学生時代の親友のご主人様で原田弁護士とのことでした。

そこで翌日私は原田弁護士に電話をかけて事情を確認し、さらに公証役場から登記された公正証書の写しも取り寄せました。そこには協議離婚の条件が具体的に七つ定められていて要約すると、

1　離婚に当たり、二人の子供はそれぞれ一人ずつ豪太郎と百合子が引き取り責任をもって養育するものとする

2　離婚に当たり、双方共慰謝料は請求しないが、二人の養育費と教育費は大山豪太郎が負担する。但しどちらも高校を卒業するまでとする

3　二人の子供の内、祐太郎は豪太郎が引き取り、竜太郎は百合子が引き取るものとし、それぞれの親権を保持するものとする

4　大山豪太郎は離婚後も百合子が大山姓を名乗ることを認めるものとする

5　以上を条件に百合子は大山豪太郎の財産相続権を放棄するものとする

6　この事実は二人以外には公開しないものとする

7　但し、大山豪太郎の遺産相続に際しては、姉の恵子はその限りではないものとする

私は、後日豪太郎さんに確認できた旨お伝えし、少し法律的には難しい面もありましたが、

何とか意に沿うよう遺言状の草案を作成することをお伝えしました」

弁護士は続けて、

「実は祐太郎さんと竜太郎さんは双子の兄弟といっても二卵性双生児です。そのため血液型が異なり、偶然ですが祐太郎さんは父豪太郎さんと、竜太郎さんは母百合子さんと同じだったのです。

さらに、豪太郎さんと百合子さんはこのことを隠すために出生届を1週間程ずらして異なる役所に届け出ていたのです。

もちろん厳密にはこれは問題がないわけではありませんが、今となっては意味の無いことです。

これが今日皆様にお集まりいただいた事の次第です」

彼はここまで説明するとお茶を一口すすり、皆の顔を一瞥《いちべつ》し更に付け加えました。

「大山百合子様には私の責任でこの話を事前にお伝えしました。百合子様はこうおっしゃっておられました。

『豪太郎さんは離婚の条件を全て実行してくれました。いやそれ以上のことをしてくれ本当に感謝しております。

また子供たちの秘密は二人がお墓の中まで持っていくと約束していましたので、これまで一切話をしたことはございません。

豪太郎さんが亡くなった今、竜太郎に対するご厚情をお伺いしますとこの約束を守る意味も無くなったかと存じます。

二人の息子ももう立派な大人です。きっと冷静に受け止めてくれると思いますので先生から真実をお話し頂きますことに異論はございません。

ただ、祐太郎に対しては申し訳ない気持ちでいっぱいです。今後祐太郎が許してくれるかどうかわかりませんが、先生からもくれぐれもよろしくお伝え頂けましたら嬉しく存じます』

このようなお返事でございました」

彼は再びお茶を啜り祐さんの顔を観ました。

この時私は、長年伯父と思っていた豪太郎が実の父であり、祐さんが双子の兄であることを初めて知ったのです。

私はますます混乱して何をどう言っていいのか分からず、ただただ胸に熱いものが込み上げどうすることもできませんでした。

祐さんも長年叔母と思っていた私の母が実の母であり、私が双子の弟であることを知って、人前も憚らず大粒の涙を流していました。

35年間実の母親は死んだと思っていた祐さんは、涙が流れるままに、大声で叫びました。

「バカヤロー、親父の大バカヤロー」

私も祐さんのように叫びたかったことがありました……。

「お父さん、僕は生きていてよかった！」もしあの時未遂ではなく死んでいたら、そう思うと今生きていることが心の底から嬉しくなって、止め処なく涙が溢れてきました。そして涙で霞んだ目で周《まわ》りを見ると、弘子さんも恵子伯母さん、恵利奈さんまでもが泣いていました。

塚田弁護士は暫くお茶を啜りながら黙していましたが、皆《みんな》が少し落ち着くのを確かめると本題に入りました。

豪太郎さんの遺された財産は次の四つです。

1　埼玉県さいたま市の家と土地の50％
2　栃木県宇都宮市の家と土地
3　銀行預金1000万円
4　死亡保険金3000万円

1については豪太郎さんがお母様から相続されて以来、亡くなられるまで奥様の弘子さんと住んでおられた、この家のことですが、実は亡くなられた豪太郎さんがお母様から相続したのは50％で残りの50％は姉の恵子さんが相続した分です。

ただ、恵子さんはご自分の住む家がありますので、実際は豪太郎さんがお住まいになることで合意されていました。

但し、この家に係る維持費や税金等は豪太郎さんが負担することが条件でした。従いまして、弘子さんが相続できるのはこの家と土地の50％の半分で残りは祐太郎さんに相続権がございます。

2の栃木県の家と土地は弘子さんが50％、残りの50％は祐太郎さんに相続権がございます。

3の現金1000万円につきましては、戸籍上の権利とは別に全額竜太郎様が相続致します。

4の死亡保険金300万円は全額祐太郎さんが受取人に指定されております。但し、葬儀に関わった費用をそれで賄って頂く、とのことでございます。

最後に付け加えさせて頂くことが二つございます。

一つ目は、現在弘子さんが住んでいるこの家と土地につきまして、50％の相続権をもっておられる恵子さんからの申し出であります。

弘子さんがこの家にこれまで通り住まわれるのであれば、それで結構ということでございます。ただし豪太郎さんが負担していた維持費や税金はこれまで通りご負担して頂きたい、とのことです。

また、処分することを希望されるのであればそれでもよいとのことです。

二つ目は、豪太郎さんの企業年金でございますが、これは年金の規定通り、弘子様があと5年程受給されます。

以上でございます。

この説明に対して何の異論も出ませんでしたが、感極まっていた祐さんと私は殆ど頭に入りませんでした。

後日、若干の話し合いがもたれましたが、結局不動産は全て現金化して弁護士の説明通りで円満に解決し、私は図らずも1000万円を相続することになりました。そしてこれで母が借り入れたローンを精算させて頂きました。伯父、いや父もきっと喜んでくれていると思います。

実は、この時もう一つ相続した物がありました。古びたノート2冊で、雑記帳らしく、サラリーマン人生の忘れられない出来事を書き留めたもののようでした。

弘子さんから祐太郎さんか竜太郎さんがお持ちになられるのがいいのでは、と手渡されましたが、兄はとても混乱していましたので取り敢えず私が預かることになりました。落ち着いたらゆっくり目を通そうと思い、机の引き出しに納めてあります。

兄祐太郎はショックで暫く仕事を休んだようですが、持ち前の強い意思で立ち直り、今は医院に復帰したとのことでした。そして相続したお金の中から1000万円を母百合子の老後資金として提供してくれ、その暮らしも大きく変わりました。

兄はもう少し落ち着いたらゆっくり母と旅行にでも行くとのことで、私も誘われていますが、さてどうしたものか、実のところ迷っております。

一方弘子さんはその後東京の実家に戻られお元気に暮らしているそうです。

それから伯母の恵子さんは、緑内障が進んでしまい、残念ながら視力の多くを失い、医療施設に隣接した特養ホームに入居されたそうです……。

父は、サラリーマンとしては不遇で家庭人としても苦難の選択をしたと言えますが、最後の最後まで私達のために心を砕いてくれていたのです……。改めて感謝すると共に誇らしく思っております……。

さて、私は相変わらず三ノ輪の小さなアパートに住み、小さな会社の東京駐在員としてののんびり暮らしておりますが、先日預かったノートの見出しだけは目を通しました。どうやらサラリーマン時代の不条理等を書き綴ったもののようでした。

そこには日付とこんな見出しが並んでいました。

○○年○○月○○日　三億円不祥事

○○年○○月○○日　出向の捨石

○○年○○月○○日　学生と業界事情を語る

○○年○○月○○日　対等合併の真実

〇〇年〇〇月〇〇日　為替予約大損失
〇〇年〇〇月〇〇日　対等合併崩壊
〇〇年〇〇月〇〇日　ワンマン経営の果て
〇〇年〇〇月〇〇日　権力と野心の裏側
〇〇年〇〇月〇〇日　トップのスキャンダルと保身
〇〇年〇〇月〇〇日　経営者の責任と功名心
〇〇年〇〇月〇〇日　業界再編回顧
〇〇年〇〇月〇〇日　再編の不条理

等々、父はこんなことを綴ることで気持ちの整理をつけていたのでしょうか……。

兄に手渡す前にゆっくり読んでみたいと思っております。

最後に旅立った父に一つだけ隠していたことを告白しなければなりません。実は東京に転勤してから学生時代の演劇仲間の主催する小劇団に参加しているのです……。これだけは最後まで言い出せなかったのですが、今頃天国で苦笑しているかもしれません。

父が遺したものは大きな愛情とささやかな財産、そして何より本物の家族でした。

私は新しい人生を贈られ、少し照れ臭いですが兄との絆を改めて大切にして暮らしたいと思っております。そしてこの喜びを与えてくれた父もきっと遠くから見守ってくれるに違いない、そんな気が致します。

私《わたくし》、大山竜太郎は、大山豪太郎の息子としてこれから始まる遥かな旅路に思いを馳せています。合掌。

２０２４年秋分の日

この作品はフィクションであり、実在する人物、団体、また実際の事件等とは一切関係ありません。

平　一生（たいら　いっせい）

1954年　埼玉県生まれ
1978年　早稲田大学卒業
外資系石油会社入社、販売課長を経て
2019年　子会社に移籍
2021年　販売店契約社員
2022年　大手小売業契約社員
現在に至る

石油会社消滅す

或るサラリーマンが遺したもの

2023年10月12日　初版第1刷発行

著　者　平　一生
発行者　中田典昭
発行所　東京図書出版
発行発売　株式会社 リフレ出版
〒112-0001　東京都文京区白山 5-4-1-2F
電話（03）6772-7906　FAX 0120-41-8080
印　刷　株式会社 ブレイン

ISBN978-4-86641-669-4 C0093
Printed in Japan 2023